CE QUI SE DIT LA NUIT

Psychologue spécialisée dans les troubles autistiques et les addictions, Elsa Roch écrit parallèlement des polars dans le but d'explorer une à une les failles de l'être humain. Elle vit près de Grenoble.

Paru au Livre de Poche :

Oublier nos promesses

ELSA ROCH

Ce qui se dit la nuit

CALMANN-LÉVY

ISBN 978-2-253-09267-4 – 1re publication LGF

Pour Éric, Hugo & Ancelin.
Αγάπες μου.

21 heures. Le block des enfants est plongé dans le noir. Seule vacille la petite lumière blafarde de la surveillante. Ivre de fatigue et de faim, transie, Susanna Aleïev se glisse sur sa paillasse infestée par la vermine, enjambant deux autres fillettes décharnées pour se faufiler entre leurs corps endormis. Au milieu, il fait un peu plus chaud, un peu moins peur. Elle soupire et, trop tard, son expiration meurt en quinte de toux. La stubova, *la surveillante, une Polonaise qui aboie un allemand approximatif auquel elle ne comprend rien, hurle en la frôlant. « Ruhe ! » « Silence ! » Ce mot-là, elle l'a mémorisé dès le premier jour.*

Susanna comprime sa cage thoracique. L'intensité des brûlures qu'elle ressent augmente puis finit par s'estomper et un silence de plomb s'installe. Elle effleure les yeux de sa sœur, sa jumelle. Essuyer les larmes opaques qui perlent à travers ses paupières closes et endolories. Ce médecin qui se fait appeler « oncle Mengele » est fou. Il se prend donc pour Dieu ? « Bientôt tu auras les yeux bleus, ma petite. » Demain ce sera son tour, les injections dans les yeux ; elle se force à ne pas y penser. À ne plus songer à rien.

Un chien de garde hurle tout près. Long regard circulaire de la stubova qui quitte la pièce un instant, pour vérifier, toujours, laissant la porte ouverte. Le froid s'engouffre. Susanna en profite pour se serrer davantage contre sa sœur et lui saisir la main. La paillasse frémit de ce léger mouvement. Anna l'enserre à son tour et leurs visages se font face. Elle dort. Ses mâchoires s'agitent à intervalles réguliers. Elle rêve qu'elle mange. Étrangement, l'autre fille, au sommeil si fragile, ne proteste pas. Susanna cherche son souffle d'une paume tendue vers ses lèvres. Rien. Elle se mord un doigt au sang – goût âcre et métallique dans la bouche. Étouffer ses pleurs.

Est-ce vraiment le Mal, les juifs ?

Est-ce vrai que les juifs ont fait tuer Jésus ?

Elle sait si peu de choses encore.

Sa tête tourbillonne.

Est-ce que j'ai fait le Mal ?

Ses yeux noirs se ferment. Chasser les remugles de mort qui planent autour d'elle. Des ombres claires se découpent sous ses paupières et lui entrouvrent les portes d'un monde qui n'existe plus mais qu'elle peut presque recréer à volonté. Maman. Papa. Un parfum de pivoine l'envahit. Suave. Rester dans cette bulle, ne plus jamais en sortir.

Ou alors.

Ne plus être juive.

Ici les juifs meurent tous.

Et elle, elle veut vivre.

Un rat court sur sa jambe et s'arrête sur sa cuisse, peut-être attiré par l'odeur du morceau de sucre qu'elle a caché sous sa couverture. Elle le saisit à l'aveugle et serre jusqu'à ne plus sentir entre ses doigts qu'une masse molle et poisseuse. Entre-temps il a réussi à la mordre. Un seul trou dans sa main ; les dents de dessous. Elle le projette au loin. Les premiers temps elle criait à la vue de ces bestioles. Désormais elle les saisit sans crainte et les tue sans remords.

Elle a cinq ans.

Et elle veut vivre libre.

LUNDI

« Tu ne tueras point. L'histoire du genre humain prouve qu'il n'était pas inutile de le préciser. »

Philippe Léotard,
Pas un jour sans une ligne.

1

> « Ça prenait du temps. Et personne n'en avait plus, de nos jours. Du temps à perdre pour lire dans les yeux des gens. »

Marsac roulait lentement sur le chemin caillouteux.

Il voulait prendre le temps. Celui de refaire surface. Avant de venir ici, il était passé jeter un œil à la maison dans laquelle il avait grandi. Vendue et rachetée par un couple avec six enfants qui n'avait pas craint la proximité, à quelques centaines de pas, de cette masure troglodyte envahie par le lierre toujours légèrement blanchi sur les contours du limbe, qui aurait abrité un personnage maléfique. Marsac non plus n'en avait jamais été apeuré, enfant, l'élisant même comme refuge ; là-bas, personne n'avait l'idée d'aller le chercher pour l'extirper de sa bulle. D'ailleurs, la peur est un sentiment qui lui est rare. Il en a tellement vu. Mais là, oui. À quarante ans passés, sur ce chemin qui le mène vers Elsa, il a peur comme rarement.

Remettre les compteurs à zéro. Oublier les *ides* : homicides, infanticides, matricides, parricides, suicides… Son quotidien depuis vingt ans. Flic 7/7 et

H24. De quoi cauchemarder, s'user avant l'heure, devenir fou. Il a failli. Métier de chien. « Je connais votre histoire, Marsac, mais là, vous avez perdu les pédales. Alors, et il n'y a aucune discussion envisageable, vous allez vous mettre au vert le temps que cette affaire se calme. » L'ordre était tombé du légendaire bureau 315, celui du directeur de la P.J. parisienne. Le *big boss* avait parlé. *Une semaine. Et rebondir.* L'affaire qui avait fait basculer Marsac avait la simplicité de la barbarie, de l'innommable, d'une fillette balancée par la fenêtre du sixième étage, un mégot de cigarette consumée, un brin de paille soufflé par le vent. Le père avait plaidé l'accident, tandis que la science du légiste révélait une tout autre vérité. Ils avaient dû s'y mettre à trois pour contenir Marsac. Ce énième corps d'enfant sur une table d'autopsie avait été celui de trop. Et la ressemblance avec Solène, insoutenable.

Son regard se voila puis s'éclaircit. Il approchait. Rebondir. Il était là pour ça.

Fenêtres ouvertes en dépit de la fraîcheur, Elsa rangeait son bureau. Son ordinateur et ses livres à gauche. L'autre côté était dévolu aux papiers et dossiers en attente de traitement. Un pot à stylos, au milieu, faisait le lien entre ces deux mondes. L'ordre dans un univers où tout partait en déliquescence, comme une sensation de maîtrise. Un sourire de satisfaction accentuait ses fossettes, l'empreinte du doigt de Dieu, jurait Manon, lorsqu'un bruit de moteur, dehors, lui fit relever la tête. Sa quiétude s'évanouit. Elle n'attendait aucune visite et ce n'était pas le moment. Ce ne l'était plus jamais. Burn-out. Un mois d'arrêt. « Elsa tu n'as pas le choix, tu vas droit dans le mur, ouvre les yeux… Je t'arrête dix jours, et je t'en prie ne discute pas. Personne n'est irremplaçable… On avisera ensuite. » Faire un break. Se reposer. Ils étaient drôles. Comment ? Manon réclamait une vigilance de tous les instants et à qui l'aurait-elle confiée si elle s'était éloignée, ne serait-ce que de cinquante kilomètres, pour intégrer quelques jours, comme ils le lui recommandaient fortement, cette nouvelle structure dédiée aux soignants épuisés ? Personne. Il allait falloir refaire surface, oublier ces petites voix et ces visages d'enfants, les laisser siéger avec les dizaines d'autres fantômes plantés dans son dos, un poignard, à gauche, juste entre la T7 et la T8 dorsale, au niveau de l'apophyse transverse, ici, chez elle. Le prix à payer pour continuer à avancer.

Psy à la BRM de Tours, la Brigade des mineurs. *Tous ces mômes qu'on ne sauvera jamais, j'en peux plus. Les nuits blanches de cauchemars qui rejouent sans cesse ce que le jour n'a pas résolu, j'en peux plus.* « Est-ce qu'il y a eu d'autres moments violents avec ton père ? (Jessica, huit ans :) — Oui. Il a dit qu'il allait m'encastrer dans le mur et me casser toutes mes dents pour me faire passer l'envie de parler en classe. » Plus de motivation, plus de ressource, plus rien. *Épuisée. J'ai quarante ans et je suis vide. Ou trop pleine.* « Est-ce que ton oncle fait d'autres choses que tu n'aimes pas et qui te gênent ? (Jordan, dix ans :) — Oui, la nuit des fois quand il me garde il… il… » Histoires sordides et mots trop crus entrecoupés de douloureux silences. Inertie des services sociaux qui appliquaient une politique aveugle de protection de l'enfance via la volonté de maintenir les liens familiaux le plus longtemps possible. Jusqu'au drame. Elsa ne comprenait pas, ne comprenait plus. Elle aurait voulu les secouer, leur ouvrir les yeux. Colère et impuissance. Cocktail explosif.

Elle alluma une cigarette et jeta un coup d'œil par la fenêtre. Une petite pluie fine s'était mise à tomber. La voiture noire qui se profilait dans le chemin pierreux ne lui disait rien. Si au moins elle avait fait ce qu'elle avait prévu depuis longtemps, clore son terrain et installer un portail à l'entrée, tout cela n'arriverait pas. Elle dévala les quelques marches qui menaient de son bureau au rez-de-chaussée et entrouvrit la porte, prête à grogner, en réajustant son jean qui glissait maintenant sur ses hanches. La Golf s'arrêta. La portière s'ouvrit et un homme sortit. Elle ravala aussitôt son grommellement et noua machinalement ses longs cheveux noirs en queue-de-cheval.

Il était revenu. Dix ans après. Ses mains tremblèrent. Quelle conne.

Il approchait lentement. Elle leva les yeux – il était bien plus grand qu'elle. Une fraction de seconde lui suffit pour s'apercevoir qu'il n'avait pas changé. Toujours la même allure. Les mêmes yeux vert d'eau. Si on savait s'y attarder, on pouvait y lire comme à livre ouvert. Mais le commissaire Amaury Marsac avait la sale manie de savoir cligner des yeux comme personne. Du coup ça brouillait les pistes, ça devenait ardu, il fallait vraiment vouloir lire au fond. Ça prenait du temps. Et personne n'en avait plus, de nos jours. Du temps à perdre pour lire dans les yeux des gens. Elle non plus.

Marsac passa une main dans ses cheveux noirs et alluma une cigarette.

— Salut.

Toujours la même chaleur dans sa voix calme.

— Salut, Amaury…

Elle recula imperceptiblement et son regard dévia, attiré par une silhouette qui se dessinait au loin. Christophe, celui que les Vieux appelaient le musiqueux. Marsac se retourna pour voir ce qui la détournait de lui. C'était donc vrai. Un autre habitait ici, la quarantaine adolescente, silhouette fine, cheveux bruns décoiffés, pantalon sombre sur blouson de cuir à capuche. Fallait s'y attendre. Comment avait-il pu s'imaginer une seule seconde qu'Elsa l'attendrait. Dix ans. Il cilla et lui effleura la joue, lentement, comme s'il avait tout son temps. Toujours. Pour tout. Pour quelqu'un qui ne savait pas attendre il donnait l'impression du contraire. C'était étrange, ça.

Dire quelque chose.

Il cligna des yeux. Avec beaucoup trop de douceur.

— Manon est sous la douche. Elle va être folle de joie. Depuis le temps qu'elle t'attend. Tu es de passage ?

Il secoua la tête de droite à gauche.

— Tu restes combien de temps ?

Quelle conne.

— Je ne sais pas. Une semaine.

Zoom avant sur Christophe qui se rapprochait. Focus. Ils s'y noyèrent pour s'éviter un moment. Quelques secondes plus tard, Manon, qui avait reconnu la voix de Marsac, dévalait l'escalier et se jetait dans les bras du flic.

— Amaury ! Tu es venu à cause de ma lettre, hein ? À cause de la malédiction ?

Il la sortit d'une poche, dévisageant Elsa à la dérobée. Aussi fine, aussi brune, mais surtout toujours terriblement lumineuse, accrochant la lumière comme il imaginait qu'avait pu l'avoir fait avant elle la première femme de l'univers. Il sentit très nettement la flamme qu'il s'était acharné à éteindre renaître de ses cendres. Cette femme le rendait fou. Il l'avait fuie. S'attacher était inenvisageable. Et si elle disparaissait, elle aussi ? Depuis, le gouffre sans fin. Il avait fini par épouser Nathalie, un tourbillon passionnel, qui l'avait quitté, un matin d'été. D'un simple Post-it vert fluo apposé sur leur frigo. Trois ans déjà. *Ce n'est pas une vie, ça. D'attendre et d'avoir peur tout le temps. Je pars. S'il te plaît, ne m'appelle pas. Je t'appellerai, moi. Nathalie.* Le glas avait sonné, un peu plus tard, par SMS. Elle avait rencontré quelqu'un, elle voulait divorcer. Putain de téléphone. Putains de SMS. Il avait shooté dans l'iPhone à terre.

— Oui, ma poupée. Une lettre pareille, ça vous bouge des montagnes.

Manon se nicha au creux de son cou. Comme avant. Elle ferma les yeux, soupira. L'embrassa. Il l'enserra comme la petite sœur qu'elle avait toujours représentée pour lui.

— Tu as été long…, reprocha-t-elle en se détachant.

Elle coula un regard sur ses mains. Pas d'alliance. Les anges étaient avec elle. Marsac, qui perçut le mouvement, effleura son anneau abandonné au fond d'une poche. Quelques grammes d'or froid, issus de la collision du cœur mort de deux étoiles ayant explosé en supernovas, propagés sur la Terre par une pluie de météorites. Rien d'autre.

— Tu viens ? réclama Manon. On a juste le temps pour aller voir le coucher du soleil.

Il esquissa un sourire, emporté par l'élan de vie de la jeune femme qui avait le pouvoir attractif de certaines gemmes – il la comparait à une petite émeraude, belle et fragile – et fit signe à Elsa qu'il allait revenir.

Elsa secoua la tête comme pour sortir d'un mauvais rêve. Quelle lettre ? Quelle malédiction ? Qu'avait encore inventé sa sœur ? Manon était une adulte, mais uniquement sur papier. Dans la vraie vie il en allait tout autrement. Une anoxie à la naissance, un cordon ombilical enroulé autour d'un cou, un bref manque d'oxygène et voilà. Aucune séquelle neurologique ou cognitive décelée, mais des troubles émotionnels importants, qui entravaient tout. Sa compréhension de la vie, ses relations aux autres. Manon, à bientôt trente ans, ne percevait le monde qu'en noir et blanc. Toute la gamme des gris, qui permettait de décoder le monde, et accessoirement de s'y intégrer, lui échappait.

Elsa soupira en s'allumant une cigarette. Manon et Amaury avaient disparu de son champ de vision. Christophe était resté au loin, assis dans l'herbe, un stylo à la main, plié sur ses feuilles. Elle referma la porte et grimpa les marches deux à deux. Les dix dernières années de sa vie défilèrent dans l'escalier. Est-ce qu'Amaury souffrait aussi parfois ? Est-ce qu'il avait regretté ?

Aucune nouvelle directe depuis dix ans. 3 650 jours et autant de nuits. Elle avait laissé faire. Saloperie de fierté.

Elle s'observa dans un miroir, dos à la fenêtre. Le regard de Marsac l'avait transpercée. Quelle conne.

Dehors, le ciel s'était encore assombri. Les corbeaux lançaient leurs cris d'alarme, rêches, nasillards et oppressants. La bruine fine et dense avait pris de l'ampleur et le soleil se coucha sur Saint-Paul, petit village paisible de la Vallée Noire, en un lugubre écroulement de nuages sanglants.

2

« Et quand elle les recrache ? demanda Henri.

— Ben ils sont morts, répondit Ferdinand. Et parfois elle les recrache jamais et on les retrouve pas. »

L'édition du soir cria la nouvelle qui se répandit comme une traînée de poudre à travers le village à moitié endormi. Allongé sur le lit de sa chambre d'hôtel, chez Dédé et Louise (le bar faisait aussi hôtel-restaurant, à l'occasion, notamment pour les pèlerins qui descendaient de Paris ou d'ailleurs, de Caen ou de Rouen, pour aller vers Poitiers, Bordeaux, puis le nord-ouest de l'Espagne et enfin Saint-Jacques-de-Compostelle. Une excellente adresse et une bonne table que les initiés s'échangeaient sous le manteau), Marsac monta le volume de la télé qu'il avait mise en bruit de fond et tendit l'oreille. Il avait bien entendu. Et voyait mieux encore. Nom de Dieu. Il blêmit. Les caméras s'attardaient sur la maison, un ancien corps de ferme défraîchi de deux étages, aux murs en béton resté brut. Au milieu du chaos, un lieutenant-colonel de la gendarmerie se refusait à toute déclaration, l'air exaspéré par cette intrusion précoce des médias sur son champ de bataille.

Une série de travellings sur le cimetière en arrière-fond et les chats errants réveillés par le brouhaha achevaient de rendre lugubre ce qui l'était déjà assez. Marsac se leva d'un bond et recoiffa ses cheveux ébouriffés d'un geste vif en se demandant avec appréhension si Elsa et Manon étaient elles aussi devant leur écran, priant pour que ce ne soit pas le cas… *Nom de Dieu.* Lorsqu'il arriva sur place, les gyrophares des voitures de police et de gendarmerie l'entraînèrent en terrain connu. Miné.

Les hommes de l'avenue Marceau, les policiers, et ceux de l'avenue de Grammont, les gendarmes, sécurisaient les lieux. Le procureur, Hervé Grandville, comme à son habitude, avait bien précisé de l'attendre avant de faire quoi que ce soit. C'était étrangement un homme de terrain, shooté au stress et à l'adrénaline. Il arriva vingt minutes plus tard. Grand, mince, cheveux coupés en brosse. Tiré à quatre épingles. Costume-cravate et chaussures italiennes. Il chercha des yeux le divisionnaire Dottori, voire le commissaire Batthe. Personne. Ce fut un jeune lieutenant de police à l'allure sportive qui s'avança vers lui et prit la parole.

— Monsieur le procureur. Lieutenant Jérémy Coffe. Je vous fais le topo ? Nous avons reçu un coup de téléphone. Patrick Ghislain, journaliste au *Berry républicain*. Vous devez le connaître, il couvre toutes les affaires criminelles de la région.

Le procureur acquiesça d'un rapide signe de tête. Qui ne connaissait pas Ghislain, ses airs rêveurs, sa mise dépenaillée et sa plume affûtée ? Une (grosse) épine dans le pied de la magistrature dite debout. Qui boitait donc, parfois, au rythme du quatrième pouvoir.

— Heureusement c'est un réglo, reprit le lieutenant. Il nous a prévenus avant de venir sur les lieux. Lui-même a été, comme vous le savez sans doute, averti par un appel anonyme.

Un *réglo*. Grandville jugea inutile de relever l'incongruité de cet adjectif. Il lui fallait cerner au plus vite la situation afin de prendre toutes les mesures nécessaires.

— Qui est entré sur les lieux ?

— Ghislain nous a attendus dehors et nous avons d'emblée pu sécuriser la scène. Ce qui fait deux personnes. Le lieutenant-colonel Hubert et moi.

— Excellent réflexe. Première impression générale ?

— Un crime sauvage. La victime, Marianne Touret, septuagénaire, a été égorgée. Ses deux fils, Mathieu et Marc, âgés d'une cinquantaine d'années, qui dormaient comme des bébés dans leurs chambres, à l'étage, disent n'avoir rien entendu. Nous les avons trouvés endormis et ivres morts…

Il désigna d'un mouvement du menton les deux frères en question qui hurlaient contre une fourgonnette de fonction, refusant d'y pénétrer, et tentaient de faire pleuvoir les coups. S'ils ne retrouvaient pas leur calme très vite, il allait falloir les menotter.

— Et, si je comprends bien, ils clament leur innocence ?

Échange de regards fatigués, entendus. Soupirs.

— Personne n'en tirera rien d'autre dans cet état. Placez-les immédiatement en cellule de dégrisement. Autre chose à signaler, lieutenant ?

— Oui… La victime a aussi été… dénudée et… tondue.

Coffe se racla la gorge. Le procureur crut avoir mal entendu.

— Dénudée et tondue ? reprit-il d'un air incrédule.

— Oui, monsieur le procureur. Tondue…

Dénuder une femme de soixante-dix ans avant de l'égorger et de la *tondre* ? Ici ? À Saint-Paul, petit village sans histoire, en bordure de la Brenne ? Le procureur se massa les tempes à pleines mains. *Dans quel monde vivons-nous*, se demanda-t-il une fois de plus avant de plonger son regard dans celui du jeune lieutenant manifestement lui aussi ébranlé.

— Que savez-vous déjà de la victime, lieutenant ?

— Elle était veuve depuis un an je crois et vivait seule avec ses deux fils, Marc et Mathieu.

— C'est tout ?

— Non. Il y a aussi quelques ragots de village que personne n'ignore. Pas même moi.

— Expliquez-vous.

— On dit que c'était une *sorcière*…

Grandville haussa les sourcils. Il aurait décidément tout vu, tout entendu. Vingt ans de carrière dans la magistrature et toujours autant de surprises. La nature humaine était inépuisable. Dans l'horreur, le plus souvent. Même à la campagne, dans ces contrées plutôt calmes. Il éluda.

— Autre chose ?

— Une dernière, oui. Il y avait aussi un chien, dans la maison, au pied de la victime. On a d'abord cru qu'il était mort, parce qu'il ne bougeait pas, mais non. Il dormait. Il a dû être drogué, c'est pas possible. Un vétérinaire doit arriver.

Le lieutenant-colonel Hubert, taille moyenne, silhouette charpentée, cheveux ras et regard aiguisé, s'approcha d'eux d'un pas décidé.

— Lieutenant-colonel ? demanda le procureur, sachant que le gradé n'attendait que cela. Que l'on s'enquière aussi de son avis. Qu'en pensez-vous ?

— J'aimerais d'abord savoir à qui sera confiée l'enquête, monsieur le procureur.

Grandville aurait dû s'y attendre. Le lieutenant-colonel Hubert avait encore visiblement plantée en travers de la gorge une enquête qui avait été confiée à la police alors qu'il l'espérait. Une affaire de crime sexuel sur laquelle il s'était acharné avec son équipe avant que la décision soit finalement prise « en haut lieu » de la livrer à d'autres. À ceux de l'avenue Marceau. Depuis, ce n'était pas la guerre, mais le climat jusqu'alors tempéré s'était considérablement refroidi. Deux mois que cela durait. Le procureur toussota.

— Mais compte tenu du lieu du crime, reprit le gendarme avant que Grandville n'ait pu ajouter quoi que ce soit, je pense que cette affaire n'est pas de mon ressort. Et si vous n'y voyez donc pas d'inconvénient, monsieur le procureur, je me retire.

Ce disant, il salua et quitta les lieux sans attendre de réponse, entraînant ses hommes avec lui, puisqu'il savait qu'il avait raison. La police et la gendarmerie se partageaient le territoire du département selon un découpage minutieusement balisé. La police nationale, dirigée par le directeur départemental de la Sécurité publique, était organisée autour du commissariat de Tours, qui pilotait l'action des neuf postes de police de la zone, soit quelque 500 fonctionnaires, tandis que la gendarmerie nationale, dirigée par le colonel commandant le Groupement de gendarmerie du département, gérait l'action des douze communautés de brigades, des deux brigades autonomes et de leurs services d'appui implantés en Indre-et-Loire. Au total, quelque 300 000 habitants en charge de chaque côté. Et là, Marianne Touret venait d'être assassinée à Saint-Paul, commune relevant de la compétence de la police… Sachant que 98 % du territoire du département relevaient de celle de la gendarmerie, ce n'était pas de chance pour le lieutenant-colonel : les enquêtes, il les lui fallait toutes. Un vrai ogre. Un insatiable boulimique. Le découpage des affectations étant ce qu'il était, le procureur acquiesça d'un bref hochement de tête, dans le vide.

Et le commissaire Mads Batthe arriva, dans la poussière soulevée par les véhicules, de plus en plus nombreux, qui tournoyaient autour de la maison. Un mètre soixante-quinze de muscles tatoués. Cheveux blonds attachés en queue-de-cheval. Jean brut. Blouson de cuir marbré brun. Visage anguleux, regard de prédateur mais sourire en étendard. La quarantaine conquérante. Il croisa le gendarme et le salua d'un signe de main avant d'échanger à voix basse quelques mots avec lui. *Étonnant*, se dit Grandville rodé aux rivalités entre agents ministériels des différentes structures de la République, en les voyant se sourire. Il ignorait simplement que les deux hommes avaient une passion commune qui les rassemblait certains soirs. Le heavy metal américain ; une rythmique puissante, rapide et nerveuse, comme eux.

— Monsieur le procureur, Coffe, bonsoir. Hubert nous quitte déjà ?

— Commissaire, coupa le procureur, je suppose que vous avez été briefé. Égorgement, tonte… Tout cela pour une septuagénaire perdue au fin fond de la campagne… Inutile de vous préciser que je n'aime pas du tout cette histoire.

Il secouait la tête en dévisageant le commissaire. Est-ce que lui aussi trouvait cela délirant ? Batthe se mordilla la lèvre supérieure. Stress intense pour le flic aussi. Grandville en fut soulagé. Il y avait encore quelques esprits sains ici-bas.

— … Alors je compte sur vous. Tout le monde sur le pied de guerre.

— Bien sûr. Désolé du retard.

Et il tourna les talons, vociférant déjà en direction de son équipe.

— Coffe ! Faites souffler les fils Touret dans le ballon, embarquez-les en cellule de dégrisement et virez-moi tous ces charognards de journalistes sur-le-champ. Sauf Ghislain, lui, amenez-le-moi tout de suite je veux l'entendre. Et le péquenot, là-bas au fond, à l'écart, il dégage aussi !

Le regard de Coffe suivit celui de son supérieur pour se poser sur le *péquenot*.

— Il m'a dit que vous vous connaissiez bien, commissaire, c'est pour ça que je l'ai laissé là, lui.

— C'est qui ? Je vois rien d'ici, entre la nuit noire et ces gyro qui m'aveuglent.

— C'est le commissaire Marsac.

Le visage de Batthe se détendit instantanément et il acquiesça en souriant. Bien sûr qu'ils se connaissaient. Et pas qu'un peu. Lui, Amaury et Max avaient autrefois formé le *trio infernal*. Ils avaient, quoi, seize ans, dix-sept ans à l'époque. En ce temps-là, lui gobait des œufs crus dans son bain, un chapeau melon noir vissé sur la tête, des bagues à tête de mort à chaque doigt. Marsac rongeait son frein en apprenant qu'une cardiopathie congénitale qui prenait la forme d'un trou dans le cœur, une CIA, l'empêcherait à jamais d'être plongeur : le sang de l'oreillette gauche passait dans l'oreillette droite avec pour conséquence une élévation de la pression pulmonaire… Il avait été soigné dès que possible. On lui avait posé une espèce de prothèse en forme de parapluie venue boucher l'ouverture dans le septum entre les deux oreillettes, mais la contre-indication demeurait… Et Max faisait les quatre cents coups. Par jour. Batthe congédia Coffe en faisant de grands signes à Marsac. « Mais les autres je ne les connais pas, alors virez-les-moi. Et coupez-moi aussi ces deux tons, on ne s'entend pas. »

Marsac arriva, soulevant la Rubalise. Le périmètre de sécurité entourant les abords de la vieille bâtisse commençait à attirer les curieux du village, les voisins les plus proches, aimantés dehors en dépit du froid glacial par le besoin de voir. « Scopophilie », aurait précisé son bras droit, Raimbauld, à Paris. L'homme qui savait toujours tout, sur tout, ou presque. Ils s'étreignirent à coups de tapes dans le dos, aussi surpris l'un que l'autre de se retrouver.

— Qu'est-ce que tu fais là ?

— J'allais te poser la même question. Vacances. J'étais chez Dédé, dans mon lit. J'ai vu les infos. Et toi ? Je ne savais pas que tu étais revenu.

— C'est tout neuf. Trois mois demain. J'ai demandé ma mutation. Ras-le-bol du Sud-Ouest et me voilà de retour au pays. Et toi, t'es arrivé quand ?

— Fin d'après-midi.

— Content de te revoir, dit Batthe en desserrant son étreinte. Content de te revoir. Même si j'aurais préféré que ce soit dans d'autres circonstances… On se voit après, tu m'attends ?

— Moi aussi, content de te voir. Je t'attends, oui.

— Et si jamais l'envie d'entrer te prend, il y a du matériel dans mon coffre, lâcha-t-il en s'éloignant. Mais je te préviens, il paraît que ce n'est pas beau à voir et tu ne devrais peut-être pas.

Marsac regarda son ami d'enfance disparaître dans la maison. Il avait la même allure conquérante qu'autrefois, un corps que l'on devinait toujours puissant, une blondeur intacte, mais son regard avait changé. Il s'était voilé. Peut-être était-ce un destin de flic. Les yeux, miroirs de l'âme, que l'on travaillait à opacifier pour que personne ne puisse lire dedans. Préférable. L'âme d'un flic, au bout d'un certain temps, ça ressemblait à un Trafalgar et autant la tenir loin des lumières le plus longtemps possible. Il éteignit sa cigarette, prenant soin de remettre son mégot dans son paquet, s'équipa et entra. Batthe diligentait déjà le recueil des premières constatations et les mises sous scellés. Il observa dix secondes le lieutenant Laetitia Grimberg qui, comme d'habitude, prenait les clichés et se chargeait des croquis. Elle était maniaque, précise, et avait un excellent coup de crayon. Une procédurière hors pair. Cette môme irait loin. Il n'aurait pas dédaigné faire plus ample connaissance, mais le bruit courait qu'elle était déjà prise. Il avait à maintes reprises cherché à savoir avec qui. Sans succès. La môme, belle comme le jour, avait réussi à ériger une muraille de Chine entre sa vie privée et sa vie professionnelle. À vingt-cinq ans tout juste. Chapeau bas. Batthe l'interpella. « Grimberg ! Soignez vos photos ! Je veux voir le corps sous toutes ses coutures ! »

La jeune femme haussa les épaules. Comme si elle ne connaissait pas son boulot. Les trois autres membres de l'équipe accomplirent leur travail sans se parler, dans un silence quasi religieux. Tous savaient que les premières constatations devaient être les plus précises possible, qu'il s'agissait d'aller vite et bien, en essayant de ne rien omettre parce qu'on n'a jamais une seconde première chance. Batthe allait du corps de la victime au reste de la pièce, le regard à l'affût, évaluant la rage qui suintait de chaque parcelle dévastée, jetant malgré lui de fréquents coups d'œil à Marsac. Celui-ci ne bougeait plus. Grimberg envolée, il s'était accroupi près du corps de Marianne, évitant la flaque de sang, encore frais, qui s'étalait à ses pieds.

Marianne reposait, mais le mot était mal choisi car rien dans sa posture n'évoquait une quelconque détente, nue, sur le divan. Sa tête, tondue, pendait presque dans le vide, à peine retenue par l'épaisseur de l'accoudoir rembourré. Sans cet appendice, sa tête se serait-elle détachée du reste de son corps ? Marsac s'approcha davantage – égorgée, de part et d'autre des muscles scalènes. Il ferma les yeux un millième de seconde, le visage soudain crayeux, dépassé par l'horreur. Chasser ce cauchemar de sa rétine avant que ces images ne se gravent à jamais, au burin, dans sa mémoire. Il savait déjà que ce serait vain. Il n'oublierait jamais. Il s'obligea à rouvrir les yeux. Continuer son exploration visuelle. Délaisser le visage, auparavant solaire de Marianne, autoriser son regard à descendre le long du corps. Cou. Déjà vu, passer. Buste. Il aurait aimé ne pas s'y attarder, mais. Stop. Il crut halluciner. Il y avait un *truc*, cousu à gros points noirs, sur… son… sein gauche… au niveau du cœur. Un morceau de tissu bleu ciel, effiloché, de deux centimètres sur deux environ. Il cilla, et vomit dans son masque pour la première fois de sa carrière. Sortir d'ici. Non. Les photos ne lui offriraient jamais la même vision et qui sait s'il y aurait accès, demain… Il ravala ses vomissures en un nouveau haut-le-cœur. Continuer. Sexe intact *a priori* et il remercia ce Dieu auquel il ne croyait plus, celui qui autorisait certains fous, dans des IML, des salles de dissection ou ailleurs, à baiser des cadavres. À tuer des gosses, des femmes, des hommes. Descendre. Blancheur du corps frêle, émaillée de trouées bleuâtres. Ecchymoses aux contours incertains parcourant la totalité du corps, visage excepté. Battue. Marianne. Depuis longtemps, à en juger par la diversité des nuances des lésions cutanées et des renflements, plus ou moins proéminents. Lâcher ces hématomes, poursuivre. Fin du cauchemar. Remonter le regard. Ultime point d'achoppement. Avant-bras gauche. Était-ce elle qui avait essayé de l'effacer à coups de ce qu'il lui semblait être des brûlures de cigarette, ou avait-elle aussi subi ces actes de barbarie ? Il chercha Batthe du regard et buta sur un ballet silencieux d'hommes et de femmes en blanc qui s'agitaient en une chorégraphie bien connue mais tout à coup étrangère.

Qu'avait-elle pu faire pour engendrer tant de haine, de folie meurtrière ? Il ne comprenait pas. Le mot des Vieux lui revint en mémoire comme un infernal leitmotiv. *Sorcière. Sorcière sorcière sorcière.* Cela n'avait aucun sens. La Vallée Noire avait ses croyances ancestrales, ses superstitions moyenâgeuses, mais tout de même. Qui pouvait encore croire à ces conneries au vingt et unième siècle ? Une question lui traversa l'esprit. Est-ce qu'on tondait les sorcières ? Il eut envie d'appeler Raimbauld et se promit de le faire le plus vite possible. Il essaya de réfléchir, d'oublier cette nudité que quelqu'un, un malade, un fou, avait décidé d'offrir aux regards. Qu'avaient encore dit les Vieux ? Marianne la *recluse*. Il la regarda ; *pourquoi ?* et sortit, en manque d'air. Cela n'avait décidément aucun sens. Dans sa voiture, il se rinça avec une bouteille d'eau qui traînait sur le siège passager et s'alluma une cigarette. Le vent était glacial. Il ferma les yeux. Le crâne rasé de Marianne… *humiliation publique, collaboration*. Ridicule. Il n'avait jamais entendu parler d'une quelconque collaboration de Marianne avec *l'ennemi* pendant la guerre, et pour cause. Et puis cela lui semblait si loin… Il appuya sur la touche 1 de son portable, celle qui le reliait depuis quinze ans au capitaine Marc Raimbauld.

— Raimbauld, c'est moi, je vous réveille ?

— J'aimerais bien.

Depuis combien de temps n'avait-il pas dormi ? Depuis quand se contentait-il de microsiestes, à l'instar de ces cadres japonais qui finissent parfois par se défenestrer du dernier étage de leurs tours infernales après avoir applaudi des concerts d'hologrammes et caressé des chats qui n'étaient même pas les leurs ?

Des bars à chats.

Des bars à lapins.

Misère. Mensonges. Cinéma.

— Parfait alors. Dites-moi, ça vous évoque quoi à vous de tondre une femme et de la tuer ? Pas forcément dans cet ordre d'ailleurs.

— Comme vous, je suppose. Châtiment.

— C'est tout ?

— Non. Enfin pas uniquement.

— Au but, Raimbauld, s'il vous plaît.

— Si l'on excepte les tontes de toutes les femmes soupçonnées d'avoir collaboré avec les nazis, on en trouve aussi des exemples au Moyen Âge et jusque dans la Bible : c'est ainsi qu'étaient châtiées les infidèles.

— Merci Raimbauld. Je vous rappellerai pour vous expliquer.

Marsac raccrocha, pas plus éclairé. Il retourna à la voiture de Batthe, se rééquiper. Auprès du corps, la valse silencieuse continuait. Il demanda à Grimberg s'il pouvait le recouvrir, maintenant qu'elle avait terminé de le photographier. Elle adressa un regard interrogatif à Batthe qui fit d'abord celui qui n'avait rien entendu pour finalement acquiescer en haussant les épaules. Un technicien de scène de crime lui tendit un drap-housse qu'il sortit de sa mallette orangée. Marsac le remercia d'un rictus et étira le cache-misère sur Marianne.

Trois heures plus tard, la dépouille de la victime, escortée du lieutenant Grimberg, rejoignait l'Institut médico-légal de Tours, et l'équipe de Batthe pliait bagage. Ils se hâtaient : la nuit serait courte et tous allaient tenter de gérer au mieux leur précieux capital sommeil, souvent usé jusqu'à la corde. Puis, la maison désertée, Batthe avait rejoint Marsac, dehors.

— Je refais un tour à l'intérieur. Tu viens ? L'extérieur n'a rien donné. Du bitume partout…

— Tu as une idée ?

— Les deux fistons sont des tarés finis. Alcooliques. Violents. Alors on va voir, mais je ne donne pas cher de leur peau s'ils n'ont pas un alibi en béton. Ils étaient encore bourrés de chez bourrés quand on les a sortis de leurs piaules tout à l'heure, tu as dû les voir, mais Dieu sait ce qu'ils ont pu faire avant.

— … Nom de Dieu… Égorgée et tondue… Et nue… avec ce truc cousu sur la poitrine.

— Ouais, soupira Batthe… On vit dans un monde de merde… Tu as vu, elle était couverte de bleus…

Ils jetèrent chacun un ultime regard sur le salon dévasté. Marsac s'approcha de la cheminée à foyer fermé et effleura la vitre de protection.

— Chaude.

— Normal. En mars on chauffe encore.

Il l'ouvrit. Au milieu des bûches de frêne, des couvertures de livres calcinées ou en passe de l'être.

— Des livres…

Marsac se rapprocha.

— Drôle d'odeur, non ? Tu sens ? Des herbes ou des plantes. Elle les mettait où, ses bocaux ? À l'époque ils tenaient tout un pan de mur, sur des étagères, dans sa cuisine.

Batthe lui lança un regard ignorant. Direction cuisine. Mur d'étagères vides.

— Il n'y a plus rien, constata Marsac.

Direction poubelles extérieures. Remplies de bocaux vides. Ils retournèrent vers la cheminée, rouvrir le foyer fermé qui rougeoyait encore de braise incandescente.

— Ses livres et ses plantes ont été brûlés… On sort d'ici ?

Dehors, ils se débarrassèrent de leurs gants, de leurs charlottes et de leurs couvre-chaussures et jetèrent le tout dans un sac en plastique que Batthe expédia sans ménagement au fond de son coffre. Puis ils s'étreignirent, longtemps, avant que Marsac ne rompe le silence.

— Tu l'avais vue depuis ton retour ?

— J'y suis passé deux ou trois fois, sinon non. À part ses deux fistons et Manon elle ne fréquentait plus personne. Une vraie recluse.

— Tu sais pourquoi ?

— Ouais, je crois. Tout a dégénéré après la mort de René. Y a bien un an de ça. Les gens se sont mis à dire qu'elle portait malheur. Soi-disant qu'un homme comme lui ne peut pas mourir comme ça d'une crise cardiaque et qu'elle devait bien y être pour quelque chose… Je ne sais pas d'où ils sont allés tirer ça. N'empêche, quelques vieux bigots se sont mis à se signer sur son passage. Alors les gosses ont suivi. Et la rumeur a enflé. Ils fouillaient même dans ses poubelles à la recherche d'yeux de loup ou de connerie du genre et dans les derniers temps je crois qu'elle a vraiment été harcelée.

— Quelle bande de cons !

Marsac secoua la tête. Batthe lui tapota l'épaule.

— Allez, je rentre. Je sens que je vais être debout aux aurores, si jamais j'arrive à fermer un œil. Passe me voir demain si tu veux. Et t'inquiète pas. C'est minuscule ici. Tout se sait. On va serrer vite fait le salopard qui a fait ça et, sauf erreur ou omission de ma part, comme dirait mon banquier, les frangins sont déjà en ligne de mire. File te reposer un peu, t'as une vraie tête de déterré. T'as pris une chambre chez Dédé ?

— J'ai pas envie de me *reposer*. On a soixante-douze heures pour loger le salopard qui a fait ça. Et le compte à rebours a commencé.

Batthe s'éloigna sans un mot supplémentaire, sans relever non plus ce *on* qu'il n'avait guère apprécié. Marsac le suivit du regard quelques secondes puis il se laissa glisser à terre, sous l'abri de la marquise qui protégeait l'entrée. De part et d'autre, d'énormes bacs de vendange, patinés par les années. Il les avait toujours vus là, abritant les pivoines adorées de Marianne. Ce n'était que le début du printemps et seules leurs hampes apparaissaient. *Elle a loupé leur floraison*, se dit-il. La petite bruine fine de fin d'après-midi se remit à tomber. Il s'alluma une cigarette qui dessina comme un feu follet dans la nuit redevenue opaque. *Esprit du diable ou émanation de différents gaz invisibles mais bien là quelque part ?* Il avait neuf ans. Marianne avait souri à sa question, observant avec malice la petite flamme rougeoyante. Faire rêver les enfants, ce devrait être reconnu d'utilité publique, riait-elle souvent. Combien de fois avaient-ils joué ici, dans ce jardin ? Des milliers sans doute. Il laissa le vertige qu'il avait senti naître dès les premières secondes sur les lieux l'étreindre.

Un fragment de dialogue. Presque quarante ans plus tôt, au printemps suivant l'histoire dont on ne parlait pas, jamais. Sa mère, Max et lui avaient quitté Lille qui remuait trop de malheurs, et la mer du Nord, et les plages désertes et meurtrières, sans touristes, sans palmiers, sans rien, pour s'installer ici, berceau maternel. Le soir de leur arrivée, tout le monde s'était réuni chez Marianne. Lui, huit ans et demi, son frère Max, dix ans et demi, leur mère, Marc et Mathieu, René, les deux Vieux et Barbara. Après les avoir couchés, les adultes avaient fermé la porte de la cuisine. Marsac était redescendu les écouter. Ils chuchotaient.

— La mer, dans le Nord, elle avale les hommes. Et les petits d'hommes.

— Et quand elle les recrache ? demanda Henri.

— *Ben ils sont morts, répondit Ferdinand. Et parfois elle les recrache jamais et on les retrouve pas.*

— *Comment elle va faire, Marie, maintenant ?*

— *Elle va souffrir, Henri, je te le dis. Parce que personne n'a encore trouvé un mot pour dire la perte d'un enfant. Et sans un mot sur une chose, eh ben la chose ne guérit jamais. Elle enfle, elle enfle jusqu'à ce qu'elle explose... Et Solène, on la retrouvera jamais.*

Solène. Six ans. Disparue sur une plage, une nuit d'hiver. Ils avaient bravé l'interdiction parentale du couvre-feu. Jouer, voir encore les mouettes voler la nuit au-dessus de la mer du Nord. Ils étaient sortis sans bruit et avaient couru jusqu'à la plage, quelques mètres à peine, avec leurs petits cirés jaunes de marin, leurs bottes et leurs lampes de poche. Et la tempête s'était levée. Et puis…

Une voiture surgit en trombe au milieu de l'allée gravillonnée, rongée de nids-de-poule qu'aggravaient un peu plus chaque année les gelées hivernales et l'apathie des hommes de la maison. Ce ne pouvait être qu'elle. Et c'était elle. Elle stoppa le moteur et descendit de sa voiture en une fraction de seconde avant de courir vers lui. Il n'eut pas le temps d'échafauder une parade ni de sécher ses larmes qu'Elsa se jetait dans ses bras.

— Je savais que tu serais là.

3

> « Elle rit et l'obscurité se fendilla. Les voix s'éloignèrent peu à peu, comme aspirées par le silence. »

4 heures. Elle se réveilla en sursaut, d'un bond, trempée de sueur. Toujours le même cauchemar. *Ils* venaient la chercher. Elle ouvrit les yeux pour dissiper les ténèbres. Rien, il n'y avait rien. Elle rit et l'obscurité se fendilla. Les voix s'éloignèrent peu à peu, comme aspirées par le silence. Elle resserra son cilice – une ronce de métal, faite sur mesure avec du simple barbelé de ferme –, dissimulé sous sa chemise. L'ange Gabriel, le messager de Dieu, celui qui avait refusé de suivre Lucifer dans sa rébellion contre Dieu, planait au-dessus d'elle. Ses ailes de géant immobiles, il lui accorda un sourire et elle se rendormit un court instant, à même le sol, étrangement apaisée par la douleur de sa mortification.

Mais l'aube la cueillit de nouveau en pleine transe et le feu enfla. La faute au lundi qu'elle détestait, un jour de réputation néfaste, celui des naissances de Caïn et de Judas, celui des traîtres. *Ils* étaient partout, invisibles, tapis dans l'ombre. Elle se redressa. C'était l'heure.

Les rues étaient endormies, pâles et vides, petits boyaux inanimés qui n'avaient rien à recracher. Des plaques de verglas luisaient encore par endroits. Elle les évita, le corps en alerte, rodée aux dangers. Quelques centaines de mètres à peine, et elle serait sauvée. Elle venait ici tous les jours, affrontant les vents violents qui battaient sans cesse le parvis de l'église. La lourde porte de bois était entrouverte. Elle se faufila à l'intérieur et prit place au premier rang, au bord de l'allée centrale. Prête à fuir, toujours. Aucun fidèle, l'office des laudes n'attirait jamais personne, mais le père Niemer était déjà là, debout, tête baissée vers l'autel, et sa voix hypnotique sembla une fois encore surgir du cœur d'un ange.

Jésus, berger de toute humanité,
Tu es venu chercher ceux qui étaient perdus...
Prends pitié de nous, fais-nous revenir,
Fais-nous revenir à toi, prends pitié de nous...

Elle frémit, comme c'était bon, et chanta avec le prêtre puisque le chant est Amour, levant les yeux vers lui tandis que ceux de l'homme d'Église croisaient les siens.

Il connaissait son histoire. Toute son histoire. Son secret. Il frissonna en refermant les portes de sa chapelle, la frêle silhouette déjà happée par la brume. Par ici les vents savaient être rudes. Arrêtés par rien, les bois étaient trop loin, tout était si plat, rongé d'étangs. Certains jours, on aurait cru qu'ils venaient tous mourir ici, dans ce qui était surnommé, au cœur de la Vallée Noire, le Couloir de la mort.

MARDI

« … Quand nous irons en barbarie… »

Philippe Léotard,
Portrait de l'artiste au nez rouge.

4

«Je l'ai vue, avait-il murmuré à Raimbauld.

— Qui ?

— Ma sœur. Elle flottait dans la mer. »

Le portable de Marsac vibra sous son oreiller. Tôt. Trop tôt. Il lui sembla que sa tête était au bord de quelque chose de très douloureux. Implosion ou explosion, quelque chose du genre guerrier ou terroriste. Il vérifia le numéro qui s'affichait à l'écran. Raimbauld.

— Hum ?

— Je vous réveille ?

— Nuit sans sommeil…

— Vous êtes bien à Saint-Paul comme prévu ?

— Mmm…

— J'ai vu les infos ce matin et… je… enfin je suis désolé… On sait ce qui s'est passé ?

— Ils penchent pour un matricide.

— Il y a des bruits qui courent.

— Raimbauld. Ce qu'il me reste de tête est au bord de la désintégration. Allez-y.

Le capitaine se racla la gorge, et Marsac l'imagina aussitôt en train de se gratter frénétiquement coudes ou tibias. De fait, Raimbauld frottait avec rage une jambe meurtrie de psoriasis, à la petite cuillère, portable calé entre l'épaule et le cou.

— On parle de sorcière. De malédiction dans le village.

Marsac soupira.

— Comment une connerie pareille a-t-elle déjà pu ramper jusqu'à vous ?

— Bourgueil. Apparemment il savait lui aussi où vous étiez et il était au courant du lien qui vous unissait à la victime… Il m'a appelé aux aurores. Inquiet.

Stéphane Bourgueil. Un journaliste parisien œuvrant à *La Liberté*. Physique de play-boy quadragénaire. Plume acérée. Un vieil ami. Une valeur sûre. Une pierre angulaire de sa vie qui partait à vau-l'eau plus souvent qu'à son tour. Un pilier et un refuge en dépit de leurs métiers aux intérêts diamétralement opposés.

— Du lien qui m'unit, Raimbauld.

— Oui pardon, qui vous unit à la victime.

— On parle beaucoup pour ne rien dire, ce n'est pas nouveau.

— Je sais bien. Qu'allez-vous faire ?

— Ce que je peux. Marianne, j'ai sauté sur ses genoux.

— Ils vont vous laisser faire, là-bas ?

— On forme une grande famille, non ? que l'on soit d'ici ou d'ailleurs. Ça devrait aller.

— Quand même…

— M'en fous, Raimbauld. Marianne, c'est juste la majeure partie de mon enfance.

Et il coupa la communication en se redressant. Les murs de la petite chambre au papier peint de délires floraux psychédéliques typiques des années soixante-dix semblèrent valser. Le manque de sommeil devenait cuisant et cette nuit avait enfoncé le clou. Marianne. *Faut que je bouge*. Ses yeux dans le vague criaient le contraire.

Une douche plus tard, il claqua la porte de sa chambre puis celle du bar après avoir salué le patron, un septuagénaire immense, long, fin et souple comme un roseau, qui était en pleine discussion. Au sujet du meurtre, évidemment. Les conversations tournaient toutes autour et l'établissement était plein. Inhabituel à 8 heures du matin, un jour de semaine. Le musiqueux était là lui aussi, à l'écart, l'air encore plus sombre que d'habitude, si c'était possible. Il se demanda ce que ce type fichait si tôt ici, seul, alors qu'il avait vraisemblablement les bras d'Elsa pour refuge. Se rendre compte qu'il n'était pas l'unique idiot sur terre ne lui fit aucun bien. Il chercha ses yeux. Deux mares boueuses et illisibles. Opaques. Vides.

Dehors, des flashs firent irruption.

3 h 2. L'air s'était subitement rafraîchi. Quelques mouettes allaient et venaient encore mais on les sentait cherchant déjà un abri. Marsac fixa la mer. 6 °C, 61 % d'humidité. Des nuages noirs envahissaient le ciel et s'accrochaient aux rouleaux. Le tonnerre grondait à un rythme qui lui paraissait régulier, mais ce n'était peut-être qu'une impression. Un orage s'annonçait.

Sa sœur. Quelque part. Il prit ses jumelles et scruta la mer aussi soigneusement que possible. Rien. 3 h 7.

La pluie tombait maintenant à grosses gouttes et tentait de forcer le flanc ouest. Le tonnerre grondait toujours au loin. Il hurla. SO-LÈ-NE.

La première de ces réminiscences, qui le projetaient des années en arrière et le laissaient fracassé, avait eu lieu quelque temps plus tôt. Lors de *l'affaire* qui lui avait valu ces vacances forcées. La fillette de six ans gisait dans une ambulance sommée de rouler à la vitesse de la lumière. Os brisés, visage tuméfié et yeux injectés de sang. Mais son cœur battait encore. Il avait lâché à l'entrée des urgences. Le père avait souri à cette annonce. « Cette petite pisseuse ne nous emmerdera plus. » Marsac lui avait sauté à la gorge, avant d'être stoppé par les membres de son groupe et emmené prendre l'air. Dehors, il s'était écroulé sur un banc. Livide. « Je l'ai vue, avait-il murmuré à Raimbauld. — Qui ? — Ma sœur. Elle flottait dans la mer. »

5

> « Ils disaient que les sorcières ne saignent pas et n'ont pas de larmes à verser. »

Elsa n'avait cessé de guetter toute la nuit, debout derrière la porte de la chambre de sa sœur, une tempête qui finalement ne vint pas. Manon avait comme elle vu les infos. Rien dit. Pas un mot. Pas une larme. Elle était allée se coucher. Elsa, éreintée, trompait son angoisse et sa douleur en leur préparant un petit déjeuner à la cuisine lorsque Manon fit son apparition. Les yeux rougis, elle avait dû passer la nuit à pleurer en silence. Elsa n'avait rien entendu. Cela ne ressemblait pas à Manon. Le silence.

La cadette s'approcha de sa sœur et s'assit. Coudes sur la table, visage entre les mains. Elle refusa d'un geste les tartines de pain beurré-confiture tendues par Elsa.

— Ils ont réussi à la tuer… Tu te souviens quand des gamins du village l'ont attrapée un jour qu'elle allait sur le grand chemin.

— Je me souviens, dit Elsa. C'était au printemps.

— Non. C'était en été, pas longtemps après la mort de René. Ils l'ont piquée avec une grosse aiguille pour voir si elle saignerait, si elle allait pleurer. Ils disaient que les sorcières ne saignent pas et n'ont pas de larmes à verser.

— Je me souviens.

— Elle a saigné mais elle n'a pas pleuré.

— Alors, dans le doute, ils l'ont rouée de coups. Je me souviens. Pauvre Marianne. Heureusement que ces sales gosses ont déménagé du village.

— Pour un peu ils l'auraient aussi brûlée… Tu le crois, toi, que Marianne avait signé avec Satan comme ils le disent ?

— Non. Les gens racontent n'importe quoi. Satan n'existe pas, tu le sais bien.

— Pourquoi ne nous faisait-elle pas peur, à nous ?

— Parce que nous, nous la connaissions depuis toujours.

— Ce n'était pas une sorcière, alors, tu es sûre ?

— Qu'est-ce que tu racontes. Elle avait juste une immense connaissance des plantes, comme les herboristes, parce que c'était sa passion depuis toujours. Elle soignait avec, comme le faisaient les gens avant et comme continuent à le faire certaines peuplades du bout du monde.

Elsa soupira. Manon restait étrangement calme. Trop. D'une voix éteinte, la petite demanda.

— Qui a fait ça ?

— Je ne sais pas, Manon.

— Et pourquoi ?

— Mais je ne sais pas non plus.

— Tu ne sais rien.

— Pas grand-chose, non. Allez, viens.

Sous l'impulsion d'Elsa, les deux sœurs quittèrent la cuisine pour se blottir sur le canapé du salon, avec leurs thés brûlants, l'aînée caressant tendrement les cheveux de sa cadette. Les larmes de la petite se mirent à couler. Elsa les essuya d'un revers de main.

— Ça va aller ma belle ? reprit Elsa.

Manon se leva d'un bond, saisit son pull suspendu à l'entrée et courut enfourcher son vélo.

Elsa la regarda s'éloigner, tête baissée dans le guidon. Si belle. Un esprit d'enfant dans un corps de femme. Elle alluma sa énième cigarette de la matinée et se pelotonna dans sa fumée, à l'abri, dans sa bulle. Son portable vibra sur la table basse. SMS. Marsac. Elle détourna son regard de l'écran. Marsac. Sa fuite. Sa vie de flic. Tous ces souvenirs qu'elle s'acharnait à fuir lui sautaient au visage. Elle eut envie d'un verre, un seul. Oublier.

6

> «Il comprit cependant d'où elle venait, à l'odeur, et la glissa brusquement dans sa poche.»

La minuscule salle d'attente de Ferdinand Maître affichait complet. Chacun était venu – puisque le Vieux, qui se faisait appeler le Maître, savait toujours tout sur tout – en espérant en apprendre un peu plus sur ce qui était devenu l'affaire Touret. Mais le Maître n'était pas dupe et il fut exécrable. Personne n'osa se rebeller. À midi, il plissa les yeux qu'il avait beaux et bleus jusqu'à ne plus montrer que deux minuscules fentes, deux mitrailleuses à tir automatique, et leur désigna la sortie annonçant que c'en était fini. Aujourd'hui, il avait autre chose à faire que discutailler sans fin. Ses cent vingt kilos et son mètre quatre-vingts achevèrent de les convaincre.

Tout en s'installant à table pour déjeuner, il décacheta son courrier. Sept lettres. Une mèche de cheveux dans les cinq premières. Un simple numéro de téléphone dans la sixième. Encore un ou une mégalo, ou parano, qui pensait pouvoir le manipuler en aiguisant sa curiosité. Il secoua la tête en la déchirant. La dernière ne portait aucune inscription d'expédition. Ni timbre ni rien. Il comprit cependant d'où elle venait, à l'odeur, et la glissa brusquement dans sa poche. *Sale journée*, se dit-il en fixant sa femme. Heureusement qu'il avait eu la visite de Manon ce matin. Ils n'avaient même pas eu besoin de parler. La p'tite était triste pour Marianne. Et ça lui fendait le cœur de la voir dans cet état. Tout ça pour une foutue bonne femme. Pas besoin de causer dans ces cas-là. Il l'avait juste laissée pleurer en la serrant dans ses bras. Et elle s'était calmée. Si tout pouvait être aussi simple qu'une longue contention remplie d'amour. Un bruit de fourchette qui cognait contre le bord d'une assiette le ramena à la réalité. Il posa les yeux sur sa femme qui s'escrimait à vouloir piquer le dernier minuscule bout de jambon de son gratin d'endives et poussa ses couverts loin de lui d'un geste brusque. Barbara leva les yeux.

— Tu ne manges pas ? demanda-t-elle.

— J'ai pas faim.

Elle se hâta de terminer son plat, se passant de dessert pour débarrasser la table.

— Tu veux un café ?

— Quelle question. Pourquoi je n'en voudrais pas aujourd'hui ?

— Tu as l'air bizarre.

Il la regarda encore. Sûr, elle avait été belle, et il l'avait sans doute aimée. Mais là, il n'était plus certain de rien. Elle le fatiguait avec ses maniaqueries, ses attentions, son visage anxieux et son petit corps desséché. Il se mit à jouer avec sa tranche de pain, disséminant des miettes sur la nappe. Elle détestait.

— Et pourquoi je serais bizarre ?

— Le meurtre…

— Je ne veux pas parler de ça, tu le sais.

— Tu vas bien devoir, pourtant. La police passe chez tout le monde. Pour leur enquête de voisinage. Et il paraît qu'ils vont venir chez nous, aujourd'hui.

— Qu'ils rappliquent. Je serai dans mon bureau jusqu'à l'heure du souper.

— Je te les enverrai là-bas, alors ?

— C'est ça.

— Mais plus de patients ?

— Non.

— Même pas cette femme qui vient exprès de Toulouse ?

Il passa une main dans son épaisse tignasse blanche, se leva et regagna son antre sans répondre tandis que Barbara rangeait la cuisine. Comme chaque jour. Il s'enferma dans son bureau, au rez-de-chaussée de la maison, et ouvrit grand sa porte-fenêtre. De son fauteuil en cuir fatigué il laissa son esprit vagabonder hors des murs envahis de bibliothèques, hors des étagères croulant sous les cadeaux reçus au fil des ans. Des patients reconnaissants. Il y avait de tout. Ça en faisait, du bazar à épousseter, se plaignait régulièrement Barbara. Mais elle nettoyait quand même, méticuleusement, fière de son homme. Le Maître s'absorba dans la contemplation muette de ses souvenirs. Quelque chose clochait mais il n'aurait su dire quoi. Ses yeux s'embuèrent, de rage et d'autre chose aussi qu'il ne voulut s'avouer. Il grimaça. Barbara passait l'aspirateur à l'étage. Encore. Deuxième fois depuis le matin. Excédé, il se leva de son fauteuil et sortit lire la septième lettre dehors, sur son banc, au soleil. Au calme. Saloperie de vie.

7

> « Il sera l'ombre de votre ombre, l'ombre de votre main, l'ombre de votre chien si vous en avez un… »

Arrivé devant le commissariat – un bâtiment sans fioriture architecturale, esprit « j'intègre sans grâce ma modernité sans saveur ni moyen dans la ruralité du paysage » (un rectangle de plaques en polycarbonate laides mais résistantes à tout), Marsac nota une agitation qu'il devinait inhabituelle. L'intérieur grouillait de la même effervescence. Les visages qu'il croisa lui étaient inconnus, mais les lieux n'avaient pas changé. Les murs, jadis blancs, puis crème, étaient gris. Comme au 36. À eux aussi on devait promettre une rénovation qui ne venait jamais. Les fonds publics manquaient sur tout le territoire et ce n'était rien de le dire. Il se fit annoncer. Le factionnaire de l'accueil le traversa du regard et décrocha son téléphone de mauvaise grâce. Aujourd'hui, il était harcelé de toute part et il marmonna sans lever les yeux quelques secondes plus tard. « Vous pouvez y aller, le divisionnaire va vous recevoir. C'est tout droit et au fond à gauche. » Marsac quitta le hall d'accueil et s'enfonça dans le long couloir désigné. Au fond à gauche une porte et une plaque. Commissaire divisionnaire Ange Dottori. Il frappa un coup bref et entra sans attendre. Le divisionnaire, un Corse qui flirtait avec l'âge de la retraite, taille moyenne, fin, musclé, crâne bien dégarni, peau hâlée, était penché sur le dossier Touret. Autant dire que l'irruption de Marsac le contraria très visiblement. D'où l'absence de préliminaires.

— L'incurie de certains me rendra fou… Il n'y a rien dans ce dossier, rien, *nada*, que dalle, vociféra-t-il en direction de Marsac afin de signifier d'emblée que l'humeur du jour n'était pas au badinage.

Il pianotait de ses doigts secs sur la chemise cartonnée en fixant le flic debout devant lui.

— C'était donc vrai, vous êtes là… Il ne manquait plus que vous aujourd'hui.

Marsac avait toujours connu Dottori peu prolixe. Il pensa immédiatement *logorrhée anormale*. Ça risquait d'être tendu.

— Je peux m'asseoir ?

— Si vous y tenez, mais dites-moi surtout ce que vous foutez là.

— J'étais en vacances.

Dottori le fusilla du regard. Définitivement alerté.

— N'utilisez pas l'imparfait, Marsac. Vous *êtes* en vacances.

Il sourit d'un air faussement envieux en refermant sans douceur le dossier Touret sur son bureau.

— Quelle chance vous avez, mon vieux. L'été me semble déjà si loin à moi.

— Et si on allait droit au but, monsieur le divisionnaire ? dit-il en s'asseyant en face du Corse.

Dottori soupira ostensiblement. Mais ce fut tout. Pas un mot de plus. Voir venir.

— …

— J'ai grandi ici. J'ai sauté sur les genoux de Marianne Touret et…

Dottori l'interrompit. Ce qu'il avait craint en voyant Marsac se réalisait. Ce mec, parce qu'il avait grandi ici, parce qu'il était flic, parce qu'il était lié à la victime, allait vouloir fourrer son nez dans *son* enquête. Et ce n'était pas une bonne idée. D'abord parce que Marsac n'était pas chez lui, ici, et ensuite parce qu'il allait faire aboyer les journalistes qui ne louperaient pas l'occasion de se demander pourquoi un flic de la Crim était dépêché sur les lieux… Il secoua la tête. C'était tranquille, ici. Et il comptait bien que cela le reste le plus longtemps possible. C'est-à-dire jusqu'à son départ à la retraite, qui se dessinait, lentement mais sûrement. Pas question de surmédiatiser quoi que ce soit. Les élections approchaient et les autorités avaient été extrêmement claires. Agir vite et bien dans les plus brefs délais, avec le minimum de tapage médiatique. Et rien de tout cela ne collait avec la présence de Marsac. Connu à la Crim pour prendre son temps et attirer les lumières. Il allait ralentir la marche, c'était sûr. Braquer les projos sur son fief. Dottori releva les yeux et les ficha dans ceux du flic.

— Marsac. Je suis né à Paris. Dans le XVIIIe. Ce n'est pas pour autant que j'investis Montmartre ou Barbès à chaque meurtre. N'est-ce pas ? Alors chacun son territoire.

— Ne faites pas semblant de ne pas comprendre, monsieur le divisionnaire.

— Alors éclairez-moi, mais vite. J'ai du boulot par-dessus la tête et dans cinq minutes j'ai réunion avec mon équipe. Nous sommes dans la m… jusqu'au cou, mon vieux.

Marsac posa son regard par-delà la fenêtre. Il venait de décrocher.

Penché sur un rocher, il détaillait l'évolution d'un cumulus congestus *qui prenait de la vigueur. Craquera. Craquera pas. Quelques minutes plus tard, la foudre se défoulait sur la mer du Nord. Il sentit le sang se retirer de son corps, et le regard de Max, son frère, le glacer.*

— Marsac !

En face de lui, quelque part, la Mare Germanicum des guides touristiques risquait de devenir le linceul de sa sœur. Il courut de long en large sur la plage, hurlant un prénom qui s'enfonçait et se perdait dans le chaos. SO-LÈ-NE…

Marsac sursauta.

— Je vous écoute.

— Vous n'en aviez pas l'air ! Bref. Dites-moi vraiment. Qu'est-ce que vous fichez là ? Qu'est-ce que vous foutez dans *mon* bureau sans y avoir été convié ?

— Je vous l'ai dit. Je connaissais très bien Marianne Touret.

— Cessez votre cirque. Moi aussi vous me connaissez, et vous saviez pertinemment que votre venue n'allait pas me plaire. Pourtant vous êtes là.

— Je me demandais…

Ange Dottori examinait ouvertement son interlocuteur. Ils s'étaient connus à Paris. C'était il y a longtemps déjà. Une bonne dizaine d'années. En ce temps-là, il avait déjà des soucis de famille et Marsac n'avait cessé de lui rendre service, à divers niveaux. Et un jour plus que les autres. « À charge de revanche », avait-il lancé en quittant Paris pour une affectation plus calme. Il aurait mieux fait de se casser les deux jambes, ce jour-là.

— Très bien. Je suppose que vous comptez sur un renvoi d'ascenseur, n'est-ce pas ? Parce que cette histoire vous tient à cœur, et tout le toutim ?

Il soupira, excédé, nageant en pleine ambivalence névrotique. Renvoyer l'ascenseur était une chose mais les projos aveuglants qui allaient tous converger vers un unique point, son bureau, en était une autre.

— En fait, oui. Même si je me doute que ce n'est pas le bon moment pour vous. Mais je me ferai discret.

Dottori lança son stylo sur son bureau.

— Eh merde Marsac… Mais je suis hélas un homme de parole. Alors voilà ce que nous pouvons envisager et je ne négocierai pas davantage avec vous. Vous allez vous faire tout petit, et vous fondre dans le paysage. Je vous veux invisible au milieu de nos paisibles vallons et de notre campagne humide et généreuse. Je vous veux dans les verts pâturages admirant le regard placide des vaches ou au bord d'un de nos étangs surveillant l'envol d'un oiseau rare. Pour faire court, je vais vous *tolérer* parmi nous. Vous serez un figurant, Marsac. Et le metteur en scène, autrement dit Dieu, ni plus ni moins, ce sera moi. Suis-je clair ?

— Parfaitement.

— Une dernière chose. Un de mes hommes restera avec vous durant l'entièreté de vos *vacances* sur *notre* scène de crime. Il sera l'ombre de votre ombre, l'ombre de votre main, l'ombre de votre chien si vous en avez un. Enfin, vous êtes un homme cultivé. Vous connaissez le grand Jacques et la chanson. Faites-vous discret et il le sera aussi. Et avec un peu de chance, tout ira bien.

Dottori se leva, ouvrit grand la porte de son bureau et hurla en ne lâchant pas Marsac du regard.

— Coffe !

Le lieutenant arriva et se posta sur le pas de la porte, ses yeux se posant alternativement sur les deux flics.

— Oui ?

— Nous aurons ici pour quelques jours un collègue parisien, le commissaire Amaury Marsac. Vous l'accompagnerez dans *tous* ses déplacements. Me suis-je bien fait comprendre, lieutenant ?

— Tout à fait.

— Parfait. Vous pouvez disposer.

Le jeune lieutenant tourna les talons. Dottori tapota sur son bureau avec un vieux Bic sept couleurs rapporté de Londres par son petit dernier alors qu'il n'avait que douze ans. Un souvenir du temps béni où son foyer ne connaissait encore pas de grosses crises.

— Marsac !

Il aurait parié que Marsac avait loupé toute la fin de la conversation. Il connaissait très bien ce regard absent. Sa femme, lorsqu'elle s'enfonçait dans ses délires, avait le même.

— Merci.

— Pas de quoi, mais j'espère ne pas le regretter… Dites, j'ai parfois l'impression que vous êtes carrément à l'ouest, non ?

Marsac jugea inutile de confirmer l'évidence. Un radar perdu, voilà ce qu'il était.

— Faut vous faire soigner, reprit le divisionnaire en lui tendant une carte qu'il sortit d'un étui flambant neuf posé sur la pile des dossiers *urgents*. Vingt centimètres de hauteur pour ce dernier mois et ce minuscule village. La paperasserie administrative serait, avec les fous furieux qui continueraient à naître, le dernier fléau des flics, il en était persuadé. Ils allaient périr étouffés sous le poids des formulaires, des rapports et autres douceurs exigées par leur hiérarchie endormie dans un cocon ouaté très loin de la réalité du terrain. Tenez, c'est ma nouvelle belle-sœur. La troisième. Peut-être la bonne, sait-on jamais avec mon frère ? Elle est psychiatre. Ne souriez pas, on ne choisit pas sa famille. Mais celle-ci est parfaite. Pour l'instant. Et on dirait que vous en avez bien besoin. Peut-être même plus que de vacances, non ?

Marsac fourra la carte dans son blouson.

— Vous allez la retrouver dans tout ce bordel que vous trimballez dans vos poches ?

— Pas de souci.

— Vous ne les videz jamais ?

— …

— Vous devriez y songer, ça fait tout de même un peu clodo. Allez, il y a un brief qui nous attend. Je compte sur vous. Vous écoutez, vous vous taisez, et tout se passera bien. Souvenez-vous : vous avez essentiellement le droit de la boucler.

Sur le pas de la porte, il ajouta.

— J'ai entendu dire que Batthe est votre ami d'enfance ? Alors faites en sorte qu'il le reste. Je ne sais pas vous, moi j'ai un mauvais pressentiment. Il n'est là que depuis trois mois mais ses dents ont déjà rayé tous les linos qu'il a foulés. Autant dire que son ego est monumental. Votre présence, si elle se manifeste trop bruyamment, va lui faire de l'ombre alors que cette affaire est sans doute un tournant dans sa carrière : l'occasion pour lui, s'il s'illustre, de briguer mon fauteuil bientôt vacant…

8

«Il n'y a pas de héros sans auditoire.»

Cinq minutes plus tard, l'équipe au complet s'entassait dans une salle adjacente au bureau du boss. Dottori souffla en réfléchissant à la manière dont il devait justifier la présence de Marsac parmi eux. Pendant ce temps, les gars observaient la scène sans comprendre pourquoi le divisionnaire laissait ce type s'installer. Ceux qui ne connaissaient pas encore Marsac avaient été briefés par les autres. «Marsac, du 36.» Dottori opta pour l'explication la plus simple.

— Bonjour tout le monde. Nous avons aujourd'hui et pour quelques jours un collègue de Paris. Le commissaire Marsac, du 36. Il est ici en vacances mais comme il connaît bien le terrain et que c'est un vieil ami, j'ai autorisé sa présence parmi nous quelques jours. Des questions? Non? Alors venons-en à l'essentiel. Où en est-on?

Batthe tiqua en silence. Marsac chez Marianne cette nuit c'était une chose qu'il arrivait à saisir. Le mec est allongé devant sa télé, il voit l'info au JT, il s'habille et se pointe. Normal. Il a grandi ici, il adorait la

Vieille. Lui-même en aurait fait autant. Mais Marsac ici aujourd'hui, c'était n'importe quoi. Il fallait trouver un moyen de le renvoyer à Paris. Rapidement. Un lieutenant, Romain Dalembert, la trentaine épanouie, jean, tee-shirt noir et blouson de cuir, prit la parole.

— Les gars ont relevé des tonnes d'empreintes, ça va prendre du temps.

— Je croyais que la victime ne voyait plus personne ?

— Ça doit dater d'avant. J'en sais rien.

— Bon. À voir. Mais du temps, inutile de vous préciser que nous en avons très peu. J'ai le préfet aux fesses et tant qu'il me collera comme ça, moi, je ne vous lâcherai pas d'une semelle et on risque tous de jouer au petit train pendant longtemps !

Batthe et son équipe échangèrent un regard irrité. Le préfet. Dépositaire de l'autorité de l'État, monarque tout-puissant, imperméable aux contingences humaines qui tissaient leur quotidien sur le terrain, et n'hésitant jamais à le faire sentir. Les hommes ici ne l'appréciaient guère. À trop leur jouer le coup de l'homme pressé, il avait fini par les irriter.

— Et puis, continua Dalembert, on a un problème.

Il marqua un temps d'arrêt, mal à l'aise. Ce qui était assez inhabituel chez cet homme que Dottori n'avait jamais vu gêné par quoi que ce soit. Il l'encouragea d'un mouvement de menton.

— Personne ne veut se pointer chez les deux Vieux pour les interroger.

— Ah oui ? reprit Dottori.

Silence. Nouvelle vague d'agitation sur les chaises, tripotage de stylos. *Des gamins*, se dit Dottori. Son regard croisa celui de Marsac, fit un léger détour puis revint s'y ancrer.

— Marsac, vous avez toujours vos entrées chez les Vieux ?

L'équipe se tendit. Marsac devait rester à sa place de spectateur. C'était à Dottori de cuisiner ces deux sauvages, mais ça, ça ne lui effleurait même pas l'esprit, au chef.

— On peut dire ça comme ça.

— Ça vous dit d'aller les voir ? Adjugé. Coffe, vous l'accompagnerez et je veux votre rapport posé sur mon bureau dès votre retour. Bien. Ce problème résolu, on va procéder comme suit. Dalembert, vous filez chez le curé, on ne sait jamais, il a peut-être entendu quelque chose. Grimberg, vous vous chargez de l'épicière, elle sait toujours tout ce qui se trame. Batthe, vous, vous prenez les sœurs Fauré et les Touret. Anfosso, occupez-vous du bar et de ses fréquentations – nouvelles *vs* inhabituelles –, etc. Partagez-vous l'enquête de voisinage. On réinterroge tout le monde, sans oublier d'aller voir ces gamins qui la harcelaient soi-disant. On creuse la vie de Marianne Touret comme si la nôtre en dépendait. On épluche tout au microscope grossissement maximal et on me trouve quelque chose à me mettre sous la dent en attendant le rapport d'autopsie. J'ai relu l'intégralité du dossier de la victime. Il est vide. Alors débrouillez-vous mais trouvez-moi et ramenez-moi l'ordure qui a supplicié Marianne Touret. Vous pouvez disposer. Merci.

Avant de quitter la salle, Batthe prit Marsac à partie, devant *son* équipe. Il n'y a pas de héros sans auditoire.

« Je ne comprends pas ce que tu fais ici, et je ne suis pas sûr que ce soit sensé… à midi chez Dédé », et il s'enfonça dans le couloir avec ses hommes.

Batthe n'appréciait déjà plus sa présence, mais c'était le cadet de ses soucis. Il se tourna vers Coffe, qui patientait, gêné de se trouver à la croisée des feux.

— Allons-y, lieutenant.

— On commence par lequel des deux ? demanda-t-il, ayant bien conscience que sa journée allait côtoyer la peste et le choléra.

— Henri Baranger.

La mort allait être lente et douloureuse.

9

« … rapport aux lupeux, ces espèces d'esprit des marécages, qui entamaient une vraie troisième mi-temps entre ses deux hémisphères. »

Henri concentrait toutes ses forces pour ne pas hurler de rage. Ce n'était pas le décès de Marianne Touret qui le mettait dans cet état, non. La Vieille, il ne l'avait jamais vraiment appréciée même si, comme tout le monde, il trouvait qu'elle avait eu une fin peu enviable. Mais trois de ses vaches venaient de sauter une barrière rocheuse dans un village voisin. Et ça, ça le rendait fou. L'une d'entre elles lui avait déjà coûté un œil, une semaine plus tôt. Elle avait mis bas un gros veau, mais ça s'était mal passé, une vraie boucherie, et il avait fallu l'aide de cet idiot de vétérinaire. La mort dans l'âme, pensez bien. 300 euros, la césarienne. Voleur. Certes, il avait sauvé la mère et le veau, mais il restait un truand de première. Et tout ça pour rien finalement, puisqu'il serait maintenant obligé d'emmener le jeune veau téter ailleurs. Misère. Trois vaches trépassées aujourd'hui, plus celle qui s'était étouffée cet été avec une petite rainette de rien du tout. Retrouvée raide morte dans son champ. Re-misère. Plus sa préférée, sa Marguerite. Égorgée par les loups. Depuis que le projet de réintroduction de ces sales bêtes en Touraine avait vu le jour, après des débats houleux, elles enchaînaient les désastres… Enfin, bref. C'est qu'on l'avait expertisée, Marguerite. Parce que ça changeait tout au niveau des indemnisations. Et des rancœurs. Dans le cas d'un loup, les chasseurs s'en chargeaient, sans bruit, sans abattage médiatique. Même s'il fallait marcher des jours durant et revenir les artignoles en sang. Espèce protégée ou pas. C'était comme ça. Dans tous les autres cas, ça se passait mieux.

Les vaches et les chèvres, depuis quelque temps, tout partait en vrille. La malédiction rôdait, c'était pas possible autrement. Il dodelinait de la tête. *Elles me feront tout, ces petites garces*… Il reposa le téléphone et maudit celui qui venait de lui annoncer la nouvelle. Autant dire que les bâtards qui frappèrent à sa porte tombaient mal. Il se radoucit à la vue de Marsac, mais jeta au lieutenant des regards furieux, histoire de bien lui faire saisir ce qu'il en pensait, de la présence d'un flic chez lui. Et d'un jeune, encore, ignorant certainement tout des usances. Surtout en de pareilles circonstances. Il offrit un verre à Marsac et ignora superbement le bleu, le saltimbanque de mes deux.

— Le prends pas mal, p'tit, mais vous tombez mal. J'viens de perdre mes trois dernières vaches. Va savoir ce qui s'est passé dans leurs cervelles. Elles ont sauté une barrière rocheuse. C'est pas croyable. Sans compter que j'en ai déjà perdu deux cet été. Ça m'en fait cinq, p'tit, cinq !

Il finit sa phrase beaucoup moins fort qu'il ne l'avait commencée et son visage chaotique se renfrogna. Il lissa un imaginaire faux pli de son treillis et but son petit blanc d'un trait en décochant un regard courroucé au bleu.

— Merde, dit Marsac qui savait à quel point Henri était attaché à ses bêtes.

— À qui tu l'dis… Vous êtes venus pour la mort de la Marianne, c'est ça ?

Marsac approuva.

— Tu en penses quoi, Henri ?

Jérémy Coffe se faisait tout petit, ce qui n'était en fait pas difficile puisqu'il atteignait tout juste la taille réglementaire pour postuler dans la police, un mètre soixante. Heureusement, depuis l'été 2010, le *Journal officiel* avait fait paraître un décret qui allégeait enfin les conditions d'aptitudes physiques exigées pour passer le concours d'entrée à l'école de police. Depuis cet été-là, il se sentait beaucoup moins seul. N'empêche, un trou de rat l'aurait comblé. Le Vieux le harponnait du regard. Pour sa première affectation et sa première enquête criminelle, il avait rêvé d'autre chose. Il avait été briefé d'emblée. Ici, pour être heureux, il fallait éviter Henri Baranger, le Maître et Marianne Touret. Dans le désordre. Pour cette dernière, il fallait bien avouer qu'il était serein. Mais pour les deux autres, c'était une autre paire de manches. Il se tenait donc sur ses gardes et tentait de surmonter son malaise tout en se donnant une contenance en notant scrupuleusement les propos du Vieux. Le patois lui donnait du mal, ça roulait furieusement des *r*. C'est alors qu'il eut une idée pour ne pas couler :

retranscrire phonétiquement ce qui lui échappait. Ça allait déjà mieux.

— Moi je te dis que la Marianne s'est fait occire par un de ses deux soiffeurs de fils. Ce soir-là, y en a un qui a dû picoler plus que d'habitude et hop la Marianne, six pieds sous terre ! Désolé p'tit, je sais que tu l'aimais bien et que t'as rien non plus contre Marc et Mathieu, mais ils ne sèment plus que malheurs, ces deux-là. C'est forcément eux… Sinon comment t'expliques que sa chienne ait pas braillé, hein ? Elle gueulait devant n'importe qui d'autre qu'eux trois, tout le monde le sait, ça.

— Elle est quand même à trois kilomètres, sa maison. Pour l'entendre…

— Mais mon chien à moi n'a pas aboyé. Et si Hadès n'a pas gueulé c'est que le sien n'a pas moufté. Parce que si le sien s'y met, le mien enchaîne ! Tu sais bien comment sont les chiens, ils entendent des trucs qu'on n'entend pas, nous, et quand il y en a un qui commence, toute la meute suit. C'est comme ça. Sont hypersensibles aux ultrasons et aux infrasons, rapport à la mobilité de leurs oreilles et au grand nombre de cellules sensorielles ciliées aux endroits stratégiques. Alors j'en démords pas : si sa chienne n'a pas braillé c'est parce que personne n'est entré chez elle ce soir-là, à part ces deux guenilles qui lui tiennent lieu de fils.

Se disant, il flattait l'échine d'Hadès, un mastiff tibétain, un molosse impressionnant. Couleur fauve et mâchoires d'acier. La brave bête terrorisait plus d'une mère de famille à la sortie de l'école – Henri habitait juste en face. Elles avaient beau aller voir le maire et lui rappeler qu'il était de son devoir de faire respecter la loi sur les chiens dangereux, Hadès divaguait selon son bon plaisir. Le maire était comme ses administrés, il craignait autant le maître que le chien et préférait rester en bons termes avec les deux. Assez de problèmes comme ça. Marsac ignorait le toutou. Coffe cherchait sa respiration et s'accrochait à son stylo. Cette bête avait tout du lion.

— Rien ne va plus, continua Henri. Regarde. La malédiction est partout. Sinon, comment tu expliques aussi que la femme du Roger, une vraie grenouille de bénitier, soit partie du jour au lendemain ? Y a quelques jours. À cinquante-cinq balais. Avec un gendarme de Bourges. Un niais de première classe. Parce qu'il l'avait envoûtée, point barre ! Et Elsa ? Avec ce musiqueux…

Elsa Fauré, c'était un peu comme sa fille : depuis la mort de ses parents, il l'avait prise sous son aile, discrètement. À sa façon. Veillant à ce qu'elle et sa sœur Manon ne manquent jamais de l'essentiel. C'est comme ça qu'il imaginait que le pauvre François, paix à son âme, aimerait que l'on s'occupe de ses filles. Il n'avait jamais eu le temps d'en discuter avec lui puisqu'il était mort sans sommation. Avec sa femme. Accident de voiture. Saleté de vie. Lui, Henri, n'avait ni femme ni enfant, alors les petites, orphelines encore le pouce à la bouche, fallait pas y toucher. Les liens du sang font jamais tout et parfois c'est de la grosse foutaise. Il se souvint tout à coup d'une réflexion du Maître, allergique à toute forme de religion aussi bien qu'à ses signes les plus divers, qui avait esquissé un sourire découvrant des dents miraculeusement épargnées par soixante années de tabagisme intensif, et déclaré quelques jours plus tôt : « Il l'a peut-être bien envoûtée, le musiqueux. Toujours à traîner au carrefour, derrière les marécages, celui où il y a la vieille croix maudite avec les bras tendus vers on ne sait quoi. Le péché à droite et le remords à gauche ! Ah ! Ce gars-là, si ça se trouve, il tripatouille avec le diable. »

— C'est-à-dire ? demanda Marsac.

— S'il est pas chez les p'tites, il est au bar. Et s'il est pas chez Dédé, il erre près des marécages.

— Et alors ?

— Y a que les jeteurs de sorts et les lupeux qui s'y aventurent.

Henri imagina trente secondes ces animaux fantastiques à tête de loup et au corps incertain qui attiraient leurs victimes d'une voix d'homme pour mieux les piéger puis les dévorer. Il frissonna. Lui, qui en avait pourtant vu d'autres, avait murmuré, comme si l'énormité du mot l'obligeait à chuchoter plus bas encore qu'à la messe. Longtemps que l'idée lui trottait dans la tête. Et là, le petit blanc bien frais aidant, il l'avait lâchée, les yeux rétrécis, les doigts crispés autour de son verre. Il en avait vu d'autres, mais les marécages – sauf pour la pêche – et les lupeux, ça c'était spécial. Moins il en causait, moins il en entendait causer, et mieux il se portait. Et des lupeux à la Chose, il n'y avait qu'un pas qu'il n'avait pas l'intention de franchir. Il était comme ça, Henri. Religieux le dimanche et superstitieux toute la semaine. « Si c'est pas malheureux. Un musiqueux. Et ça se prétend artiste. Reste le cul vissé à sa chaise toute la journée, oui. Y fout rien ce gars-là, rien du tout à part triturer son stylo et son bloc-notes. Pas possible d'être désœuvré comme ça du matin au soir. Je comprends pas ce qu'elle lui trouve… vraiment. » Légèrement voûté sur son verre, Henri souffla et se signa tout à la fois, tandis que Marsac haussait les yeux au ciel. Conneries d'un autre siècle.

Marsac écouta encore un moment son ami et se leva, jugeant inutile de lui préciser que le chien de Marianne avait été retrouvé drogué et que ceci expliquait peut-être cela. Il avait encore une question à poser et il savait qu'elle serait mal reçue. Il décida de la lâcher dans le couloir. Granger, le psy de la Crim, lui avait un jour confié que beaucoup de choses fondamentales s'avouaient dans ces espaces-là. C'était l'occasion de vérifier.

— Au fait, tu étais où, toi, ce soir-là ?

Le Vieux lâcha son verre et roula des yeux en se levant. Il reprit d'un air mauvais, rapport aux lupeux, ces espèces d'esprits des marécages qui entamaient une vraie troisième mi-temps entre ses deux hémisphères.

— Y a plus de respect entre nous, p'tit, que tu m'demandes ça ? Tu m'soupçonnes ou bien ?

Marsac se contenta de sourire en signe de dénégation.

— J'étais là, peinard, content de t'avoir retrouvé après tout ce temps.

— Tout seul ?

— Ben oui tout seul ! Avec qui donc veux-tu que j'traîne la nuit, Amaury ?

— …

— Arrête de me prendre pour une buse. Si encore t'étais venu non accompagné… Mais non. Tu m'humilies devant témoin. Alors la prochaine fois que tu viens, évite d'amener qui que ce soit, et surtout pas ce villerot qui s'est p't'être bien fait dessus tellement il a peur de mon chien. J'te donne ma parole que j'étais là, et maintenant foutez le camp et reviens quand tu veux. Mais seul.

Il allait fermer sa porte lorsqu'il se ravisa.

— Tiens, médite là-dessus. Il y a deux jours, l'un des deux frères Touret, je sais plus lequel, ivre mort, voulait égorger une de leurs brebis pour la bouffer le soir même, et la Marianne eh ben elle était pas d'accord. « Laisse-la donc tranquille cette pauvre bête », qu'elle braillait, paraît-il. Et tu sais ce que le Mathieu, parce que je crois bien me souvenir maintenant que c'était lui, a répondu ? « Laisse-moi faire ou c'est toi qui y passes ! » Tu me croiras si tu veux, mais il a fallu appeler les pompiers pour que ça se calme. Parler comme ça à sa propre mère… Vivement le jour où ils se retrouveront en taule, j'te l'dis. Et puis c'est des jaloux, les frangins, toujours à épier c'que t'as et c'que t'as pas. Eux ils en ont trois, des chèvres. Ça pourrait aller, trois chèvres. Eh ben, non. Ils lorgnent sur les miennes du matin au soir. Mais c'est quand même pas ma faute si les leurs donnent moins de lait que les miennes, non ? À leur place moi aussi je filerais rien à des gars pareils.

— Pauvres hommes, dit Marsac qui ne savait pas trop quoi répondre à ça.

Dans ses souvenirs, Marc et Mathieu n'étaient pas comme ça. Spéciaux oui, dans le sens sauvages se satisfaisant de leur duo fraternel, violents non.

— Faudrait tout brûler, oui !

— Sauf que les westerns c'est fini, coupa Marsac qui n'aimait pas ces accès de violence qui noyaient certains regards, certains jours.

— Ah ça c'est toi qui l'dis ! Trois mois qu'on ne vit plus ici ! répondit le Vieux en claquant sa porte derrière les flics.

La lettre de Manon a trois mois elle aussi, se dit Marsac dont le métier, après tout, exigeait qu'il fasse des liens. Il en tissait partout, tout le temps. Même la nuit. Ses rêves n'étaient plus que de systématiques tentatives de liens. Le rêve, cauchemar du sommeil. Il caressait sans s'en apercevoir le mot de Manon, au fond d'une poche.

Il ne pouvait pas savoir qu'elle l'avait écrit le premier vendredi du printemps, ce jour qu'elle attendait depuis un an. Depuis que Marianne lui avait confié son secret. Celui qui rend les hommes amoureux. Elle avait tout réuni. Il ne lui manquait qu'un peu de son propre sang et le courage de s'entailler une petite veine du poignet. Elle eut les deux, juste à temps. Après, il lui avait encore fallu écrire la lettre, celle qui le ferait venir.

Mon Amaury,

Il faut que tu viennes. Cette année plus d'excuse. Les Vieux disent qu'il y a une malédiction au village. Je crois bien aussi que c'est vrai. Viens. Viens courir après les couchers de soleil, comme avant !

Ta Manon.

Dehors, Coffe s'éloigna d'un pas vif et respira enfin à pleins poumons. Il se retourna quelques mètres plus loin, pour jeter un dernier regard à cette maison qui lui avait laissé un goût amer, mélange de peur absolue et d'indéfinissable malaise. Le corps de ferme, construit au XVIIIe siècle à en croire la plaque apposée sur le fronton, était décrépit. La toiture, recouverte de mousse, sans doute initialement sur le versant nord mais la gangrène s'était rapidement étendue, était partiellement éventrée et l'imposante porte d'entrée ne tenait plus que par un gond. C'est peu dire qu'il n'était pas mécontent de quitter cet endroit. Il y flottait, en plus, une odeur indéfinissable qui lui avait collé une sacrée nausée. Il reprit une ample respiration et souffla un grand coup.

— Qu'en pensez-vous, lieutenant ?

— Celui-là ne nous aidera pas beaucoup, si vous voulez mon avis.

— Mais encore ?

— C'est-à-dire ?

On avançait vite.

— Le pensez-vous capable d'avoir pu tuer la victime, Coffe ?

— Je n'en sais rien. Je n'arrive pas à le cerner. Il pleurait presque la mort de ses vaches, il est obnubilé par ses bêtes, et n'a pas montré une once d'émotion concernant celle de Marianne Touret, mais je ne sais pas. Il n'a aucun mobile, sauf à considérer que ne pas avoir porté la victime dans son cœur en constitue un valable, ce dont je doute tout de même, un alibi invérifiable. Je suis dans le flou.

Il esquissa un sourire.

— Le seul fait avéré est qu'il me fiche la trouille.

Tout en allongeant le pas pour s'aligner sur celui de Marsac, Coffe priait pour qu'un autre molosse aux mâchoires d'acier ne les attende pas chez le Maître. Il avait une peur bleue, viscérale, des gros chiens. Et soudain, il se demanda pourquoi. Pourquoi il n'avait pas choisi d'embrasser la même carrière que son père. Informaticien. Ou n'importe quelle autre carrière tranquille. Au lieu de ça, il passait ses journées au milieu de terres plates à fréquenter des tordus avec leurs chiens vissés au cul. Et les morts, il n'avait pas fini d'en voir non plus.

— Dites-moi, lieutenant, après le bac vous avez enchaîné sur quoi ?

— Licence. De psycho, ajouta-t-il en guettant la réaction de Marsac.

En général, il évitait de livrer cette information et disait « droit ». Ça lui apportait moins d'emmerdements.

— Ah. Drôle de passerelle, non ? Allez, ressaisissez-vous. Parce qu'on poursuit avec une petite visite chez Ferdinand Maître. Il habite en face, derrière cette haie.

Un silence s'installa quelques secondes. Marsac réfléchissait. Marianne égorgée, nue, tondue, un petit bout de tissu cousu sur la poitrine au cœur d'un village, de quoi, mille âmes ? Et des poussières, bien sûr, et des poussières. Toujours considérer les poussières, les restes et les retenues avec la plus grande vigilance. Il chercherait donc les poussières, les restes et les retenues. Et le mobile. Lorsqu'il le tiendrait, le reste suivrait tôt ou tard. Pour le moment, il ne trouvait que deux *raisons* vraiment plausibles : la folie et la haine vengeresse. Pour la première, l'idée d'une bouffée délirante chez l'un des fils n'était pas à exclure et l'hypothèse d'un matricide devait donc être fouillée. Mais si les frères étaient innocents, ce qui restait à prouver, alors qui ? Quelqu'un du village ? Mais qui ? Un rôdeur ? Aucune trace de relation sexuelle ne serait sans doute décelée par le toubib, ce qui ne surprendrait personne. *Marianne la recluse*. On allait quand même vérifier.

Que restait-il alors ? Sa seconde hypothèse. La haine. Vengeresse. Mais pourquoi ? Marianne avait toujours été discrète depuis son arrivée dans le village. Elle avait mené une vie sans histoire, absorbée par ses livres, ses plantes, ses herbes et son homme. Et pourtant, quelqu'un lui avait fait subir l'innommable.

La mer était restée déchaînée trois jours. Les plongeurs se tenaient prêts et guettaient la moindre accalmie dans laquelle ils auraient enfin pu se glisser. Marie et ses deux enfants ne quittaient plus la plage.

10

> « Qu'est-ce donc que cette gueule d'empeigne que tu m'amènes là, p'tit ? »

La cour du Maître fourmillait de poules qui voletaient en toute liberté autour d'une ânesse assoupie au soleil levant. Cette vision bucolique à souhait aurait pu paraître idyllique au lieutenant Coffe et elle le fut d'ailleurs un bref instant, jusqu'à l'apparition du Maître sur le pas de la porte, qui le rattrapa par le col. Les yeux du Vieux lui intimèrent l'ordre silencieux de ne plus bouger un cil.

— Qu'est-ce donc que cette gueule d'empeigne que tu m'amènes là, p'tit ?

Coffe se racla machinalement la gorge. *Et c'est reparti pour un tour*. Marsac, lui, serra le Maître dans ses bras.

— C'est le lieutenant Coffe.

— Et il vient d'où ?

— Arrête ton cirque. On s'en fout, Ferdinand.

Le Maître prit tout son temps pour dévisager le bleu qui eut la fâcheuse impression d'être mis à nu. Heureusement Barbara passa entre eux, embrassa Marsac et lui adressa, à lui, un doux sourire. Brave femme. Petite, frêle. Humaine. *Qu'est-ce qu'elle fiche avec un type pareil*, se demanda Coffe. Une étoile et un ours.

Coffe essaya un sourire mais ses zygomatiques refusèrent d'obéir. Coincés. Il força et ne parvint qu'à souffler. Les deux autres le regardèrent, il avait dû expirer trop fort.

— Allez, entrez, je savais que les poulets allaient passer mais je ne m'attendais pas à te voir toi. Dottori a manqué de volontaires ou quoi ?

— Tu sais bien que tu leur fais peur.

Le Maître sourit de toutes ses dents, « ah ! », les fit entrer dans son bureau et leur servit à boire. Coffe sentit avec bonheur le liquide translucide couler au fond de sa gorge. Ça brûlait. Le sang circulait de nouveau. Dire qu'il avait failli refuser. Il but son deuxième verre cul sec.

Le Maître passa la main dans sa tignasse blanche. Non, lui non plus n'avait rien vu, rien entendu hier. Comme il avait un peu abusé du p'tit blanc, la faute aux retrouvailles, il s'était écroulé comme une masse. Ben oui, avec Barbara. C'est pas à son âge qu'il allait se mettre à ch'nasser les femmes ! Quant aux fils de Marianne, il eut un jugement sans appel. « C'est vrai que c'est pas des enfants de chœur, tu les connais. Ils sont même plutôt violents. De là à tuer leur mère… » Lorsque Marsac lui posa la question fatidique, le Maître imita Henri. « Y a plus de respect », etc. Puis il haussa les sourcils, l'air de dire que si cet interrogatoire était fini il avait du travail. On entendit Barbara derrière la porte : « Je ne trouve plus ta chemise bleue, et il fallait que je recouse le bouton qui a sauté. Tu sais où tu l'as mise ? » Le Maître meugla comme un taureau échappé de son arène, « elle m'emmerde, si tu savais comme elle m'emmerde parfois », donna une dernière accolade à Marsac, lança à Coffe, dont le front dégouttait de fines perles de sueur, un regard tenace et referma sa porte derrière les deux flics. Barbara avait disparu.

— Alors lieutenant ?

— Drôle de bonhomme. Il est guérisseur depuis quand ? Vous le savez ?

— Depuis sa quinzième année. Presque soixante ans qu'il vit tranquillement entre sa femme et ses patients.

— Sur lesquels il règne sans partage ! Limite tyran, non ?

— J'ai connu pire.

— On ne va pas se faire confirmer ou infirmer sa version par sa femme ?

— Si, cet après-midi. Nous avons d'abord rendez-vous chez Dédé, avec Batthe qui a enfin dû pouvoir interroger les fils de Marianne s'ils ont dessoûlé. Vous les connaissez ?

— Qui dans le village pourrait les ignorer ? Deux spécimens rares de l'espèce humaine, dans ce qu'elle a de plus sombre.

— Ils n'étaient pas comme ça.

— Les gens changent, peut-être.

— Je crois surtout que leur père savait les tenir. Avec René, le cadre était clair, schéma patriarcal classique et sans appel, et les mômes filaient droit. C'était un homme dur. Intelligent, mais exigeant, à l'ancienne.

— J'ai entendu dire que la défunte était aussi d'une remarquable intelligence.

— Je confirme.

— Et ces deux êtres ont engendré des monstres…

— Mais peut-être ne s'hérite-t-elle pas, lieutenant. L'intelligence. Peut-être se conquiert-elle. Comme tout le reste.

11

> « Par le pouvoir de ce sel que je répands, j'ordonne aux esprits malsains de passer leur chemin ! Qu'il en soit ainsi ! »

Au même moment, Batthe enrageait dans son bureau. L'interrogatoire des frères Touret avait été stérile. Il n'en avait rien tiré du tout. Les Dalton frôlaient vraiment la débilité, et ce n'était pas qu'une légende. Le soir du meurtre, ils avaient encore bu comme les trous qu'ils étaient. Leur taux d'alcoolémie dépassait l'entendement, presque cinq grammes. Avec ça, ils n'avaient rien vu, rien entendu et n'avaient pas non plus la moindre idée de celui ou celle qui avait pu torturer et assassiner leur mère. Mais bon, Batthe doutait que les frangins soient capables d'avoir une quelconque idée : ils fonctionnaient visiblement au besoin, à l'envie, et ne cherchaient jamais plus loin que la satisfaction immédiate de l'un ou de l'autre. Leurs réponses à ses questions avaient été celles de trépanés. *Oui. Non.* Auraient-ils été à même d'égorger la pauvre vieille ? La réponse ne laissait planer aucun doute pour Batthe. Ils étaient du genre fou furieux. Encore fallait-il le prouver et pour l'instant il ne tenait rien en ce sens. Forcément, leurs empreintes traînaient partout dans la maison. Mais ça ne signifiait rien puisqu'ils y vivaient. Quant à l'appât du gain, il fallait oublier. Marianne ne laissait pour héritage qu'une ferme à l'abandon et tout juste de quoi survivre jusqu'à leur mort si elle ne tardait pas trop. Les coups, si. Ils avaient fini par avouer qu'ils la battaient les soirs d'ivresse. Se souvenaient plus pourquoi. Pour un oui ou pour un non. Batthe avait eu envie de les gifler, un par un. Ces deux cons lui en avaient aussi fait baver dans le temps. Sept ans de différence quand on est môme, ça pèse lourd. Mais il était toujours parvenu à se défendre. Il avait appris à ruser, et à les éviter. De son temps, René arrivait à les tenir, essentiellement à coups de ceinturon. Mais Marianne était aveuglée. Putain d'amour maternel. Il avait fini par leur balancer un coup de boule à chacun pendant que le brigadier était sommé d'aller leur chercher des cafés.

Assis sur son fauteuil, Batthe s'efforçait de trouver un peu de lumière dans cette sombre affaire, un début de piste. Et rien. Son téléphone fixe sonna, il décrocha et raccrocha en jurant. Il y a toujours quelque chose à retirer d'une scène de crime. Toujours. Personne n'y entre ou n'en sort sans laisser une trace, serait-elle infime. C'est la base de ce qu'on leur inculque, le b.a.-ba. Il s'empara une nouvelle fois des photos de scène de crime, les étala sur son bureau, scrutant chaque détail l'un après l'autre. Rien. Passablement agacé, *Putain on stagne*, il fit un tas des clichés, ne sachant que penser, misant sur le compte-rendu de la légiste pour avancer, boucler cette sale histoire et renvoyer Marsac d'où il venait. Dottori avait été stupide de le laisser s'installer. Les Vieux, il aurait pu s'en charger. Ce n'était pas l'amour fou entre eux mais cela ne lui posait aucun problème. L'amour en particulier et les sentiments en général n'avaient pas leur place dans le boulot, et à ses yeux, Ferdinand Maître et Henri Baranger n'étaient que deux hommes comme tant d'autres : plutôt grandes gueules mais guère dangereux. Parfois, se disait Batthe, ceux qui aboient le plus fort sont les plus inoffensifs. Beaucoup de bruit pour pas grand-chose. Et puis ils avaient l'âge d'être grands-pères… 11 heures et demie. Il prit sa veste. Tout juste le temps d'aller interroger Elsa et Manon, comme le lui avait demandé Dottori, avant de retrouver Marsac et d'être briefé sur ce que les deux Vieux avaient bien voulu lui raconter.

Il ne trouva qu'Elsa, assise sur sa terrasse, emmitouflée dans une doudoune noire, le regard sombre, une cigarette à la main et un cendrier plein juste à côté. Il prit place en face d'elle. Elle esquissa un sourire, lèvres jointes. Il la trouva comme d'habitude. Magnifique. Quelques kilos supplémentaires auraient été les bienvenus, mais il ferait sans.

— Comment va Manon ?

— La mort de Marianne l'a bouleversée. Alors on va voir.

Elle n'avait pas envie de s'étendre sur le sujet. Pas maintenant.

— Et toi ? reprit Batthe.

— Ça va.

Il effleura les cernes qui creusaient son visage.

— Tu es fatiguée, non ?

— Je dors peu… Et puis Manon vire mystique, superstitions et *tutti quanti*. Ça me rend dingue et j'avais pas besoin de ça.

— Mets-la en institution, Elsa. D'autres le font.

Elle lui décrocha un regard noir.

— Si tu es venu pour me tenir ce genre de discours, ce n'était pas la peine de te déranger et si tu es venu pour savoir ce que nous faisions le soir du meurtre, c'est simple. Nous étions là, à la maison, tous les trois. Manon, Christophe et moi. Devant *Titanic* qu'il nous a acheté parce que Manon adore. Voilà, tu sais tout, dit-elle en regardant au loin. Tu peux vérifier.

Batthe haussa les épaules et suivit son regard. Manon arrivait, à vélo.

— Elle revient de chez le Maître. Il n'y a plus que lui qui parvienne à l'apaiser. Et Amaury, bien sûr. Elle délaisse même Henri.

Amaury. Batthe serra les dents. Changer de sujet, mais ne pas oublier de s'arranger pour virer Marsac d'ici au plus vite. Un, il s'immisçait dans son enquête, sur le terrain. Deux, il n'avait pas du tout goûté la façon dont Elsa avait murmuré « Amaury ». S'il était revenu au pays, ce n'était pas vraiment pour la beauté des paysages. Des saules et des ormeaux à moitié crevés. Il voulait bien laisser – momentanément – Paris à Marsac, mais Elsa, pas question.

— As-tu une idée de qui aurait pu faire ça à Marianne ?

— À quoi tu joues ? Manon ? C'est ça ? Ma sœur ? Tu soupçonnes ma sœur ? Elle adorait Marianne et ne ferait pas de mal à une mouche. Tu le sais, n'est-ce pas ?

— Bien sûr que je le sais.

— Alors cherche ailleurs.

Au même moment, Manon sauta de son vélo et courut les embrasser. Visiblement elle allait mieux. « Il nous reste du gros sel ? »

— Qu'est-ce que je te disais, reprit Elsa une fois la petite rentrée à la maison, fouillant les placards. Là, par exemple, elle s'apprête à « chasser les esprits malins ». Tu le crois, toi ? Et elle fait ça mille fois par jour…

Elsa but sans conviction ni plaisir sa énième tasse de thé vert censé apaiser son envie de fumer et le reste. Batthe observa Manon répandre son sel tout autour de la maison en répétant avec une application de petite fille : « Par le pouvoir de ce sel que je répands, j'ordonne aux esprits malsains de passer leur chemin ! Qu'il en soit ainsi ! » Trente ans. Un corps de femme, souple, pulpeux et délié – une beauté –, un candide sourire d'enfant, et un esprit malade. Malade, oui, c'était le mot qu'il cherchait. Quand on voyait ce que Dieu était capable de créer, on se demandait ce qu'il pouvait bien rester au diable.

— Manon, arrête ce cirque s'il te plaît !

— Quel cirque ? Je chasse les mauvais esprits !

— C'est ridicule, arrête !

— Fiche-moi la paix, Elsa. Faut pas m'interrompre sinon je devrai tout recommencer depuis le début !

— Manon ! J'ai horreur de ces trucs-là !

— Je m'en fiche, moi j'aime bien ! C'est Marianne qui m'a appris ça !

— Tu as vu où ça l'a menée, alors arrête !

— Laisse-moi en paix, tu n'es pas ma mère !

Elsa se dit que ce n'était plus possible. On ne pouvait quand même pas tout lui passer sous prétexte que les contrariétés engendraient des crises. Ce coup-ci elle ne céderait pas. Et tant pis pour le cataclysme à suivre. Elle s'approcha de sa sœur, qui fit un pas en arrière et se mit à hurler.

— Tu as tout mis où tu voulais. Tu ne m'as jamais rien demandé !

Garder son sang-froid.

— De quoi parles-tu ?

— Mais de tout ! De toutes nos affaires à la maison, des affaires de papa et maman !

Elsa prit sa sœur par le bras et la tira vers elle jusqu'à la maison. Batthe s'écarta sur leur passage.

— Non, Manon. Je n'ai rien touché, tout est à sa place, comme avant. Regarde !

— Et les livres, hein, et les livres ! Tu les as pris. Tous dans ta chambre ! Fallait pas les prendre, fallait les laisser où ils étaient, bien comme il faut ! Fallait les laisser à leur place !

Reste calme, se dit Elsa.

— J'ignorais à quel point c'était important pour toi. Je suis désolée. Viens, on va tout remettre comme avant.

— Fiche-moi la paix, je te dis. Je te déteste. Je vous déteste tous ! Vous vous croyez tous meilleurs que moi, vous croyez tous que je suis stupide. Le cordon qui m'a étranglée quand je suis née, il aurait mieux fait de serrer plus fort ! J'ai l'impression qu'il est toujours autour de mon cou ! Il faut me le couper pour de bon maintenant, Elsa, il faut me le couper !

Tout en hurlant, elle se saisit de tout ce qu'elle rencontra sur son chemin et le jeta à terre. Batthe se leva pour les rejoindre, mais arrivé à son niveau, Elsa le retint par une manche.

— N'interviens pas, s'il te plaît. Elle va se calmer toute seule.

— Une fois qu'elle aura tout saccagé ? Mais ça va pas !

— Laisse, je te dis. Ne bouge pas. J'ai l'habitude. Ça va passer.

— Qu'est-ce qu'elle fait ? Elle va où ? demanda-t-il en voyant Manon disparaître de l'entrée en courant.

Lorsque la petite réapparut, ce fut armée d'un couteau de cuisine qu'elle appuyait contre sa gorge.

— Je n'y arrive pas ! Coupe, Elsa ! Coupe !

Il fit un pas vers Manon et Elsa l'arrêta encore.

— Pas un geste.

Il hésitait. Si Elsa n'avait pas été là, longtemps qu'il aurait ceinturé Manon. *Faut que je téléphone à un toubib, voir comment virent les séquelles de l'anoxie cérébrale, avec le temps. Quelques minutes en manque d'oxygène et quoi au juste ? Suffisant pour virer barjot ou pas ?*

Indifférent à l'électricité ambiante, Iggy arrivait en chaloupant, un poisson rouge entre les dents. C'était bien le douzième qu'il rapportait depuis que les voisins avaient eu la bonne idée d'en peupler leur bassin extérieur. Évidemment, il détestait l'eau, Iggy. Mais pour les poissons rouges des voisins, il faisait une exception. Il paradait, fier de son butin : Jack, le plus gros de tous. La veille, il avait eu Roméo et Juliette. Deux anorexiques. Mais celui-là, c'était autre chose. Iggy, en bon chat de gouttière rodé à vivre à l'extérieur, savait par expérience qu'il allait lui falloir zigzaguer entre les pierres. Les petits voisins n'étaient pas idiots. Ils avaient beau être tout jeunes, eux, c'est lui qu'ils auraient envie de bouffer, une fois rentrés de l'école. Rester quelque temps à l'intérieur serait judicieux, d'autant que Manon avait une fois encore le visage en feu. Quelque chose n'allait pas, il le voyait à la posture de sa maîtresse, il le lisait dans ses yeux. Alors il lâcha sa proie au pied de la petite et miaula. Batthe observait la scène bouche bée, prêt à intervenir. Il détestait les chats, mais il lui fallait reconnaître qu'il venait de recevoir une belle leçon de contention sans camisole. Parce qu'au CHS, Manon y aurait eu droit.

La petite posa son couteau sur la console de l'entrée, comme on dépose ses clés, le soir, en rentrant chez soi. Sans même y penser. Elle attrapa son chat et se blottit avec lui sur le canapé du salon, les yeux dans le vide. Deux minutes plus tard elle s'endormait, Iggy lové sur elle. Elsa soupira. *Ça y est, c'est fini.*

— Elsa, elle ne va pas bien du tout, chuchota Batthe.

— Ce n'est pas si grave.

— Si. Ouvre les yeux.

— Elle est suivie. Ne t'inquiète pas.

— Mais si je m'inquiète. Elle est capable de n'importe quoi.

— Arrête.

— Tu es têtue comme une mule et tu refuses de voir la vérité en face, mais Dieu seul sait ce qu'elle pourrait te faire ! Ou se faire ! Elsa ! Si personne n'ose te le dire, moi si. Il faut faire vite maintenant. Tu ne pourras pas être sa psy à vie. Place-la en institution. À trop tirer sur la corde, un jour elle va craquer. Ça ne peut pas continuer comme ça, ça risque vraiment de mal finir. Elle a besoin d'autres soins.

— Hors de question. Manon restera ici avec moi tant que je serai vivante.

Elle dardait ses yeux noirs sur Batthe, l'air suffisamment furibond pour interdire toute tentative de continuation sur le même sujet. Il en changea.

— Comment tu fais, pour supporter tout ça toute seule ?

— Tu veux dire les crises de ma sœur et mon soi-disant burn-out ?

Le flic confirma en lui caressant délicatement la joue.

— J'adore quand tu dis « burn-out ». Dans ta bouche, c'est presque érotique.

— T'es dingue… Je n'en sais rien. Je fais.

Il l'enlaça.

— Si tu me laissais t'aider ça ne serait pas plus simple ?

— Arrête. Je n'ai besoin de personne, dit-elle en se dégageant.

— D'accord. Alors… ce pingouin que tu héberges depuis trois mois, c'est pas du sérieux, hein ?

Elle souffla et le poussa doucement dehors.

— Et Marsac ? Qu'est-ce qu'il te veut ? Tu crois vraiment qu'il est de retour ici par hasard ?

— Il est revenu pour Manon.

Pour Manon. Certes. Il déposa un baiser sur son front, s'approchant d'un peu trop près, le temps de sentir le corps d'Elsa. Deux secondes. Lorsqu'elle se détacha – son portable vibrait sur la table ; Marsac –, il avait encore la sensation de ses cheveux entre ses doigts.

Il commence vraiment à me faire chier, celui-là.

— Faut que j'y aille, dit-il.

Elle referma la porte derrière lui et vérifia que Manon dormait toujours. Une fois la voiture hors de vue, elle ressortit, un verre de blanc et une bouteille à la main. Elle but le verre d'un trait et effleura d'une main un livre noir qui traînait par terre sur la terrasse en bois. *Criminologie clinique.* Le titre était imprimé en caractères rouges et gras sur fond noir, comme pour annoncer la couleur. La couverture gaufrée lui procura de désagréables sensations. Elle tourna quelques pages. Parricides, magnicides, infanticides, sévices à enfants. Le musée des horreurs. Elle se servit un second verre et inonda le livre noir du vin restant. Les pages s'affinèrent. Les mots devinrent bouillie. Elle sourit faiblement en chassant une larme naissante d'un revers de main. Son portable siffla au fond de sa poche de jean. Metallica. *Nothing else matters*. La sonnerie qu'elle avait choisie pour les appels et SMS d'Amaury. Une chanson écrite par James Hetfield pour, paraît-il, sa petite amie qui vivait loin de lui… Quelle conne. Elle l'ignora. *Se ressaisir*, songea-t-elle, *et changer de sonnerie*.

Son regard fixait l'horizon. Les brumes s'accrochaient à la Vallée Noire, de part et d'autre de la Creuse qui scintillait de mille feux, magnifique, indifférente, gloutonne. Ses enfants perdus, elle les avalait sans un mot sans un regard sans un cillement.

De son côté, Batthe venait d'avoir une idée. Ce n'était pas réellement fair-play mais bon. Il fallait juste lui laisser le temps de la mettre en œuvre. À l'amour comme à la guerre.

12

> « Je ne crois pas au hasard. Ni aux malédictions. Sinon je ne serais pas flic. »

Marsac et Coffe cheminaient côte à côte. Marsac, qui avait d'abord rechigné à se voir adjoindre une baby-sitter, commençait à apprécier la présence du lieutenant. Il était très jeune, ses yeux criaient encore l'infini du champ des possibles, et cette fraîcheur le faisait rêver. Le lieutenant rompit un silence nullement pesant.

— J'ai entendu dire qu'Henri Baranger était rebouteux, dans le temps. C'est vrai ?

— Oui. Autrefois, j'étais môme en ce temps-là, il remettait en place, par des procédés plus qu'empiriques qu'il tenait de je ne sais où, les membres foulés, démis ou luxés de toute la région. Puis, tenez-vous bien, il a cessé toute son activité le jour où il a rencontré Dieu. Soi-disant que les deux souffraient d'incompatibilité, et ne me demandez pas pourquoi. Depuis, faites-vous raconter l'histoire par sa propre bouche, ça vaut le coup, il se consacre à ses bêtes. Qui sont aujourd'hui frappées d'une étrange *malédiction*. Comme tout le village d'ailleurs, si j'ai bien compris.

Coffe sourit.

— Ce ne serait pas plutôt pour s'éviter toute concurrence avec le Maître ?

— Allez savoir.

— Et du coup, à l'époque, c'est Ferdinand Maître qui a récupéré toute sa clientèle ?

— On ne peut pas dire ça comme ça. Parce que le Maître exerce, lui, depuis qu'il a quinze ans. Et des patients, il en avait déjà bien assez dès le départ. Il est doué. Je ne me l'explique pas, mais c'est ainsi.

Coffe continua sur sa lancée.

— Et ceux de Marianne Touret ? Je sais bien qu'on disait d'elle qu'elle était une sorcière mais si j'ai bien compris, écouté et entendu les gens du village, cela ne les empêchait pas d'aller très régulièrement la consulter. Au moins jusqu'au décès de son mari. Ça ne l'aurait pas arrangé, le Maître, de récupérer celle de Marianne Touret ? En plus ? Je suis sûr que ça rapporte, ce genre de consultations non déclarées.

— À plus de soixante-dix ans ? Alors qu'il y a trois mois d'attente pour être reçu par lui ? Où voulez-vous en venir ?

— Vous avez raison, ça ne tient pas debout.

— Non. Votre sous-entendu de petit meurtre entre amis n'a aucun fondement. Je vous rappelle qu'elle n'exerçait plus. Alors cette histoire de patientèle à récupérer… Et puis le Maître se fout de l'argent. C'est Barbara qui gère absolument tout.

— Peut-être pas pour l'argent, non. Mais ce n'est pas son seul mobile envisageable.

Marsac stoppa net et se retourna vers Coffe.

— Soyez clair.

— N'était-il pas jaloux de constater que Marianne Touret attirait elle aussi des gens venus de très loin pour la consulter ? Ne sont-ils pas tous un peu concurrents, dans ce monde-là ? Il aime attirer les regards, la lumière, cela se voit. Et d'ailleurs je pense que son surnom n'est pas né du simple hasard... Il se fait appeler « le Maître », quand même.

— Vous visualisez ce que vous dites, lieutenant ? Un septuagénaire en train d'égorger une vieille femme qu'il connaît depuis toujours ou presque, et tout cela pour une histoire d'ego ? Ridicule.

— D'ego et de jalousie. Donc d'hostilité, de dépit, de rancune, de sentiments destructeurs, quoi ! C'est votre ami, OK, mais il n'en est pas moins homme, soumis aux mêmes lois que les autres.

— Vous vous fourvoyez, lieutenant. Je le connais. C'est impossible. Nous irons voir Barbara, tout à l'heure, après le déjeuner. Elle nous confirmera qu'il n'a pas bougé de chez lui ce soir-là.

— Ou pas.

— Il m'a donné sa parole.

— Ah. Vous prenez tout ce qu'on vous donne comme ça, vous ?

— Je prends, et puis j'avise... Vous croyez au hasard, lieutenant ?

— Je me demande. Et vous ?

— Non. Ni aux malédictions. Sinon je ne serais pas flic.

Il leva les yeux vers Coffe.

— Vous avez faim ?

— Ça peut attendre.

— Alors on va traîner un peu au soleil et ensuite direction la femme du Maître pour finir par refaire un petit tour du côté de chez Marianne… Je veux trouver le salaud qui a fait ça.

— Et il ne s'est jamais marié ?

— Henri ? Non. Mais je ne saurais vous dire pourquoi.

Sans s'en rendre compte, ils étaient parvenus au cimetière. Deux femmes d'un certain âge, la mère et la fille jugea Coffe, s'affairaient sur une tombe éloignée. La plus âgée boitait légèrement en allant vider l'eau d'un vase, comme ces seniors qui ont une prothèse de hanche et ne s'y habituent jamais vraiment. L'autre, accroupie par intermittence, tenait un chien en laisse et enlevait ce qu'il supposa être des mauvaises herbes. Leur complicité se sentait d'ici. Il lança un regard à Marsac qui, adossé au portail d'entrée, tournait le sien au loin. Peut-être n'aimait-il pas ces endroits.

Deux mille possibilités d'évasion. Et il avait fallu qu'il choisisse ce bord de mer, sans grande attraction et qui est un véritable piège par mauvais temps : l'échappée ne peut guère se faire que par les rochers Gruber, ce qui n'a rien d'évident. La peur au ventre, il guetta longtemps l'apparition du regard noir de sa sœur. Deux mille possibilités. Et une mauvaise pioche.

— Et ensuite, vous aurez quartier libre, lieutenant. J'ai des choses à voir. Seul. Il s'agit d'une parenthèse que Dottori peut tout à fait ignorer.

Ils s'affrontèrent du regard, sans animosité mais avec détermination. Les yeux de Marsac étaient enflés, un chaume de barbe apparaissait, et la cicatrice qui lui mordait la lèvre supérieure avait enflé. Coffe capitula.

13

> « J'aurais préféré, cela va sans dire, que l'on émascule tous les lièvres de Brenne… »

En hippologie, le boute-en-train, l'agaceur, le souffleur, fait office de délégué aux préliminaires, juste avant que n'apparaisse l'étalon. Personne n'ayant recueilli d'informations pertinentes, Batthe, qui aimait les chevaux presque autant que les femmes, avait décidé que Coffe, le bleu, ferait l'ouverture du briefing du soir et monte au feu avec les *avancées* qu'il lui avait confiées dans le couloir. Il eut un sourire carnassier. Le nouveau essuierait l'humeur de Dottori, qui n'allait pas manquer d'apprécier ce moment de chauffe, et ce serait toujours ça de gagné sur le marasme ambiant. Détendre son équipe, toujours. Le divisionnaire, justement, arriva, se laissa tomber sur sa chaise en bout de table et remua nerveusement ses jambes en attendant que le brouhaha cesse. Puis il les interrompit parce que ça pouvait parfois durer longtemps, leur agitation, lançant un regard circulaire et choisissant de le braquer sur Batthe. Qui fixa Coffe.

— Coffe ?

Il hésita une fraction de seconde. Tenaillé.

— Rien. Si…

Dottori se prit à rêver. Boucler l'affaire.

— On a retrouvé un lièvre dans la poubelle de la victime…

Batthe put presque physiquement sentir la jument prête à se cabrer. Les yeux de ses hommes s'éclairèrent. Il jubila.

— Et ? relança le divisionnaire.

— Et il lui manque les, comment dire, les parties.

Quelques rires fusèrent, vite enrayés par le visage exaspéré du divisionnaire qui estimait avoir suffisamment joué. Le rêve s'était dissipé. Marre. Ras-le-bol. Suffit. De l'air. Mais Coffe continua.

— Je trouve ça étrange, un beau lièvre, à la poubelle, sans les… parties, au milieu de tout le reste… Pas vous ?

Le Corse épingla du regard son jeune lieutenant un peu plus de trois secondes, le temps de lui faire comprendre que l'heure n'était pas à la connivence, à l'intimité partagée, rêveuse, celle qui concourait à la cohésion de groupe qu'il avait apprise durant ses stages de techniques de management des équipes. Il ne chercha pas davantage à lui inspirer confiance, à le convaincre de continuer sur sa lancée pour lui signifier qu'il n'était pas en danger. Non. Parce qu'il devinait, et n'aimait pas, ce qui pointait, sous le discours du lieutenant. La malédiction. Et il n'en voulait pas.

— Non. Pas forcément. Avec les deux fistons qui remplissent aussi la poubelle, je ne trouve pas *forcément* ça étrange. Ils braconnent, les fils Touret, tout le monde le sait. Alors un lièvre ! Je ne vois aucun intérêt à ce que vous nous rapportiez jusqu'à son existence, Coffe, aucun intérêt, coupa-t-il d'un ton sans appel.

— Moi si, insista pourtant Coffe. La section est nette, sans bavure, comme si on s'était appliqué. Je ne comprends pas, ça me chagrine.

Dottori prit sur lui pour ne pas le découper en morceaux. À la Audiard. Façon puzzle. Ou le repeindre. Au pistolet. Il regretta de ne pas disposer de dix petites minutes afin de se livrer avec sa jeune recrue à une petite expérience, inventée par des chercheurs d'outre-Atlantique axés sur la neurobiologie de la vision. Leurs résultats avaient été étonnants : ils avaient forcé des volontaires à se regarder fixement pendant dix minutes. Ce délai écoulé, les participants avaient connu dissociations et hallucinations… Il brûlait de corroborer leurs résultats avec les siens. Hélas, il manquait de temps. Le nerf de la guerre était là.

— Moi pas. Autre chose ?

Le lieutenant se tut, ployant sous le regard explicite. *Si tu continues, mon petit, je vais personnellement me charger d'enrayer la progression de ta carrière pourtant prometteuse au sein de notre belle maison et tu vas mijoter longtemps avant de gravir le prochain échelon, crois-moi.* Évidemment, le divisionnaire était dubitatif. Il fallait s'y attendre. Dottori était un pur produit de Descartes. Droit. Carré. Pas du genre à poétiser des heures durant. Un lièvre émasculé ne pouvait lui inspirer que deux choses : les frères Touret ne sont pas bien cuits d'une part et les frères Touret braconnent depuis leur naissance d'autre part. Et le raisonnement tenait debout. Mais lui pensait à tout autre chose, sans toutefois parvenir à y mettre un nom. Il sentait qu'une autre explication était possible. Moins rationnelle mais intéressante. En attendant, il tripotait son stylo comme si ce dernier détenait les réponses à toutes ses questions.

De son côté, Marsac avait dressé l'oreille. Cette histoire l'intriguait lui aussi. Il adressa discrètement un signe de l'index au lieutenant, l'air de signifier qu'on allait en reparler. Coffe lui répondit immédiatement d'un sourire *a minima*.

— Alors ? reprit Dottori en jetant un regard circulaire. Anfosso ?

— Dédé et Louise étaient au bar jusqu'à la fermeture, à minuit. Ils n'ont rien vu rien entendu. Le soir du meurtre a été calme. Pas de touriste à signaler, à part ce Parisien, Christophe Moreau, mais il est là depuis quelques semaines. Les deux soulignent que la victime n'avait pas que des amis au village, sans jamais donner aucun nom.

— Des ragots. On est bien avancé. Et l'épicière ?

— Elle fêtait les dix-huit ans de leur fille, en famille. Elle parle des gosses, les seuls à encore aller traîner du côté de chez la défunte.

— Elle parle des gosses ? Expliquez.

— Elle dit qu'il y en a certains qui fument des joints devant chez elle, le soir, et que « qui fume du haschich n'a rien dans le pois chiche et qu'il faut peut-être pas chercher bien loin ».

Rires de l'assistance.

— Aucune explication donc, aucun mobile non plus, trancha Dottori, mais des *ragots* et des *pensées*. Dalembert, faites-moi plaisir. Abrégez mes souffrances.

Des ragots. Des rumeurs. *Meurtrier*, nota Marsac.

— Le père Niemer ne sait rien non plus. Cela dit, il n'avait pas l'air très atteint.

— Rien ne l'émeut vraiment cet homme-là, coupa sèchement Dottori. Mais ça en fait quand même un de plus à patauger en pleine indifférence. À croire que tout le monde ici se balance de Marianne Touret. Marsac, une bonne nouvelle venant de chez vos vieux amis peut-être ?

— Au sujet du prêtre d'abord, l'interrompit Coffe. On perd notre temps avec lui. Un homme d'Église ne violera jamais le secret d'une confession. La sanction serait trop lourde. Le code canonique est très clair là-dessus, même si certains aménagements ont été apportés au fil du temps, notamment en ce qui concerne les maltraitances et abus sur mineurs, auxquels cas ils sont eux aussi soumis à l'obligation de tout citoyen d'alerter la justice. Sinon, ils risquent…

Dottori sentit de nouveau monter en lui une certaine exaspération. Il ne lui manquait plus qu'un cours de théologie avec sujet, verbes et compléments dont il n'avait strictement rien à cirer.

— Je ne demande à personne de violer quoi que ce soit, Coffe. Mais on parle d'un meurtre et pas d'un péché de concupiscence ! Alors quoi ! Si ces gens-là montraient parfois un peu plus de bonne volonté, les choses iraient plus vite ! Parlez-moi plutôt des Vieux, dit Dottori qui cherchait à recentrer le dialogue. Marsac ?

— Oui ?

— Comment ça *oui* ? Je ne vous invite pas à danser, commissaire ! Votre avis, je vous demande votre *avis* sur votre visite de courtoisie chez vos vieux amis qui terrorisent le village.

— Pour résumer, Henri Baranger évoque une malédiction qui se serait abattue sur le village depuis l'été.

— Une malédiction, rien que ça ! Je sais bien que nous sommes dans le Berry, mais tout de même. Le XXIe siècle brille à peu près pour tout le monde.

Batthe sourit de nouveau.

— Malédiction ou pas, reprit Coffe, je suis sûr et certain qu'ils pourraient nous en dire davantage.

Dottori le fixa. Pourquoi pas. Et cela aurait l'avantage de canaliser Marsac en un endroit précis.

— OK. Alors continuez à creuser de ce côté. En binôme j'entends. Batthe ? Les sœurs Fauré ?

— Elles étaient chez elles le soir du meurtre, avec le Parisien. Une espèce de chanteur installé au village depuis un bon trimestre. Personne n'a rien vu rien entendu non plus. Mais ce qui change ici dans le scénario, c'est la tristesse de la petite Manon. Elle accuse le coup. Normal. Elle fréquentait régulièrement la victime, qui s'était prise de tendresse pour elle. Quant aux fils Touret, je n'en ai rien obtenu… pour l'instant. Ils clament leur innocence, évoquent l'amnésie due à leur alcoolisation massive qui les frappe concernant la nuit du meurtre et affirment n'avoir aucune idée de qui aurait pu avoir envie, si on peut dire ça comme ça, d'occire leur mère. Mais je leur garde les pieds au chaud… Ce sont des sauvages, capables du pire. Rien d'autre.

Dottori se leva, signifiant que la fin approchait.

— OK. Je dresse un premier bilan. Nous n'avons rien. Ni mobile, ni suspect autre que les fils Touret, qui nient pour l'instant toute implication dans le meurtre de leur mère. Il va falloir se bouger, rentrer dans le match. Je déteste les meurtres de femmes. Même ceux des vieilles femmes. Même ceux des vieilles femmes soi-disant un peu sorcières. Je vous rappelle qu'on lui a tranché la gorge et qu'on l'a tondue avant de la laisser nue, ici, chez nous. J'aurais préféré, cela va sans dire, que l'on émascule tous les lièvres de Brenne. Alors si quelqu'un veut faire une pause pipi c'est maintenant ou jamais. Parce que dans cinq minutes, tout le monde retourne sur le pont. Ah ! Encore une chose. J'attends d'une minute à l'autre le rapport d'autopsie. Grimberg m'a appelé, elle sera là dans deux heures maximum. Du coup, vous aussi. Prévenez vos conjoints. Ce soir vous rentrerez tard. Pas de rôtis. Pas de soufflés. Vous pouvez disposer. Merci. Et n'oubliez pas. Tous les efforts par vous consentis n'auront pas été vains. Nous allons choper l'ordure qui a frappé sur nos terres.

Deux heures plus tard, Dottori les pria de s'asseoir rapidement et Grimberg prit la parole, assise sur un bord de bureau, face à eux.

— Je résume le compte-rendu de la légiste. La mort de Marianne Touret, âgée de soixante-dix ans, n'est pas due comme on aurait pu s'y attendre à l'hémorragie causée par l'égorgement, mais à l'absorption massive d'une décoction de *Taxus baccata*, plus connu sous le nom d'if, ces conifères d'ornement qui poussent dans toute l'Europe. Ces arbres contiennent plusieurs alcaloïdes, en particulier la taxine, hypertoxique, et un glucoside, la taxicatine. Vous suivez ? Bon. Eh bien c'est leur absorption qui engendre troubles digestifs, nerveux, respiratoires et cardio-vasculaires pouvant entraîner la mort. On l'utilisait autrefois pour empoisonner les flèches, paraît-il. Chez notre victime, aucun doute possible, affirme la toubib. À l'autopsie, les reins sont lésés et le foie tuméfié. Et les premières analyses histologiques confirment ces données. Trancher la gorge de la victime d'une oreille à l'autre n'a ainsi servi à rien puisqu'elle était déjà morte. Pour finir, l'heure du décès est située aux alentours de 23 heures.

Murmures d'incompréhension dans la salle. Regards qui se cherchent.

— La toubib a par ailleurs noté, comme nous tous, de multiples hématomes et contusions sur la quasi-totalité du corps. Cette femme était battue. Régulièrement et depuis longtemps. Voilà. Elle ajoute quatre éléments à prendre en considération. Un, il est pour l'heure impossible de déterminer si c'est la même main qui a frappé deux fois – une pour le poison, l'autre pour l'égorgement –, deux, il n'y a aucune blessure défensive sur la victime, trois, suicide au poison ou homicide, elle ne se prononce pas, et quatre, sa vie n'était plus rattachée qu'à un fil. Son palpitant était usé au degré ultime.

Elle releva les yeux du compte-rendu, et regarda ces hommes assis autour d'elle, un par un. Son joli visage était tendu, ses yeux éreintés. Marsac se demanda si ça y était, si c'était aujourd'hui qu'elle avait atteint son seuil limite, celui à partir duquel tout commence à capoter. Il était persuadé que tout le monde avait une certaine capacité d'endurance et il lui sembla que celle de la petite Grimberg était salement amochée. Elle prit une ample respiration.

— J'ajouterai une chose, mon sentiment personnel. Des corps allongés sur des tables en Inox, j'en ai vu, beaucoup, comme vous tous. Des corps presque encore tièdes et encore habillés, chapelet entre les mains, ou des suicidés pendus, violets, les cervicales brouillées par la violence de l'acte. Certains sans tête ou sans main ou sans bras. Avec des peaux noires prêtes à se retirer des membres comme celles de poulets trop cuits ou d'avocats trop mûrs ; ou violacées qui, quelques minutes après avoir été posés sur la table, exhalent le diabolique parfum de la mort et, ou, se vident de leurs substances fécales liquéfiées. Le tempo, il y a longtemps qu'il nous a été donné.

Elle imita un légiste qui avait officié, à Tours, celui qu'ils surnommaient l'Ours. Vaguement pervers, totalement narcissique, et entièrement absorbé par son univers impitoyable, comme il l'appelait.

— « Tu vois petite, il faut bien les laver nos macchab, surtout la bouche, c'est par là que ça pourrit et que se dégagent les odeurs, c'est le pire des nids à merde… » Mais là… J'ai eu cette image des sous-mariniers sur la passerelle du pont supérieur de leur bateau, dans le film *USS Alabama*, prenant une longue inspiration, une dernière bouffée d'air frais, avant de fermer l'écoutille pour plusieurs mois et de plonger en totale immersion. Dès l'entrée dans la salle d'autopsie. Cette femme, que l'on aurait cru sortie d'Auschwitz de par sa maigreur, sa tonsure totale et ce tissu cousu sur la poitrine, a été massacrée. Celui qui a été capable d'une telle barbarie n'est pas humain, ou totalement déconnecté de lui-même. Je crois que nous ne devrions pas l'oublier si nous tenons à le coincer.

Elle lança délicatement le compte-rendu de la légiste au centre de la table et fit comprendre qu'elle s'absentait quelques secondes.

— Cinq minutes de pause, dit Dottori.

Silence. Flics H24 et sept jours sur sept, mais hommes et femmes constitués de chair et de sang même s'ils s'acharnaient parfois à vouloir l'oublier. Et tous avaient un jour vécu la même chose, éprouvé semblable douleur dans une salle d'autopsie, sans pouvoir la partager. On est toujours seul face à la mort, mais, parfois, cette solitude résonnait comme une stridence infinie.

14

> «Elle était donc déjà morte lorsque quelqu'un, et cela ajoute de l'étrange et de l'ignominieux, s'est acharné sur elle.»

L'interruption insuffla à l'équipe la respiration dont elle avait besoin pour continuer. Un mini-sas de décompression, à l'instar de celui de Chypre créé pour ces militaires partis six mois en mission – Afghanistan – et de retour en France. Passer de la guerre à la paix nécessitait un break sinon c'était le chaos assuré. Dottori ne pouvait lui offrir un cinq étoiles, mais il ouvrit les fenêtres en grand histoire de renouveler l'air et de faire entrer quelques ions négatifs qui, comme leur nom ne l'indiquait pas, chassaient stress, fatigue et déprime… En tout cas, il aimait à le croire. Par ailleurs, il avait eu le temps de réfléchir avant de distribuer de nouvelles cartes à chacun. Cinq minutes plus tard, l'équipe reprit place autour de la table. Dottori commença.

— OK. Grimberg a raison. N'oublions pas la folie meurtrière dont a été victime Marianne Touret. Gardons cet aspect en tête, et avançons avec lui… Bon. Par ailleurs, considérons maintenant ce nouvel élément, l'empoisonnement. Elle était donc déjà morte lorsque quelqu'un, et cela ajoute de l'étrange et de l'ignominieux, s'est acharné sur elle. Alors nous allons plus que jamais procéder avec méthode. La façon dont on l'a achevée mérite toute notre attention, n'est-ce pas ?

Il enchaîna sans attendre de réponse. Le groupe le suivait, il le sentait.

— L'hypothèse d'un suicide est-elle plausible ? La légiste ne se prononce pas et pour cause. Mais nous, qu'en pensons-nous ? Le plus singulier dans l'histoire serait qu'elle se soit donné la mort et qu'une main inconnue, barbare, ait malgré tout jugé utile de lui trancher la gorge, de lui raser la tête comme aux pires temps de l'histoire de l'humanité et de la dévêtir. Tout cela dans les instants suivant sa mort. Ce serait une drôle de coïncidence. Et puis il est bien rare, vous en conviendrez avec moi, de vouloir tuer un mort. Alors, réfléchissons. Suicide suivi d'actes de torture et de barbarie ou homicide de A à Z ?

Silence. Puis Batthe.

— Je ne sais pas si les seniors, il avait failli dire « vieux » mais le regard attentif de Grimberg l'en avait dissuadé, se suicident tant que ça.

— Si, intervint Marsac. Le sujet est tabou, mais eux aussi se donnent la mort, comme les autres catégories de la population, et avec un taux plus que significatif puisqu'il avoisine les 30 %. Me suis renseigné. Alors, l'hypothèse semble cohérente. Tentons un bilan. À quoi ressemblait sa vie depuis la mort de son mari ? À une avalanche de trucs dégueulasses. Nous savons qu'elle était violemment harcelée. Peut-on imaginer qu'elle ait craqué ? Oui, je le crois. Et la décoction mortelle d'if. Qui connaissait cela ? Qui en aurait eu l'idée ? Les empoisonneurs ne courent plus guère les rues, mais Marianne, elle, connaissait tout des plantes. Je crois donc que la piste du suicide suivi d'actes barbares n'est pas à évincer. Sauf preuves du contraire. Mais, bien évidemment, cela ne nous dispense pas de mettre la main sur celui qui en a rajouté une couche.

Batthe bouillonnait. Aucun suicide à envisager. Un, Marianne Touret n'avait jamais montré le moindre signe de dépression, rien. Deux, cet enchaînement des faits évoqués – suicide puis tortures – avait tout de l'improbable, du grand n'importe quoi. Quel hasard aurait permis un déroulement comme celui-ci ? Aucun. Il s'agissait d'un meurtre, voire d'un assassinat. Point barre, à la ligne, et renvoyez Marsac à Paris.

— Cela se tient, confirma Dottori. Mais il nous faut du tangible. Batthe, vous vérifiez encore et encore les alibis des frères Touret. Ils affirment qu'ils dormaient comme des bébés, eh bien qu'ils le prouvent, nom de Dieu ! Grimberg, vous refaites l'enquête de voisinage. Tout le monde sait toujours tout d'habitude et là, comme par hasard, on se retrouve avec un millier de sourds et d'aveugles ! Je ne veux pas être rabat-joie, mais ça fait quand même beaucoup. Alors arrangez-vous pour les faire parler. Coffe, maintenant que vous vous êtes introduit une fois chez les terreurs du village, le plus dur est fait. Retournez-y. J'ai entendu dire qu'il n'y a pas si longtemps encore ils étaient tous très proches. Peut-être a-t-elle échangé avec eux quelques confidences qu'ils tardent juste à nous livrer, histoire de nous faire mariner. Rapportez-les-moi. Et maintenant on s'intéresse de très près à leurs activités vers 23 heures.

Je veux aussi en savoir davantage sur Marianne Touret que ce que m'en ont appris les ragots. Et quand je dis *davantage*, j'entends en fait anamnèse d'une précision chirurgicale. Je veux par ailleurs être sûr qu'elle n'a pas laissé une lettre ou quelque chose du genre qui nous aurait échappé. Cherchez. Les suicidés écrivent très souvent des mots. Elle était peut-être menacée, je veux dire plus que d'habitude, je n'en sais rien. Cherchez. Elle tenait peut-être un journal. Cherchez. Explorez ses lignes téléphoniques, fixe et mobile, son ordi. Remontez chaque piste. Commencez par ses proches et élargissez. Cela sera rapide, j'ai déjà entendu dire qu'elle ne voyait guère plus que la petite Manon Fauré. Batthe, c'est encore pour vous. La gamine sait peut-être quelque chose et il vaut mieux que ce soit vous qui l'approchiez de nouveau. Vous êtes d'ici, après tout.

Il marqua un temps d'arrêt, histoire de bien faire comprendre à tout le monde que cette affaire n'était pas résolue parce qu'il s'agissait *peut-être* d'un suicide… La barbarie dont Marianne Touret avait été l'objet, serait-ce *post mortem*, ne devait pas rester impunie : seul un fou avait pu s'adonner à une telle explosion de violence et il était hors de question qu'il continue d'errer dans la nature. Il reprit en balayant du regard chaque membre de son équipe. Les traces de fatigue s'étaient atténuées. Des affaires tordues, certains d'entre eux en avaient déjà vu beaucoup. Mais celle-là aurait peut-être la médaille d'or de la région Centre. Et cette perspective représentait pour eux tous une sérieuse motivation. Leurs visages éprouvés reprenaient vie.

— Comme vous l'avez constaté, mon topo était rempli de « peut-être ». À vous de me fournir des certitudes.

Ramenez-moi celui qui lui a fait ça. Tuer une morte, c'est de l'inédit, et l'avoir tondue comme aux pires temps de l'histoire est quelque chose qui me reste en travers de la gorge. Vérifiez aussi qu'il n'y a pas quelque part un nid de nazillons et considérez ça comme une demande ultraprioritaire. Ah. Encore une chose. Les malédictions n'existent pas. Aussi l'explication attendue doit-elle être rationnelle ! Ra-tio-nnelle ! N'oubliez pas de le rester. Et tous au rapport demain matin à la première heure.

Grimberg se leva la première, suivie par le reste de l'équipe. Marsac se dirigea vers Coffe qui l'attendait sur le pas de la porte, après avoir attentivement dévisagé la procédurière. La fatigue se lisait toujours dans ses yeux, mais de façon apaisée. Sa capacité de résilience avait en partie absorbé l'horreur. *Elle est jeune. Peut-être n'est-ce finalement pas la fin pour elle*, se dit-il.

— Rentrez chez vous, lieutenant, dînez vite fait avec votre femme et vos enfants si vous en avez, et rejoignez-moi chez Dédé après le repas. Cette histoire de lièvre émasculé m'intéresse. L'étrange n'apparaît jamais sans raison. Reste à trouver laquelle.

15

> « Ils n'étaient pas là et ne reviendraient pas. Jamais. Elle rit sous ses mains. »

Le crépuscule menaçait et les voix se réveillèrent. Elle lutta pour s'accrocher aux faibles rayons de soleil et de clarté qui tiédissaient encore le ciel. En vain. L'obscurité grignota la moindre lueur, loup affamé qui a flairé une proie et ne la lâchera pas. Elle courut se réfugier sous le lit, guettant l'arrivée de leurs pas. Retenant son souffle ses pleurs. À bout de tout. Rien. Rien d'autre que les ombres projetées sur les murs. *Ils* n'étaient pas là et ne reviendraient pas. Jamais. Elle rit sous ses mains.

Elle avait tenu sa promesse. Personne ne lui volerait plus jamais quoi que ce soit. Lorsqu'elle s'endormit, épuisée d'avoir épié en vain, noyée de barbituriques, elle bascula dans un sommeil âpre et sans répit.

16

> « Le dernier mot qui fera chuter une femme ? »

Marsac était installé à une petite table de deux, au bar des Fleurs du Malt, contre la baie vitrée. La salle était déserte. Le patron lui avait offert une bière qu'il buvait sans conviction, absorbé par sa lecture. *L'Éternel Mari* de Dostoïevski, prêté par Raimbauld. Il en était au passage où le héros, Veltchaninov, met enfin un nom sur cet homme déconcertant qu'il ne cesse de croiser et qui le fascine. Le mari de sa maîtresse morte… « Essayez, vous verrez. La souffrance et la rédemption, Dostoïevski et son angoissante fable sur la fatalité des rapports humains et l'absurde reproduction des comportements d'échecs les a traités mieux que quiconque. » Le sujet était évidemment sensible, et Marsac faisait de son mieux pour saisir la finesse du message et en retirer, peut-être, une leçon quant à son avenir. Il avait envie d'enrayer les répétitions qui conduisent au désastre. Il savait qu'il avait foncé jusqu'ici dans les murs, tête baissée, mû par une invisible force qui le dépassait. Il fallait que cela s'arrête. La sonnerie de son portable l'extirpa de son roman russe.

— Bonjour. Alors ? s'enquit Raimbauld sans autre forme de procès.

— De l'étrange. Des histoires de fous, d'une femme, battue depuis longtemps, pour finir égorgée, dont on a brûlé les livres et les plantes ; morte par deux fois, si je puis dire. D'arbres qui vous expédient dans l'au-delà, de ragots de village, de lièvre émasculé.

— Morte par deux fois ? Et si vous assembliez les pièces du puzzle, histoire que je comprenne.

— Marianne n'a peut-être pas été assassinée. Rien n'est certain, mais je pense qu'il s'agit d'un suicide, Raimbauld, par ingestion d'une mixture mortelle d'if quelque chose.

— *Taxus baccata.*

— Oui, voilà. La légiste a décelé des traces prouvant un empoisonnement audit conifère, qui a été fatal. Les exactions ont été commises *post mortem*. Oui, je sais, cet enchaînement est incroyable parce que si je résume, cela donne que Marianne était déjà morte lorsqu'un fou lui a tranché la gorge, l'a tondue, dénudée, puis charcutée en lui cousant ce bout de tissu à même la peau.

— Égorger une femme déjà morte. Je crois n'avoir jamais vu cela…

— Moi non plus. Ici, tout le monde est sous le choc. Une hypothèse, vous qui êtes loin d'ici, au calme ?

— Au calme à Paris ? Vous plaisantez ? Vous, vous devriez y être.

— Hélas, l'horreur est partout. Mais vous zappez ma question, Raimbauld.

— J'y viens. Au triste constat évoqué, je vois deux hypothèses. Imaginez. Un, il est venu pour l'égorger. Un fou peut-être, réellement convaincu qu'elle était une sorcière, ce qui expliquerait en passant pourquoi livres et plantes ont été brûlés, parce que sources potentielles de magie noire ou autre. Ou bien, deux, il était là pour une raison ou pour une autre, il a bien vu qu'elle était déjà morte et il l'a malgré tout suppliciée. Ce qui est bien différent, non quant au résultat mais quant au psychisme du tueur. Dans le deuxième cas, il s'acharne. Il voulait le faire. Il avait sans doute prémédité son passage à l'acte et a profité de l'opportunité… Une brute innommable, loin de toute humanité.

— La petite qui a assisté à l'autopsie de Marianne a quasiment tenu les mêmes propos. Alors, ma question suivante est : s'agit-il d'un suicide suivi de tortures ou d'un meurtre suivi d'atrocités ?

— Aucun suspect ? Aucun mobile ? Une scène de crime muette ?

— Ses deux fils ont avoué les coups mais ils nient toute autre implication. Cela dit, ils occupent le devant de la scène dans l'esprit du commissaire Batthe.

— Mais pas dans le vôtre ?

Raimbauld nota que le commissaire avait employé le patronyme de son ami d'enfance et non pas son prénom, comme il l'aurait supposé. Il en déduisit qu'il existait peut-être des tensions entre les deux hommes ou que Marsac restait flic avant tout. Sans bien savoir pourquoi, il pencha pour sa première idée.

— J'hésite, Raimbauld.

— Et l'hypothèse du suicide ? Pourquoi ?

Marsac soupira. Quelqu'un ayant eu la vie de Marianne pouvait-il songer à mettre fin à ses jours ? Après avoir échappé à tant d'inhumanité ? Il était retourné fouiller la maison de fond en comble, à la recherche d'une lettre d'adieux qu'elle aurait pu laisser. Trois fois sur quatre, les gens qui se donnent la mort s'expliquent, ou accusent, par écrit. Il n'avait pas trouvé. Mais Primo Levi n'avait rien laissé non plus. Pourtant, il s'était bel et bien supprimé, à presque soixante-dix ans aussi. Alors. Comment savoir ? Comment entrer dans l'esprit d'une morte, nom de Dieu ? À qui pouvait-il demander si elle avait eu et évoqué des idées noires ? À personne. Il pouvait juste ne pas oublier, mais comment l'aurait-il pu ?, qu'elle avait été durement harcelée. Et battue, tout aussi violemment. Et que cela avait peut-être suffi à la faire basculer alors qu'elle avait tout enduré. Après tout, qui peut jamais prévoir quelle sera la goutte d'eau qui fera déborder un vase ? Le dernier mot qui fera chuter une femme ? L'ultime meurtre auquel un flic peut être confronté avant de sombrer ?

— C'est une théorie que je suis pour l'instant seul à partager.

Marsac jeta un regard par la baie vitrée. Tout semblait si paisible, loin de toute agitation. Préservé. Fausse idée. Comme s'il lisait dans ses pensées, Raimbauld enchaîna.

— Vous avez raison. La violence a aussi gangrené les campagnes. Plus aucune parcelle de territoire n'est épargnée… Et encore, dans ce pays, nous sommes relativement à l'abri…

— Ne me reparlez pas de Damas, par pitié. Ce n'est pas le moment… La violence est partout et elle a mille visages, dont certains très insidieux.

— La rumeur ?

— Oui. Dans un si petit village elle se propage à la vitesse du son. Démoniaque. Marianne était quotidiennement harcelée, Raimbauld, par ce bruissement incessant qui la traitait de sorcière. Je les connais, ici. Ils s'enflamment vite. Ils ont dû lui attribuer tous les malheurs subis par le village... Ses propres amis ne l'ont pas épargnée... Peut-être cela a-t-il fini par lui sembler insurmontable ? Ça se tient, non ?

— Hélas. Rien d'autre ?

— Si, peut-être. Un lieutenant a retrouvé dans la poubelle de Marianne un lièvre émasculé.

— Parce que c'est une piste ?

— Pourquoi pas.

Silence.

— Et vous, Raimbauld ?

— Rien à signaler.

— Profitez-en. Je vous laisse, mon rendez-vous arrive.

— À samedi ?

— À samedi.

— Une dernière chose, commissaire. J'allais oublier. Une femme a téléphoné à maintes reprises. Votre ligne directe, mais vous m'aviez dit de prendre les communications. Elle affirme qu'elle a quelque chose de fondamental à vous révéler mais refuse de m'en dire plus.

Marsac soupira. D'autres préoccupations en tête.

— A-t-elle seulement laissé son nom ? Un numéro de téléphone ?

— Non, rien. Elle rappellera demain.

— Ça marche. Tenez-moi au courant.

Il appuya sur la petite icône verte. Le lieutenant Coffe entra, le pas vif et le sourire aux lèvres, un sac à dos de sport à la main.

— Alors ? demanda Marsac.

— Je me suis promené dans le village, à la recherche d'une malédiction palpable. Rien trouvé. C'est calme ici, très calme. Ensuite j'ai bu une bière dans un village voisin, dans un sale endroit où j'ai entendu dire que Marc et Mathieu Touret avaient leurs habitudes. Même en plein après-midi l'ambiance ne laissait planer aucun doute, et je n'ose imaginer ce qui doit s'y passer le soir, une fois tout ce beau monde bien imbibé. Là-bas, pour être explicite, ils affichent clairement leur préférence nationale, notamment à coups de tatouages sans équivoque et de drapeaux tricolores XXL épinglés aux murs.

— J'ignorais l'existence d'un tel endroit dans la région.

— Du coup, j'ai pensé à quelque chose… J'ai attentivement réexaminé le jeu de photos de scène de crime. Son tatouage sur l'avant-bras gauche, même si elle a tenté de l'effacer à coups de brûlures de cigarette… reste… tout à fait parlant…

Marsac marqua un blanc. Comment ce petit lieutenant, si jeune, et qui faisait plus jeune encore malgré sa barbe de trois jours, avait-il saisi l'indicible ? Il lui lança un regard interrogateur et hésita. Il aurait pu dénier. Il préféra expliquer.

— … Ah… C'était son secret. Je ne pense pas que quiconque à part moi l'ait jamais su, ni compris. Même René l'a toujours ignoré, même ses fils. Et elle se promenait rarement bras nus. À vrai dire je pense ne l'avoir jamais vue ainsi.

— Se pourrait-il que quelqu'un sache et ait voulu lui faire payer ? Ce morceau de tissu cousu sur sa poitrine…

— Oui, comme une ultime étoile, de nouveau. J'ai songé à la même chose que vous. Ce qui me rend fou.

— Plus le crâne rasé. Typique de ce que les femmes subissaient aux camps. Est-il plausible que quelqu'un d'autre que vous ait su et ait voulu lui faire payer sa judéité, je suppose que je peux dire ça comme ça ?

— Lui faire payer quoi, lieutenant ? Je vous dis que personne n'a jamais rien su. Lorsqu'elle est arrivée ici, elle portait une croix autour du cou. Elle s'est appliquée à effacer son passé avec une minutie que vous n'imaginez même pas.

— Vous avez quand même évoqué ce fait, avec Dottori ou Batthe ?

— Non.

— Désolé mais je suis obligé de vous demander pourquoi.

— Je vous l'ai dit. C'était son secret. Elle m'avait fait promettre.

— Vous devriez quand même leur en toucher un mot. Ces types, sordides et survoltés dans ce bar, m'ont fait froid dans le dos. Eux, ou d'autres de la même espèce, sont peut-être une piste à suivre.

— Je sais bien. Mais vous avez entendu comme moi : Dottori a demandé une vérification de l'existence de potentiels « nids de nazillons » dans la région. Alors on verra. Si cette vermine a un lien avec l'affaire, les gars de Batthe vont s'en apercevoir, et s'en occuper. J'aimerais ne pas violer le secret de Marianne si je peux faire autrement, vous comprenez ?

— Oui, mais vous voulez aussi mettre la main sur son meurtrier n'est-ce pas ?

Marsac hocha la tête en s'allumant une cigarette.

Un silence s'installa. La nuit dehors était d'encre.

— Vous savez, commissaire, ce petit bout de tissu cousu à même la peau, sur son cœur, ça me terrifie.

— Oui, moi aussi.

— Et si on se méprenait sur sa signification, puisque vous réfutez l'hypothèse antisémite ? Et si vous aviez raison ? Et s'il s'agissait de tout autre chose ?

— Je ne vous suis plus. Va falloir m'expliquer.

— D'un ultime acte d'amour fou par exemple.

— Comprends pas.

— Pagnol. Non ? Mais si. L'histoire d'Ugolin, éperdu d'amour pour Manon, promise à un autre, et qui décide de se coudre, à vif, l'un des rubans de sa belle, sur la poitrine…

Marsac hésita à demander des explications supplémentaires mais choisit d'abord d'en finir avec l'histoire de Marianne. Les supputations, plus tard.

— … Vous savez, pour en revenir à Auschwitz, elle y a été déportée avec toute sa famille alors qu'elle n'était qu'une enfant de cinq ans. Aucun rescapé, sauf elle… Elle n'en parlait pas, jamais, à personne.

— Mais à vous, elle s'est confiée.

— Presque par hasard, un jour, au pont du Diable. Vous connaissez ?

Coffe acquiesça. Mais son esprit restait occupé par ce « Nazi rock nazi » qu'il avait entrevu et il enchaîna sur cette idée lancinante, ne voulant pas mésestimer l'antisémitisme qui pouvait régner ici aussi.

— Si moi j'ai compris en quelques secondes, un autre a pu le faire.

— Je ne pense pas. Et vous savez pourquoi ? Un, parce que les nostalgiques du IIIe Reich ne pullulent pas dans la région ; vous avez vu, c'est tranquille. Vous êtes là depuis combien de temps ?

— Six mois.

Marsac s'empara du *Guide vert* qui dépassait de la poche de Coffe, chercha la bonne page et lut. « Saint-Paul, petit village aux frontières de la Brenne et de la forêt de Preuilly bla-bla-bla… une campagne douce et apaisante bla-bla-bla… loin des transhumances touristiques bla-bla-bla. »

— Douce et apaisante mais qui abrite cependant quelques abrutis, comme partout. Dans ce bar par exemple, je vous assure, le patron arbore sur un biceps un tatouage sans équivoque, *Adolf Benito Joseph*, noyé au milieu de croix gammées. Et les autres n'affichaient pas mieux.

— Et ils seraient venus jusqu'ici pour égorger une femme qui vivait en recluse depuis un an et qui s'était convertie au catholicisme depuis plus d'un demi-siècle ? Non, ça ne tient pas debout. Comment en auraient-ils entendu parler ?

— Tout finit par se savoir. C'est un fait. Une vérité.

— Non, je n'y adhère pas.

— Marc et Mathieu y ont leurs habitudes…

— Ils ignorent tout de leur mère, lieutenant, j'en suis certain.

— Eux aussi pourtant sont tatoués, et dans le même style.

— Effet de groupe sans doute, genre rite initiatique pour intégrer cette bande de cons, mais ce ne sont que deux brutes, pas des assassins.

— La frontière est floue. Mais admettons, même si leur alcoolisation chronique, leur débilité et leur sauvagerie autorisent à envisager d'eux le pire. Que nous reste-t-il, puisque le meurtre raciste vous semble improbable ? Quel est notre seul indice ? Là, aujourd'hui ? La tonte de cette femme. Si ce n'est pas une signature fasciste, alors qu'est-ce que c'est ?

Coffe tapa du plat de la main sur la table, pressé d'en découdre avec la Vérité, et Marsac se remémora les propos tenus par Raimbauld le soir du meurtre lorsqu'il l'avait appelé, médusé à la vue de ces cheveux à terre.

— Dans l'inconscient collectif, un châtiment pour ceux qui ont trahi.

Le tapotement de la main sur le bois ciré de la table s'accélérait.

— Alors *qui* Marianne a-t-elle trahi ? Serait-ce une bonne question ?

Marsac le regarda. *Trahi ?* Il n'en avait pas la moindre idée. Qui une recluse peut-elle bien trahir ? La question n'avait aucun sens.

— Je ne sais pas. Je ne comprends pas.

— Et votre deuxième point ?

— Pardon ?

— Vous en étiez au point un, avant notre digression.

— Ah oui. Et deux, parce que l'être humain en général ne voit jamais l'essentiel chez l'autre. Il se contente des apparences, du vernis. Plus pratique et facile à vivre.

Coffe esquissa un sourire. Ce n'était pas faux. Il dévisagea Marsac qui cillait, de profil, devant la baie vitrée des Fleurs du Malt, soudain ailleurs. Cet homme était un mystère. Il émanait de lui un déroutant mélange de force et de blessures non cautérisées.

— Je peux vous poser une question ? Pourquoi Marianne s'est-elle confiée à vous ?

— C'est une longue histoire, lieutenant.

Bref échange de regards où chacun jauge l'autre et la confiance qu'il peut lui accorder. Le courant passa, à double sens.

— C'était l'été de mes vingt ans. Nous étions tous les deux là-bas, Marianne et moi, sur ce pont. J'en ai oublié la raison. Et elle a commencé à me parler, à me raconter qui elle était, d'où elle venait. Vous me demandez pourquoi, et je n'en sais rien. Je suppose que nos histoires entraient en résonance, se faisaient écho, même si c'était sur des plans tout à fait différents.

Marsac se leva, et revint s'asseoir avec deux bières. Le bar restait désert. Dédé avait fermé tôt, lui confiant un double des clés. Louise avait eu une violente crise d'asthme et il avait préféré monter regarder la télé avec elle. Mais il lui avait enjoint de faire comme chez lui. Marsac continua.

— En quelque sorte, la *perte* nous reliait.

Autres regards.

— Je ne me remettais pas de la… hum… de la disparition de ma sœur. Marianne, d'ailleurs elle ne s'appelait pas Marianne, mais Susanna, Susanna Aleïev, ne pouvait oublier celle de la sienne. Voilà. J'imagine qu'elle m'a confié son secret pour partager ma peine. Une façon de me dire « Regarde, tu n'es plus seul au monde, j'ai vécu le même drame, je suis là, je t'écoute et je te comprends. Tu peux vivre, toi aussi. » Peut-être aussi pour que je partage la sienne. Mais elle était tellement pudique au niveau sentiments, et en tout cas jamais dans la victimisation, que je n'en suis même pas sûr.

Peut-être ne cherchait-elle qu'à entrer dans ma bulle. J'y vivais pas mal, à l'époque.

— Désolé. J'ignorais, pour vous.

Marsac haussa une épaule. Pas grave. Ce môme lui plaisait bien. Intelligent, vif, sain.

— Je vous raconte, ce sera fait, votre esprit sera au clair et nous n'en parlerons plus. C'était dans le nord de la France, une nuit d'hiver. Nous habitions tout près de la mer. Nos parents dormaient. Mon frère aîné, Max, dix ans, ma sœur, Solène, six ans, et moi, huit ans, avons quitté la maison pour aller jouer sur une plage. Comme un défi à nos peurs d'enfant. Nous avions passé la journée à échafauder notre fugue et nous étions surexcités, avec nos petites torches et nos gloussements mi-anxieux mi-bravaches. La plage était déserte, battue par le vent. Solène était fascinée par cette mer déchaînée, elle ne bougeait plus. Heureuse et calme, comme si la mer survoltée l'apaisait. À un moment donné, Max et moi nous nous sommes éloignés d'elle. Quelques minutes seulement. Des chamailleries d'enfants… Lorsque nous sommes revenus, elle avait disparu. Et on ne l'a jamais retrouvée.

17

« Diamond dove. »

— Quant à mon frère Max, même ADN, mais tout nous sépare. Peut-être est-ce cette nuit-là qui a tout déclenché. Je ne sais pas. On se voit le moins possible, mais on s'engueule régulièrement au téléphone.

Il termina sa bière, et reprit.

— Bon, lieutenant, et si nous allions tout de même jeter un coup d'œil de plus près à ce bar ce soir ? Un petit voyage en enfer, ça vous dit ?

— Vendu.

Coffe était troublé. Il n'avait plus aucune envie d'aller traîner dans la fange. Il enchaîna sur la vraie raison de sa présence ici ce soir, la colombe, et sortit de sa poche de blouson un minuscule sac de congélation.

— Derrière la maison de Marianne, outre le lièvre, il y avait aussi ceci. J'y suis retourné avant de passer. Une tourterelle, reprit-il en extirpant le petit oiseau grisâtre.

Marsac lui fit signe de le poser sur la table. Il le prit en photo et l'envoya à Raimbauld. Trois minutes plus tard, le capitaine parisien rendait son verdict par SMS. Geopelia cuneta *ou* diamond dove. *La plus petite colombe diamant du monde. Rien d'autre à ma connaissance.*

— Elle me semble elle aussi avoir subi un charcutage, si vous me passez l'expression. Regardez son abdomen. Il est ouvert en deux et la coupure est trop nette pour provenir d'un prédateur animal.

Il lança un regard à Marsac qui signifiait *alors, vous me suivez maintenant ?* Devant le silence du flic, il expliqua.

— Ce qui nous fait *deux* petites bêtes mortes et étrangement mutilées retrouvées chez une femme que l'on a elle aussi torturée. Ça a peut-être réellement un sens, finalement… Qu'en pensez-vous ?

— … Peut-être que la légiste pourrait nous renseigner. Si ces petits corps recèlent une part d'insolite, je ne vois qu'elle pour nous le confirmer. Vous avez apporté le lièvre ?

— Oui. Elle fait les animaux ? demanda le lieutenant dubitatif.

— Elle examinera peut-être ceux-là si on le lui demande gentiment. De toute façon je ne vois pas d'autre issue.

— Le vétérinaire du coin ? proposa Coffe.

— Le consulter équivaudrait à un suicide. Tout se sait toujours ici comme ailleurs, vous l'avez dit. Les Vieux n'apprécieraient pas. Et j'ai une alternative avec la toubib, alors je vais tenter ma chance, ce qui me permettra de ménager certaines susceptibilités. Vous, vous irez vous renseigner, chercher qui avait des colombes dans le village, visiter les animaleries. Discrètement, en vous fondant dans le paysage, l'air de rien, comme dirait Dottori.

— Ouaip… Elle va se régaler, la légiste, avec votre inventaire à la Prévert !

— Il faut que les choses avancent et qui ne tente rien… Je file la voir.

— Il est bientôt 22 heures…

— Et alors ?

— Et le bar ?

— Demain.

— Vous la connaissez au moins ? Est-ce qu'elle sera encore sur place ?

— Je l'ai croisée un jour, il y a quelques années. C'est une bête de travail. Elle y sera.

— Comment est-elle ?

— Splendide. Un peu *borderline* paraît-il, mais qui ne l'est pas ?

— Pourquoi limite, alors ?

— On raconte qu'elle aime passer certaines nuits d'été dans la maison troglodyte, vers les marécages, et qu'elle affectionne les anciens asiles de fous désaffectés… Un personnage. Vous me passez votre sac à dos pour la soirée ? Si j'arrive là-bas avec ça à la main j'ai peur d'essuyer un accueil glacial. Ah, une dernière chose. Oubliez désormais d'évoquer cela, en réunion. Il y en a un qui va finir par crier au culte satanique, à la magie noire, à la plongée dans les arcanes du Mal ou à je ne sais quoi d'autre d'aussi futé. Si ce cri fuite, si la presse s'en empare, Dottori va me le faire payer très cher et je n'ai pas les moyens de régler cette addition : je dois rester sur le terrain jusqu'à la fin.

Ils sortirent du bar en même temps et la nuit les engloutit sans un mot supplémentaire. Mais avant cela, ils avaient eu le temps d'échanger une poignée de main et un regard qui en disaient long. Ils baignaient dans un obscur imbroglio et avançaient à tâtons, espérant ne pas foncer droit dans un mur.

18

« Demande atypique.
— Je suis un gars atypique. »

Marsac atteignit l'Institut médico-légal de Tours en une petite heure, la succession de fines nationales toutes plus rectilignes les unes que les autres lui ayant facilité la tâche. La nuit aussi, vierge de tout trafic ou presque. Le planton de l'accueil ôta de mauvaise grâce son MP3, écouta la requête du flic en se tenant le menton et décrocha son téléphone en affichant une moue dubitative. Sans rendez-vous, il était peu probable que la légiste accepte de le recevoir *à cette heure-ci*. Le docteur Elena Alexandresco arriva cependant peu après, encore en tenue, un masque en papier parfumé au menthol suspendu autour du cou. Un joli visage, pâle, sans maquillage, d'où émergeaient de grands yeux bleus, un corps souple. Appétissante, oui, ce fut le premier mot qui vint à l'esprit de Marsac. Il se présenta une fois encore. Lorsqu'ils se furent isolés dans son bureau, elle hésita entre le rire et la colère à la vue de l'oiseau mort que Marsac extirpa de son sac à dos. Elle venait d'interrompre une autopsie *urgentissime* pour un… oiseau ? À bientôt minuit ? *Le monde est fou*, se dit-elle en réprimant un bâillement. Et ce flic aussi.

— Serait-ce une caméra cachée ? dit-elle en se retournant. Si oui, c'est tout sauf drôle.

— Pas du tout.

— Remontrez-moi votre carte s'il vous plaît.

Il s'exécuta. Elle le dévisagea. Marsac. Du 36. Elle le remit. Il cilla.

— Je suis désolée, mais je commence à fatiguer. Qu'est-ce que c'est que ça ? Et que faites-vous ici, hors de votre juridiction ? En pleine nuit ?

— Une colombe diamant, retrouvée non loin d'une poubelle, et je suis en vacances. Et insomniaque la plupart du temps. Habituellement, à Paris, je marche, la nuit, toujours vers la Seine. Mais là…

Elle choisit d'ignorer la seconde partie de sa phrase.

— Et alors ? L'oiseau ?

— J'aimerais que vous l'examiniez, que vous me disiez ce qui ne va pas dans ce tableau de colombe assassinée.

Elle le scruta. Oui, ce flic était fou. Heureusement, elle avait une parade, avec ce genre de clients : ne jamais entrer dans leurs délires, ne jamais voir la vache qu'ils assurent voir, eux, brouter au milieu du salon. Leur affirmer qu'on les croit, mais ne pas y adhérer sinon impossible de rester le garant de la réalité ! Pour empêcher la barque de sombrer, il fallait que le capitaine maintienne le cap.

— Attendre demain matin et aller consulter un vétérinaire ne vous a pas effleuré l'esprit, commissaire Marsac ?

— Si, mais une longue histoire m'en empêche et me conduit à vous.

Elle répondit d'un haussement d'épaule. Les longues histoires étaient son pain quotidien et les ellipses des flics une religion dans son métier. Le monde des vivants regorgeait d'histoires qu'elle préférait ne pas creuser. « Si tu regardes au fond de l'abîme, l'abîme aussi regarde au fond de toi. » La phrase, ou quelque chose d'approchant, était de cet ovni de Nietzsche qui n'avait peut-être pas écrit que d'hermétiques folies. La médecine légale des morts, bizarrement, était beaucoup plus simple. Elle jaugea ce flic une dernière fois, hésitante malgré son intangible principe. Éviter les fous. Et quelque chose lui murmura que Marsac n'était peut-être pas plus dingue que nombre de ses collègues. Habité. Oui. Il lui sembla tout à coup plus habité que dingue. Elle se détendit et soupira.

— Que voudriez-vous savoir au juste ?

— Si, par exemple, elle s'est fait dévorer par un quelconque prédateur animal, ou si la main de l'homme a frappé… Est-ce possible ?

Elle le détailla de nouveau, il semblait plus que sérieux. *Tout est possible. De là à autopsier cette colombe…* Comme il la sentait réticente, Marsac reprit.

— Je sais que vous êtes très occupée et qu'il est vraiment tard, mais je ne vois personne d'autre capable de faire parler ce petit corps mort ce soir. Pourtant, je mettrais ma main à couper qu'il a des choses à révéler. Nous l'avons retrouvé chez Marianne Touret, ajouta-t-il, espérant faire basculer la balance en sa faveur. Elle l'avait autopsiée, elle avait vu le corps inhumainement meurtri. Elle aussi devait avoir envie de connaître le fin mot de l'histoire. Enfin, peut-être. Il l'espérait.

— Vous la connaissiez ?

— J'ai grandi dans une maison derrière la sienne. Alors on peut dire ça, que je la connaissais.

— Vous êtes du 36, n'est-ce pas ?

— Depuis longtemps.

— Comment est-ce, pour vous, là-bas ?

— Froid l'hiver et chaud l'été. Mais plus pour longtemps. Nous déménageons sous peu aux Batignolles…

Marsac sourit. Il ne sut que faire d'autre. Elle l'imita.

— Allez venez. Suivez-moi.

Il fut surpris de son assentiment. Il savait en venant ici qu'il risquait un refus à 90 %. Légitime. Peut-être était-ce le début d'une trouée dans le noir… Ils arpentaient le dédale de couloirs blancs et déserts en silence lorsqu'elle posa une main sur son avant-bras et se mit à parler.

— Remonter aux origines des gens, des lieux… n'est-ce pas la clé de toute compréhension ? Conserver une mémoire… Impossible d'avancer droit sans une assimilation du passé, n'est-ce pas ?…

Il laissait parler, fatigué mais attentif. Après tout, elle avait bien le droit de vider un peu son sac elle aussi. Rempli de *ides*, comme le sien, depuis des années. Et puis elle posait des questions qui n'appelaient aucune réponse. Reposant. Et sa main était chaude.

— Savez-vous que les premiers bâtiments de cet établissement dans lequel nous nous trouvons, afin d'autopsier, en pleine nuit, une colombe diamant mutilée dans le Berry qui donne des insomnies à un flic parisien, datent du XVe siècle et que l'hospice initial fut une prison durant la guerre de Cent Ans ? Puis, qu'au XVIIe, il devint l'hôpital général de la Charité à Tours pour se transformer sous la Révolution et l'Empire en hôpital militaire ? Suivez-moi, c'est par là. Qu'il s'agrandit au

XIXe et au début du XXe, pour abriter de nouvelles constructions, les *asiles de fous* ?

Elle appuya ses derniers mots, lui sourit franchement et poursuivit. Peut-être pour meubler le silence. Ou parce que cela lui faisait du bien.

— Certains médecins impulsent alors d'importantes avancées, notamment un certain docteur Trousseau dont cet IML porte désormais le nom d'ailleurs. Depuis la Seconde Guerre mondiale, je résume, l'hôpital dit général devient un CHU puis un CHRU. Et aujourd'hui, dit-elle en poussant une lourde porte à double battant, l'ensemble est gigantesque, regroupant six hôpitaux et abritant plus de deux mille lits… Et voilà, dit-elle, nous y sommes. C'est là. Vous voyez, nous sommes partis de pas grand-chose, un petit hospice, pour en arriver là aujourd'hui, à cette tentaculaire construction. Et moi, tous les jours, dans ma chair, je ressens l'histoire de ces lieux, ses strates successives. Jamais seule. Nous sommes ici dans un lieu séculaire, et une lignée de soignants m'accompagne, dans l'ombre.

Elle fit volte-face.

— Vous devez me trouver étrange, non ?

— Du tout.

Il la comprenait. Lui aussi se sentait parfois porté au 36 par tous ses invisibles prédécesseurs.

— Passez au vestiaire hommes, sur votre gauche, et équipez-vous, dit-elle. On se retrouve ici dans cinq minutes.

Elle le quitta et l'odeur à laquelle il ne pouvait maintenant plus se soustraire l'étreignit. Ils n'étaient que dans le couloir qui précédait les vestiaires, les portes des trois salles d'autopsie étaient fermées et pourtant…

Comme d'habitude depuis vingt ans, l'impossible effluve, mélange de formol aux émanations âcres et piquantes, et de corps en décomposition qui saturaient l'air d'écœurantes molécules exhalant la putréfaction, lui sauta à la gorge. Il ne s'y habituait pas. Trois minutes plus tard, ils pénétraient dans la salle 1, immense rectangle aseptisé. Sol de carrelage gris brillant. Murs blancs, carrelés eux aussi, cloqués de gigantesques planches d'anatomie colorisées et de quelques négatoscopes éteints. Tables en Inox, avec plateaux et châssis, équipées d'un mitigeur commande au coude et d'une douchette flexible, éclairées de la lumière crue de lampes Scialytique surpuissantes. « Scialytique », du grec « ombre » et « délier », lui avait appris Raimbauld, un jour. Qui délie les ombres, de sa lumière blanche et uniforme, afin de laisser place à l'invisible. L'indice qui parlerait. L'odeur se fit plus forte encore et Marsac se passa sous le nez un stick mentholé qu'elle lui avait tendu. « On va se mettre sur cette table. Donnez-moi votre oiseau. » Elle ignora le regard incrédule de son assistant à qui elle délégua d'un geste la suite de leur autopsie en cours, et se pencha sur le corps de la colombe.

— Saviez-vous que les oiseaux n'ont pas d'appareil génital externe ? Il est à l'intérieur, avec l'appareil digestif, et est relié au cloaque. Voilà, j'y arrive. Alors. Cœur gésier poumons reins et intestins indemnes. Mais, si je ne me trompe pas, ce qui est toujours possible parce que je ne suis pas vétérinaire, il lui manque le foie. Regardez, on a incisé la cavité abdominale et on l'a extrait. Conclusion et pour répondre à votre question, vous pouvez considérer à

1 000 % que sa mort est due à un être humain. Muni de fins scalpels. Qui connaît l'anatomie animale. Qui voulait un foie et l'a pris. Fallait le faire, tout de même.

— C'est tout ?

— Apparemment. Ce qui n'est déjà pas si mal.

— Vous auriez encore trente secondes à m'accorder ?

— ?

— Mon second client, dit-il en sortant le lièvre d'une poche en plastique dissimulée dans son sac à dos, a de plus longues oreilles, un iris jaunâtre et les ongles des orteils fendus. On l'a retrouvé dans la même poubelle. Un lieutenant perspicace.

— Ou un crétin, ne put-elle se retenir d'ajouter.

L'assistant de salle se tourna imperceptiblement, histoire que ni l'un ni l'autre de ces deux fous à trois mètres de lui ne puissent être confrontés à sa stupeur. Il devait absolument valider son stage, et Alexandresco était *le* point de passage obligé. Il ferait bonne figure mais putain, qu'est-ce qu'il devait supporter comme conneries parfois. Ce gars, qu'il n'avait jamais vu, avait dû lui taper dans l'œil, à la toubib, pas possible autrement. Il tenta de se recentrer sur son corps à lui, bien humain, qu'un dégénéré avait décidé de faire souffrir un max avant de l'envoyer dans l'au-delà.

— Selon ce lieutenant, dont les parents faisaient élevage de lapins – d'où sa connaissance maîtrisée du sujet –, reprit Marsac, il lui manque les testicules, au *lepus* s'entend, alors ça me rendrait vraiment service que vous y jetiez aussi un coup d'œil.

— Demande atypique, commissaire.

— Je suis un gars atypique.

Elle sourit franchement malgré la fatigue grandissante. Ce type n'était pas commun. Et plutôt pas mal. Sans alliance. Certes, *a priori*, il souffrait d'un tic. Il clignait constamment des yeux. Mais c'était plutôt charmant. En tout cas, elle en avait croisé de bien pires. Elle ne voyait pour l'instant qu'un seul problème. Il était flic. Sans horaires. Addict à l'adrénaline et à ses shoots. Invivable donc. Dommage.

— Vous savez ce qu'il y a de bien, dans mon métier, dit-elle en s'emparant du lièvre, c'est qu'on ne sait jamais quand le biper va sonner d'une part et qu'on a continuellement l'appétit coupé d'autre part. Ce qui fait qu'une invitation à dîner pour me remercier de faire tout cela *hic et nunc* en dépit des regards courroucés de mon jeune assistant tomberait à l'eau. Relaxez-vous, Romain. Je termine le lièvre du commissaire Marsac et je reviens vers vous. Vous avez de la chance, commissaire.

Il lui rendit son sourire tandis qu'elle examinait la bête avec soin.

— Nous allons le placer en position dite de transe. Seule façon efficace de sexer lièvres et lapins ! Sur le dos, donc. Heureusement pour vous ce soir, j'ai grandi à la campagne, dans la ferme de mes grands-parents…

La sentence tomba peu après.

— Votre lieutenant a vu juste. Ces petits malins peuvent parfois les garder bien au chaud dans leur abdomen, mais leurs testicules ont tendance à descendre par temps chaud et à remonter par temps froid, pour garder leur semence à température. Ce malchanceux a dû trépasser par temps chaud : son abdomen est intact… et celui qui a fait ça n'a pas eu à les chercher bien longtemps. Alors, oui, je confirme. Ablation des testicules. Nette et sans bavure.

— Rien d'autre ?

— Si. Ces mutilations ont pu être commises par la même main habile. Dites, vous en avez d'autres comme ça ?

— Non. J'ai fini. Un lièvre et une colombe diamant, au milieu d'un tas d'immondices dont je vous épargne la description.

— J'ai l'habitude des horreurs en tout genre. Ne vous gênez pas pour moi si cela peut vous soulager.

L'assistant de salle ne put se retenir. Il soupira, histoire de signifier que tout ce cirque avait assez duré. « Je reviens vers vous dans quelques minutes, Romain », lui répondit-elle, puis elle se tourna vers Marsac.

— À quoi rime tout cela ?

— Je n'en ai aucune idée. À rien peut-être.

La main de l'homme avait dépecé ces bestioles. Pourquoi ? Que peut-on faire avec des couilles de lièvre et le foie d'une colombe diamant ? Y avait-il un lien avec les horreurs subies par Marianne ? Si oui, lequel ? Si non, pourquoi s'acharnait-il à le sentir, cet invisible lien ? Il observa tous ces gris qui peuplaient la salle d'autopsie. Les nuances s'étalaient du gris souris au gris acier, en passant par le gris-blanc de certaines neiges détrempées du printemps. Triste. Froid. Lugubre.

— À rien ? Ne vous fichez pas trop de moi, commissaire. Si cela n'avait aucun sens, même minime, vous ne seriez pas là, en pleine nuit. Racontez-moi. J'aime comprendre.

Il se rapprocha d'elle jusqu'à pouvoir lui murmurer quelques mots à l'oreille. La légiste eut une moue dont il ne sut décrypter le sens.

— Pour vous aussi, c'est le chaos, tous les jours. Comment faites-vous ? demanda-t-il en s'éloignant.

— Bonne question. Outre ce que je vous ai dit tout à l'heure, je suppose que je réussis à me séparer de ce que je vois. Que je me scinde en deux. Que je me schizophrénise, en quelque sorte. J'étais fragile, vous savez, au début. Mais maintenant c'est fini.

Il connaissait son histoire. Tout le monde dans le métier était au courant. Le bizutage d'Elena Alexandresco était resté dans les annales. Sous prétexte de lui montrer une étrange prothèse de genou qui semblait dater de Mathusalem retrouvée sur un corps jeune non identifié (d'où le hiatus qui avait fait *tilt*), le légiste bientôt retraité qui allait lui léguer son poste lui avait laissé ouvrir le *frigo*. À la vue des têtes posées en vrac sur les clayettes, Elena s'était évanouie.

Elle se retourna face à Marsac et ajouta :

— Enfin, les adultes on s'y fait, avec le temps, tout le monde l'affirme et c'est presque vrai. Pour les enfants c'est beaucoup plus dur. Tout le monde le jure, et c'est vrai aussi. N'est-ce pas Romain ? Vous avez des enfants, commissaire ?

— Non.

— Pourquoi ?

— Pas le temps ?

— Une femme ?

— J'ai le temps ?

— On croit toujours disposer de trop de temps dans la vie. Et puis ça passe à une allure… Vous savez, Marsac, c'est un miracle que tout cela, le monde, les gens, tienne debout. Un miracle.

Tout en parlant, elle avait remis les organes en place et recousu les incisions. Simple réflexe du travail bien fait. Romain avait vu. C'est pour cela qu'il l'aimait, Elena, et avait demandé à effectuer son stage avec elle. Elle ne déléguait jamais les tâches dites basses ou subalternes. Elle faisait son job jusqu'au bout. C'était rare, dans le métier.

— Au fait, ajouta-t-elle en lui déposant lièvre et colombe dans les mains, comment se fait-il qu'Ange Dottori vous autorise à enquêter ici ?

— Il me doit un service.

— Je vois.

— Je vais vous laisser, merci pour tout. Vous êtes formidable.

— N'en rajoutez pas.

— Je n'en rajoute pas. Encore une chose. Nous nous sommes croisés il y a cinq ans.

Elle parut étonnée.

— Si. Quai de la Rapée, IML de Paris. Vous accompagniez l'une de vos collègues, qui se trouve être aussi mon amie. Rébecca Keller. Un colloque. Très long, très pointu. Vous aviez fait une intervention sur la médecine légale des vivants… Le week-end s'était achevé par un dîner. Sur la Seine. Et vous étiez la seule à être encore impeccable à 4 heures du matin sur le dancefloor.

Elle ne chercha pas longtemps et son regard s'anima.

— Ça me revient. Vous êtes l'homme qui a passé la soirée à photographier l'envol des mouettes !

— Exact.

— Et ça vous a plu ?

— Intéressant. Rarement mis en lumière.

— La médecine légale des vivants, oui. Un aspect méconnu du job, lâcha-t-elle. Mais je préfère mes autopsies. Ma vie, c'est la mort.

Il la remercia une dernière fois. Et ajouta :

— Et vous ? Des enfants ?

— Oui, trois. De deux mariages. Je tiens à garder une parcelle d'envie d'y croire.

Lueur mutine dans les yeux. Et elle le poussa vers la sortie.

Une heure plus tard, à l'hôtel, il se glissa sous une longue douche chaude puis se laissa tomber sur son lit. Le monde des vivants lui parut tout à coup lointain. Un dernier coup d'œil à son portable lui confirma qu'Elsa n'avait répondu à aucun de ses SMS et il se retint de le fracasser contre un mur. Il imagina, le temps d'une seconde masochiste, les yeux d'Elsa qui allumaient vraisemblablement un incendie de désir, à quelques centaines de mètres d'ici, chez l'homme allongé contre elle. Christophe Moreau. Un feu qu'il aurait aimé éteindre. S'il n'était pas si… il ne trouvait pas le mot juste.

Et il se sentit seul. Flic, il n'était qu'un flic, alors qu'il se serait aimé sorcier vaudou, à lire l'avenir dans les entrailles de poulets.

19

« Dieu est amour. »

Dieu ne sait pas mépriser un cœur contrit qui s'humilie. Si la justice humaine punit celui qui avoue sa faute, la justice divine, elle, lui pardonne. Une larme glissa le long de sa joue, hésita à mourir à la commissure de ses lèvres, et se délaya finalement dans sa purée froide. *Faites un effort mon enfant. Dieu est amour. Il ne vous abandonnera pas. Dans sa clémence sans limite, Il viendra à votre rencontre. Avouez.*

Dieu, dans sa grande bonté, l'avait délaissée depuis longtemps. Une orpheline, voilà le destin qu'Il lui avait choisi. Une petite chose de rien, oubliée de tous. Elle touilla sa purée. Comment pouvait-elle penser si bassement ? Après tout, Il l'avait aussi épargnée. Les voix, c'étaient elles qui œuvraient à la faire sombrer. Mais elle n'était pas folle, elle savait bien qu'elles n'existaient pas. Elle rit.

Dehors, le soleil se couchait. Parce qu'elle n'avait plus le choix, elle se laissa avaler par les ténèbres, guidée par l'ange Camaël, recteur des puissances divines et maître de cent millions d'ailes, qui avait consenti à l'accompagner, agile à lui ouvrir la voie, silencieux. Le commissariat était plongé dans un noir aux reflets de pétrole. Elle se baissa et jeta rapidement un paquet au sol.

MERCREDI

« Si je me suis trompé, en disant : je t'aime,
je préfère avoir dit : je t'aime. On ne me fera pas envier
celui qui a eu raison sans aimer. »

Philippe Léotard,
Pas un jour sans une ligne.

20

« Il n'y a pas de traitement ?
— Non.
— Les fumigations de figuier ?
— Vous plaisantez ? »

Marsac se réveilla en sueur. Il avait cauchemardé. Une mer sans fin qui le happait et dans laquelle il se noyait. Puis quelqu'un qui le sauvait des eaux pour braquer un flingue froid sur sa bouche. Il s'était approché jusqu'à coller au canon. *Appuie.*

Il laissa longtemps l'eau brûlante couler sur sa peau, les yeux ouverts, espérant sans trop y croire qu'elle parvienne à chasser de son esprit quelques-uns des fantômes qui lui pourrissaient l'existence. Il se sécha machinalement, attrapa des vêtements propres qui ne sentaient ni la mort ni les produits chimiques censés la combattre et se sentit un peu mieux. Un coup d'œil à son portable. Rien. Les femmes de sa vie le désertaient. Il ne savait plus où il en était. Le chaos total. Raimbauld avait avancé un soir que la disparition brutale de Solène l'empêchait de trouver la paix avec les femmes : ayant peur qu'elles le quittent sans crier gare, il faisait inconsciemment en sorte de provoquer ce qu'il redoutait le plus… Compliqué, le psychisme humain. *Café. Il me faut un café.* Accoudé au comptoir encore miraculeusement désert, il sortit un carnet de sa poche et nota. Des mots-clés. *Suicide ? Meurtre ? Égorgée. Tondue. Nue. Bout de tissu cousu sur la poitrine. Judéité. Malédiction. Chèvres. Vaches. Lièvre et colombe.* Il souffla. *Y a-t-il un lien ? Où est ce putain de lien ?* Le café – expresso double –, serré et chaud, lui fit un semblant de bien. Prendre les éléments un à un. Depuis le début. Remonter aux sources de l'étrange, à la fameuse malédiction évoquée par Manon dans sa lettre puis par les deux Vieux. Cela n'avait sans doute rien à voir avec Marianne, mais bon. Il tournait en rond alors qu'il lui fallait avancer. Éclaircir cette idée de malédiction censée endeuiller le village depuis trop longtemps lui apparut comme urgentissime. Il y avait bien quelqu'un derrière. Les mots ne tuent pas, nom de Dieu. Il y a forcément un être de chair et de sang derrière l'épouvantail. Pourquoi n'irait-il pas consulter un vétérinaire ? Pas celui du village, non. Mais un autre. Pour s'en assurer. « Tu aurais les Pages jaunes, Dédé, par hasard ? » Il parcourut l'annuaire tendu par le patron en même temps qu'un second café et opta pour le premier vétérinaire dans la liste des pratiquants à Tours. Abbécasis A. Celui-ci, plutôt coopérant au téléphone, lui assura pouvoir le recevoir dans la matinée. Marsac termina son café et grimpa dans sa voiture. À moitié encerclée par le périphérique tourangeau, la préfecture du département d'Indre-et-Loire se situait au centre d'une étoile autoroutière à cinq branches. Lorsqu'il fit face à celle qui reliait Paris, il faillit s'y engager. Réflexe. Son portable bourdonna trois fois de suite sur le siège passager. Il y jeta un œil. Manon.

Le docteur Ancelin Abbécasis ne devait pas avoir plus de vingt-cinq ans. Grand, mince, blond, yeux bleus, cheveux souples. Une allure sportive qui respirait les heures de marche en plein air et un corps que l'on devinait affûté sous sa blouse blanche. Ils s'assirent l'un en face de l'autre. Lorsque Marsac eut terminé son exposé sur les chèvres d'Henri Baranger, le praticien ne mit pas longtemps à lui répondre.

— Je résume et vous confirmez. Apathie, anxiété, amaigrissement, démarche titubante. Cherchent à mordre, même leur trayeur. Chute de la lactation. Grincement des dents. Prurit.

— Oui.

— Alors, commissaire, cela m'évoque une encéphalopathie spongiforme transmissible, une EST, dans notre jargon, ou encore une tremblante.

— La tremblante ? Celle des journaux ?

— La même.

— On en connaît l'origine ?

— Non. On cherche et on suppose actuellement qu'elle est reliée à la présence dans l'organisme d'une protéine anormale, le prion.

— Les symptômes colleraient ?

— Les signes cliniques que vous avez décrits pourraient correspondre. Aux trois niveaux d'analyse. Comportemental, moteur et sensitif.

— La tremblante, donc ?

— *A priori*. Mais, soyons clairs, le diagnostic est particulièrement délicat. L'âge semble en conformité avec les statistiques, puisque dans 85 % des cas les chèvres atteintes ont entre deux et quatre ans. Certains symptômes aussi. Mais il faut d'abord procéder par élimination et envisager les autres causes de troubles nerveux rencontrés chez la chèvre. La sentence définitive sera obligatoirement fondée d'une part sur l'observation des signes cliniques par un professionnel, et d'autre part sur les résultats d'examens de laboratoire, réalisés à Lyon, qui est celui de référence pour la tremblante, après le décès de l'animal.

— Pourquoi ?

— Tout simplement parce que aucun test *ante mortem* n'est pour l'instant utilisé en routine. Trop onéreux.

— L'issue de cette maladie ?

— La mort, très rapidement. Quelques mois à peine.

— Il n'y a pas de traitement ?

— Non.

— Les fumigations de figuier ?

— Vous plaisantez ?

— Oui. Non. Enfin ça n'a pas d'importance. C'est contagieux ?

— Pour le cheptel on sait que oui, ce qui fait qu'une suspicion clinique signifie placement du troupeau d'origine sous Arrêté préfectoral de déclaration d'infection.

— Et euthanasie.

— Exact. De tous les caprins.

— Et pour l'homme ?

— En revanche, en ce qui concerne la transmission à l'homme, on doute encore. On ne peut rien exclure catégoriquement, même si l'agent responsable de la tremblante ne semble pas passer facilement les barrières d'espèces. Notamment celle de l'espèce humaine.

Marsac fut partagé. L'alibi d'une malédiction qui toucherait les chèvres tombait à l'eau, mais il n'était pas certain qu'il n'aurait pas préféré cette version à celle du vétérinaire. Il le regarda d'un air soucieux.

— Je sais. L'annonce d'une telle nouvelle est toujours un drame pour les éleveurs. Mais dites-vous bien que rien n'est encore certain. Si vous le voulez, j'irai voir les bêtes de votre ami. Et nous en reparlerons à ce moment-là, après ce premier examen clinique.

— …

— Problème ?

— C'est-à-dire qu'il croit à une malédiction et que les vétérinaires lui posent un sérieux problème…

Ancelin Abbécasis se mordilla la lèvre puis sourit d'un air amusé.

— Une… *malédiction* ?

— Vous n'y croyez pas ?

— Non ! Pourquoi ? Ne me dites pas que vous adhérez à ce genre de croyances ?

— Je doute, parfois.

— Vous ne devriez pas. Combien de fois la folie douce des superstitieux a-t-elle mené au délire ? L'intuition, oui, bien sûr, c'est autre chose.

— Vous avez raison, mais j'ai une affaire en cours dans laquelle l'irrationnel le dispute au bon sens. Il y a dans cette histoire, je ne parle pas de la tremblante bien sûr, quelque chose qui vient heurter mon esprit. Quelque chose qui m'échappe.

— J'ai encore un bon quart d'heure de libre avant mon prochain client et j'adore les histoires policières. Si cela vous dit, racontez-moi.

— Pourquoi pas. Voyez-vous, une femme que j'ai très bien connue vient de mourir dans d'horribles circonstances, non loin d'ici. Je n'aurais jamais dû m'en mêler, mais le hasard a fait que je sois là au moment *t*.

— Serait-ce l'affaire Marianne Touret ?

— C'est ça. Et je n'arrive pas à comprendre pourquoi on l'a égorgée et tondue et dénudée…

— Ah. Je comprends mieux. Si je ne m'abuse, elle avait la réputation d'être une, je mets des guillemets, « sorcière ». Ça, plus les chèvres malades de votre ami, et l'hypothèse d'une malédiction a enflé dans les esprits…

Il souriait.

— Voyons clair, commissaire. Le mystère des chèvres résolu, ou en passe de l'être, ne pensez-vous pas que nos campagnes abritent aussi, hélas, leur dose de folie ?

— Si, bien sûr. Mais ce n'est pas le seul problème. On ne trouve aucun mobile. Rien.

— J'ai pourtant lu que les fils de la victime étaient les principaux suspects.

— Ils ont tout pour l'être, oui.

— Mais vous n'y croyez pas ?

— Non.

— Je ne suis évidemment pas psy mais je crois que le fait d'être émotionnellement impliqué obstrue votre clairvoyance. L'émotion n'est pas bonne conseillère. C'est comme pour votre ami, l'éleveur. Il connaît la tremblante, forcément. Mais il ne l'a pourtant pas vue ou il la dénie.

— Que cherchez-vous à me dire ? Que l'on passe parfois à côté de l'évidence, c'est ça ?

Le vétérinaire acquiesça d'un regard. Marsac songea à Elsa, brillante psy, qui n'avait jamais voulu s'avouer son propre burn-out avant d'y être contrainte par un intervenant extérieur. À lui-même, qui refusait certaines indéniables vérités…

— Admettons vos hypothèses, reprit Marsac. Le prion pour les chèvres et un fou pour Marianne Touret. Je veux bien, mais un autre élément refuse de s'intégrer dans cette symphonie bien orchestrée : outre les chèvres de mon ami, il y a aussi ses vaches qui connaissent des problèmes, et là le prion me semble hors de cause. Je me trompe ?

Le docteur Abbécasis l'interrogea du regard.

— Une vache s'est étouffée, d'autres ont sauté une barrière rocheuse. Et j'en oublie certainement. Et tout ça dans les trois derniers mois.

— Peut-être est-ce simplement une loi des séries, commissaire.

— … Quand pouvez-vous venir ?

— Je ne vais pas vous cacher que le plus tôt sera le mieux.

— Demain ?

— En toute fin d'après-midi. Je me libérerai.

— Parfait. Merci. Je vais avoir le temps de le préparer à votre visite.

Le jeune vétérinaire conclut en se levant :

— Vous le savez très bien. L'irrationnel tient finalement très peu de place dans nos vies. L'ésotérisme, les malédictions… des pansements sur une pensée qui refuse de voir clair, non ? La vérité n'est pas facile à accepter tous les jours et certains d'entre nous préfèrent vivre à côté.

21

« J'ai entendu dire que vous vous étiez pointé en pleine nuit à l'IML de Tours et que vous aviez eu une petite entrevue avec la légiste au sujet de ce lièvre rapporté par Coffe auquel il manque soi-disant les testicules ? »

Coffe attendait au bar de l'hôtel, seul, un papier posé devant lui, entre sa tasse de café et les photos de scène de crime. Par la baie vitrée, il observait les premières tulipes du printemps jaillir des bacs à fleurs qui sillonnaient la cour gravillonnée. *Y a-t-il déjà des tulipes, chez moi ?* Ce fut le bruit sourd d'une chaise que l'on déplace sans précaution qui l'arracha à sa rêverie.

— Alors ? demanda Marsac.

— J'ai recensé tous ceux qui avaient des oiseaux chez eux. Enfin, ceux qui étaient là. Voilà la liste, qui n'est donc pas exhaustive. On y trouve des perruches, des canaris, mais aucune colombe diamant. J'ai ensuite fait le tour des animaleries à proximité. Deux d'entre elles en possèdent mais une seule en a vendu trois, d'après son listing. Une chaque mois, en fait, depuis un trimestre. Une jeune femme qui réglait en espèces. Pas de chance. Mais j'ai quand même sa description : jeune, dans les vingt-cinq ans, jolie, longs cheveux clairs. *A priori* ce n'était pas une bavarde. Elle choisissait son oiseau, et partait.

— Une jolie jeune femme aux cheveux longs ?

— Exactement.

— …

— Et vous, la légiste ?

— Elle a confirmé ce que nous savions au sujet du lièvre. Et vous aviez raison. C'est bien une main humaine qui l'a émasculé. Quant à la colombe, elle assure qu'on lui a retiré son foie. Dans les deux cas, l'homme a frappé.

— Son foie ?

— Oui. On le lui a consciencieusement ôté.

Marsac se massait le front à pleine paume.

— Mais nous n'avons pas perdu notre journée.

Coffe l'interrogea du regard.

— Eh oui, lieutenant. Désormais, nous cherchons une femme. Rapport à la colombe. Bon, ce n'est pas tout. J'ai vu un véto, à Tours, ce matin.

Il lui narra en détail son entrevue. Le lieutenant ne marqua aucun étonnement. Après tout, l'explication tenait debout. La tremblante pour les chèvres, la malchance pour les vaches, deux braconniers sanguinaires pour le lièvre et la colombe, et un meurtrier pour Marianne Touret. Adieu les supposés arcanes du mal, bienvenue dans la vraie vie.

— Limpide, lâcha Coffe.

— Oui. Carré. Rien à redire. Mais le salopard qui a égorgé Marianne court toujours.

Le regard de Marsac se perdit une nouvelle fois au loin. Il aurait aimé s'endormir ici, maintenant, sur cette chaise de bistrot cannelée hors d'âge, la tête entre ses bras. Avec, comme garde-fou, les trophées des chasseurs affichés sur chaque mur lambrissé. Et tout oublier.

— Je ne voudrais pas être pénible, dit Coffe au bout d'un gros quart d'heure, mais le divisionnaire vous attend depuis déjà un moment.

Il n'osa ajouter qu'il lui avait couru après toute la matinée. Dans la rue calme, ils marchèrent côte à côte, en silence. Un pâle soleil de printemps avait fait son apparition et tiédissait agréablement l'air. Enfin. Un peu de chaleur. Marsac songeait à la théorie rationnelle du vétérinaire au doux prénom médiéval, Coffe s'interrogeait sur le moment exact où sa vision quasi romantique de la police, de l'exercice de ses fonctions, avait chuté dans celle beaucoup plus âpre qu'il avait aujourd'hui. En six mois d'exercice.

Dottori, lui, faisait les cent pas et lorsque Marsac franchit enfin le seuil de son bureau, il expédia une fois encore les préliminaires.

— Marsac, où étiez-vous ? Coffe vous court après depuis l'aube ! L'un de mes hommes a trouvé ça pour vous ce matin. Posé devant la porte de la *maison*.

— Qu'est-ce que c'est ? demanda Marsac en examinant l'enveloppe que lui tendait Dottori.

— Comment voulez-vous que je le sache ? J'ai respecté la confidentialité due à tout courrier cacheté mais je vous avoue que ce n'est pas l'envie d'ouvrir qui m'a manqué, alors grouillez-vous et soulagez ma curiosité. J'espère seulement que mon mauvais pressentiment est infondé. Mais ça m'étonnerait. Ma femme répète que j'ai des antennes.

Marsac décacheta l'enveloppe à bulles.

— Un couteau.

Dottori écarta immédiatement les bras.

— On ne touche rien sans gants !

Il ouvrit un tiroir de son bureau et en sortit deux paires. Il enfila la sienne et tendit l'autre paire à Marsac.

— Non. Mieux que ça. C'est un *U cornicciolu*, *le* couteau traditionnel des bergers corses et des Corses en général. Mon père en a un. Mes oncles aussi. Moi aussi. Regardez. Manche en corne de chèvre, lame en acier forgé galbée vers la pointe avec une petite découpe sur le dos, assemblés par rivetage. On s'en servait dans le temps pour creuser ou sculpter le bois. Aucun doute, c'en est un.

— *Cornucciolu* ?

— *Cornicciolu*, reprit le divisionnaire en insistant sur le premier *i*. Avec ça, vous égorgez avec une facilité déconcertante, sans même y penser. Le travail se fait tout seul. Vous le posez contre quelque chose, un cou féminin par exemple, et c'est parti. Il sait ce qu'il a à faire. À croire que ces trucs-là sont comme les femmes et ont une mémoire séculaire.

— Quoi ?

— Laissez tomber.

Il passa la tête hors de son bureau et héla Dalembert.

— Envoyez-moi ça et l'enveloppe au labo. Demandez aussi une analyse graphologique, on ne sait jamais. Je ne crois pas en ces fumisteries, le budget est serré, mais au point où nous en sommes je prierais même Dieu si cela pouvait faire avancer l'affaire. Et précisez bien que c'est prioritaire.

Il referma la porte de son bureau, visiblement contrarié. Qu'est-ce que c'était encore que ce cirque ?

— Marsac. Asseyez-vous et tentez de m'expliquer qui vous envoie ça chez moi, et dans quel but, ajouta-t-il en se laissant tomber dans son fauteuil. Tiens, commencez par me dire qui est au courant de vos *vacances* ici. Ça nous servira d'introduction.

— À Paris, personne ou presque à part mon bras droit, Marc Raimbauld. Ici, sans doute une bonne partie du village.

— OK. On peut savoir qui est ce *presque* ?

— Un ami. Stéphane Bourgueil.

— Le journaliste ?

— Ça pose un problème ?

— Passons tant que vous ne le rencardez sur rien. En supposant que ce *U cornicciolu* soit bien l'arme du crime, ce que confirmera ou infirmera très vite le labo, cela nous donne un petit millier de suspects. Le village entier. Parce qu'il est d'ici, Marsac. Une enveloppe sans timbre… Est-ce que vous auriez, par un quelconque miracle, identifié l'écriture ? Puisque cette personne semble vous connaître, peut-être est-ce réciproque ? Il existe parfois de fabuleuses coïncidences et là j'en aurais vraiment besoin.

Marsac cligna des yeux. Dans son esprit, la notion de vacances avait pris d'autres couleurs. Il avait songé marche, oubli généralisé, pas ces exactions sur les terres de son enfance.

— Marsac ! Je vous demandais si l'écriture vous était familière, nom de Dieu !

Il tenta de se calmer en allumant une cigarette qu'il éteignit aussitôt. Son visage avait viré au rouge d'Andrinople. Synonyme de faciès en colère. Marsac et ses absences le rendaient fou.

— Non, elle ne me dit rien.

— C'eût été trop beau. Cette affaire commence sérieusement à me chauffer. On cherche à vous y impliquer et c'est fort dommage parce que me voilà obligé de me demander pourquoi… Vous avez une idée ?

— Aucune.

— Il veut médiatiser l'affaire ? Il vous connaît ?

— Comment voulez-vous que je le sache ?

— OK. Je vais vous dire. Il vous veut par là. Mais faites-moi le plaisir de continuer à restreindre vos actions aux visites chez les deux Vieux. Ne touchez pas au reste, me suis-je bien fait comprendre ? Inutile d'entraver l'avancée de l'enquête. Ici, le commissaire en fonction est Batthe, et son ego ne souffre aucune concurrence… Je vous ai déjà prévenu et je suppose que vous vous en êtes aperçu.

Il fixait en parlant les clichés de la victime tout en mordillant son stylo aux sept couleurs de l'arc-en-ciel. Puis il ajouta d'un ton dépité, en lançant un regard à Marsac, une phrase sous forme de question qui n'appelait pas de réponse.

— Allez, disposez. Foutez-moi le camp. Allez à la pêche, aux champignons, faites ce que vous voulez mais de l'air. Et puis branchez votre portable et répondez à mes appels, Marsac. Je suis fatigué de continuellement passer par mes hommes pour vous joindre.

Indifférent aux récriminations du Corse, Marsac tentait un bilan. Oui, il avait cerné Batthe et ses ambitions, de même qu'il avait perçu que ce dernier cherchait à l'éviter. Mais ce n'était pas ce qui retenait son attention. Il songeait à ce couteau corse. Si ça se trouvait, ce *U Cornicciolu* était bien l'arme du crime et dans ce cas l'enquête avançait. Le tueur avait désormais envie de jouer au chat et à la souris, comme nombre de ses pairs. Peut-être commençait-il à souffrir de son incognito ? Ou à vouloir être serré ? Sait-on jamais avec les fous. Dottori le rattrapa au bout du couloir.

— Marsac !

— Oui ?

— Où allez-vous ?

Ça devenait une sale habitude, de vouloir le pucer, se dit Marsac.

— Voir Manon Fauré.

— OK, se radoucit le divisionnaire. Batthe n'en a rien obtenu mais elle est… spéciale, va-t-on dire. Vous aurez peut-être plus de chance puisqu'il paraît que vous êtes dans ses petits papiers. Alors essayez au moins de la cuisiner. Elle était apparemment très proche de la victime et elle a peut-être entendu quelque chose. Sait-on jamais.

— Je vous tiens au courant.

— C'est ça. Et n'oubliez pas le psy, Marsac. Il y en a qui font des miracles là où tout le reste a échoué.

— J'y penserai, promit Marsac.

— Ne tardez pas, mon vieux. Vous ne pouvez pas rester comme ça… Une dernière chose.

Il se rapprocha de Marsac.

— J'ai entendu dire que vous vous étiez pointé en pleine nuit à l'IML de Tours et que vous aviez eu une petite entrevue avec la légiste au sujet de ce lièvre rapporté par Coffe auquel il manque soi-disant les testicules ? Est-ce vrai ou sont-ce des ragots ? Dites-moi que ce sont des rumeurs fomentées par quelques impénitents envieux de votre charisme, Marsac. Je sais qu'il y en a quelques-uns ici qui rêvent de vous voir mordre la poussière.

— J'avais aussi emmené la colombe.

Et il tourna les talons. Dehors, l'air redevenu vif le saisit. Il leva les yeux. De gros nuages blancs troués de veinures bleu pâle s'étalaient en territoire conquis. Le printemps balbutiait. Coffe l'attendait sous le dernier rayon de soleil, il fonça vers lui.

— Il faut que j'aille voir Manon. Marianne et elle étaient vraiment très liées. Vous pouvez m'accompagner, puisque ce sont vos ordres, mais dans ce cas, je crains que Manon ne reste muette… À vous de choisir, lieutenant.

— Je vous suis. Pas trop le choix, dit-il en désignant du regard la fenêtre du bureau du boss. Mais je resterai dans la voiture.

— Merci.

Marsac cilla en s'allumant une cigarette, portable bourdonnant à la main. Depuis son retour ici, Manon le noyait de SMS.

Transis, les deux frères n'osaient plus bouger. Après avoir exploré la plage et les rochers des alentours, ils fixaient désormais la mer déchaînée sans bouger. Le vent cinglait leurs visages d'enfants terrorisés.

— Maman va nous tuer, dit le grand.

— C'est nous qui allons la tuer, répondit le petit.

22

> «Le corps de Marianne saignera lorsque l'assassin se trouvera à ses côtés.»

Manon lui avait donné rendez-vous dans *leur* forêt. Marsac se gara en lisière de bois et abandonna son équipier comme prévu dans la voiture.

— Désolé, lieutenant.

— Pas de problème.

Coffe le regarda avancer puis disparaître de son champ de vision. Il aurait aimé l'accompagner. La petite avait la beauté du diable. Il l'avait vue, un jour, traverser le village sur son vélo. «C'est qui ? avait-il demandé à Dalembert. — Manon Fauré. Oublie. Non seulement elle est tarée, mais sa sœur, qui n'est pas mal non plus, veille sur elle comme une lionne. Avec Henri Baranger. Laisse tomber, c'est un coup à se prendre une bastos en pleine tête sans sommation ! »

Immobile dans la forêt, Manon scrutait le ciel, totalement absorbée. Marsac patienta quelques secondes puis siffla doucement, cherchant à imiter un impossible oiseau. Elle tourna la tête dans sa direction et courut vers lui, heureuse qu'il n'ait pas oublié leur signe de ralliement.

— Qu'est-ce que tu faisais ? demanda-t-il en la prenant par la main qu'elle lui tendait.

— Je cherchais.

— Dans le ciel ?

— Oui, mais c'est un secret.

— Ah. Un vrai de vrai ?

— Oui. Un qu'on ne partage pas. Les gens ne savent pas se taire mais moi si. Je suis une vraie tombe, tout comme l'était Marianne.

Son regard clair se voila d'une ombre.

— Tu vas trouver l'assassin, n'est-ce pas ?

Silence.

— On marche ? proposa Marsac.

Elle acquiesça d'un mouvement de tête.

— Justement, Manon. Puisque tu parles de Marianne. Est-ce qu'elle t'avait dit quelque chose ? Est-ce qu'elle se sentait menacée ? Vraiment, je veux dire.

Elle secoua la tête.

— Marianne ne me parlait jamais de ses problèmes, elle était bien trop fière pour ça. Pourtant je suis sûre qu'elle en avait beaucoup, avec Marc et Mathieu déjà. Elle me disait qu'ils avaient de vilaines fréquentations et qu'il fallait que je les évite. C'est tout ce que je sais. Qu'ils sont devenus mauvais depuis la mort de René. Tu crois que c'est eux ? La malédiction, tu crois que c'est eux ?

— Je ne sais pas. On cherche.

Elle le regarda bien en face, hésitante. Puis se lança.

— Si tu veux, j'ai une méthode infaillible qui pourrait t'aider.

— Ah ? Dis-moi, ma belle.

Elle fit volte-face, un sourire radieux aux lèvres.

— Le jour où on la mettra dans un cercueil pour que sa famille et les autres viennent se recueillir, tu sais ce qu'il faudra faire ?

— Ben non.

— Il faudra laisser entrer tous ceux qui voudront : le corps de Marianne saignera lorsque l'assassin se trouvera à ses côtés.

— …

— Tu ne me crois pas ?

— Toi si. Mais pas ce genre de trucs, Manon.

— Tu as tort. Moi à ta place, c'est ce que je ferais.

— On verra, concéda-t-il. On verra.

Elle ajouta après une brève inspiration :

— Emmène-moi.

Marsac la dévisagea. Il n'y avait qu'elle pour dire les choses telles qu'elles étaient, sans filtre. Qu'arriverait-il le jour où elle tomberait sur le mauvais homme ? Elle lui avait pris la main, et la serrait.

— Où ça ?

— À Paris.

Elle avait murmuré « Paris » avec des étoiles filantes plein la bouche. Le malaise de Marsac enfla. Court-circuiter immédiatement.

— À Paris je travaille, je ne suis jamais chez moi, tu sais.

— Amaury !

— Manon, je ne peux pas.

Elle desserra son étreinte. Marsac cligna des yeux un nombre impressionnant de fois. Il chercha comment lui expliquer sans la blesser pourquoi il ne pouvait pas l'emmener. Parce qu'il avait un métier de fou, qu'il était un solitaire, parce qu'il ne pouvait vivre avec personne, parce que, parce que… Les raisons ne manquaient pas. Elle se replia dans l'herbe, comme un bâton d'encens qui, après s'être peu à peu consumé, se délite brusquement et s'effondre. Il s'agenouilla.

— Je suis désolé, dit-il en lui prenant délicatement une main qu'elle lui laissa. Mais tu sais, à Paris je travaille jour et nuit.

— Pas la nuit !

— Si. Les voyous vivent la nuit, c'est comme ça. Alors moi aussi.

— Ce n'est pas grave, se força-t-elle à répondre, et sa voix avait les intonations des enfants déçus mais qui cherchent à le cacher.

— Tu n'es pas bien, ici, avec Elsa, Henri, Ferdinand, Barbara et les autres ?

— Si. Mais Marianne me manque.

Ses yeux s'embuaient. Il lui sourit aussi tendrement qu'il savait le faire. Elle lui rendit son sourire et se blottit au creux de ses bras. Il l'enveloppa, « mon bébé », contemplant un oiseau, un pic-vert lui sembla-t-il. Il volait au-dessus de leurs têtes dans le ciel gris clair puis se posa sur un arbre à quelques pas. « Regarde, dit-il en désignant l'oiseau du doigt, il est magnifique. » *Oui mais moins que toi*, pensa-t-elle. Pourtant, et elle l'avait aperçu dès le premier bruissement d'ailes, c'était bien un *picus viridis*. Une face supérieure verte, une face inférieure jaune, et comme un béret rouge sur la tête. Elle en guettait un depuis longtemps. Ils le suivirent des yeux, tandis qu'il grimpait le long du tronc blanc et lisse du bouleau qu'il avait élu, aidé de ses petites griffes recourbées, prenant appui sur sa queue. Deux cents grammes de perfection animale. Incrédule, Manon ne lâchait plus l'oiseau des yeux, oubliant Marsac quelques secondes, attendant l'instant où il reprendrait son envol et se poserait peut-être dans l'herbe. Juste à côté d'eux. La conduisant à l'endroit qu'elle recherchait tant. Ce serait miraculeux. Elle se leva en silence, sûre qu'il n'allait pas tarder à venir chercher quelques fourmis dans l'herbe haute. Elle avait repéré une fourmilière, à trois mètres. Absorbée par son observation, elle ne remarqua pas que Marsac s'était endormi, couché sur l'herbe. Une heure plus tard, l'oiseau s'envola à la lisière de la forêt en poussant une sorte de ricanement qui la fit tressaillir. Sans s'être posé nulle part à terre. Tant pis pour cette fois encore. Mais sa victoire approchait, elle le sentait. Elle tourna les yeux vers Amaury et le vit, endormi. Elle s'allongea contre lui, referma les bras du flic autour de son propre corps roulé en boule et enfouit ses mains à elle dans ses poches de blouson à lui. Là, elle se sentait en sécurité. Rien de mal ne pourrait plus jamais lui arriver. Le portable de Marsac vibra contre sa main. Elle s'en empara et extirpa son bras le plus délicatement possible. L'écran de messagerie indiquait la réception d'un SMS. Le début du message apparut sur les cristaux liquides puis disparut. Elle cliqua sur le contact émetteur, *Raimbauld*, et lut. *La femme a rappelé. Elle prétend s'appeler Solène. Merci de me joindre rapidement, j'hésite à lui donner votre numéro perso.* Manon réfléchit. Comment cela se pouvait-il ? Solène était morte. « Au ciel, maintenant », lui avait dit Elsa. Avec les étoiles. Que signifiait ce message alors ? Qui était cette femme ? Et si Amaury la croyait et repartait tout de suite à Paris ? Elle se mordilla le pouce. Il fallait penser vite. Tout cela n'avait aucun sens. Elle tapa la réponse, *je vous rappelle, très occupé, merci*, effaça les deux SMS et remit le téléphone à sa place.

Il s'éveilla peu après. Cilla à la vue de la petite contre lui. Il n'avait rien senti. Épuisé, il avait sombré dans un sommeil où plus rien n'avait existé. Il regarda l'heure à sa montre. Coffe devait commencer à se poser des questions. Elle caressa sa cicatrice, sur sa lèvre. Depuis tout à l'heure, elle brûlait de lui demander s'il pensait encore parfois à Solène, mais elle se tut. Amaury n'aimait pas évoquer sa sœur et elle ne voulait le fâcher pour rien au monde. Elle, elle se posait souvent la question. *Qu'est devenue Solène ? Elsa affirme qu'elle a rejoint les autres étoiles, dans le ciel, mais est-ce vrai ?* Elle le contempla. Il ressemblait au Prince charmant, ça c'était vrai.

— Tu sais ce que je cherchais tout à l'heure ? demanda-t-elle.

Il fit signe que non en se levant. Elle l'imita à regret.

— L'herbe du pic.

— L'herbe du pic ? Qu'est-ce que c'est ?

— Une plante magique qui donne, à celui qui s'en frotte les bras ou les jambes, une force surnaturelle.

— Vraiment ?

— Oui, vraiment. Et moi j'ai besoin de cette force et c'est un pic-vert comme celui de tout à l'heure qui va me la donner.

— Explique.

— Il se nourrit de cette plante et y puise sa force.

Marsac sourit.

— C'est vrai, je t'assure. Tu ne t'es jamais demandé comment un si petit bec pouvait percer jusqu'au cœur des chênes les plus durs ?

— Ben non !

— Parce qu'il a en lui cette force surnaturelle donnée par cette herbe. J'ai juste un problème. Elle ne figure nulle part et je n'en ai aucune description. Mais je sais qu'elle est toujours recouverte de beaucoup de rosée, quelle que soit la saison, quelle que soit la température.

Comme Marsac restait dubitatif, Manon continua.

— Si. C'est vrai. Les Romains la connaissaient déjà, et des savants en ont parlé. Elle est miraculeuse, disait Marianne. Il faut seulement veiller à l'arracher de nuit sinon l'oiseau qui s'en nourrit se jetterait sur nous pour nous crever les yeux.

Marsac souffla. Le mort qui saigne tout à l'heure, l'herbe qui donne une force surnaturelle maintenant et des oiseaux creveurs d'yeux. Pas étonnant que Marianne se soit fait des ennemis. Tant de superstitions, tant de croyances occultes dans un si petit village.

— Mais pourquoi as-tu besoin d'une force surnaturelle ?

— Je t'ai déjà confié un secret, ça suffit pour aujourd'hui. Je garde l'autre pour plus tard. Comme ça, tu seras obligé de revenir me voir. Disons demain.

— Accordé.

— Mais tu promets que tu ne diras rien, n'est-ce pas ?

— Croix de bois croix de fer. Il faut que j'y aille, Manon. On m'attend.

— Croix de bois croix de fer Si tu meurs, *nous* irons en enfer ! Et n'oublie pas pour l'assassin de Marianne. Son corps saignera quand l'assassin se retrouvera à côté.

Elle se blottit une fois encore dans ses bras et il laissa faire, se demandant tout à coup ce qu'Elsa penserait à les voir ainsi enlacés. Rien, peut-être. Elle avait compris, il le sentait, sans que jamais il n'ait eu à le lui dire. Les choses simples savent parfois se passer de mots. Manon avait arrêté de grandir. Elle voulait qu'ils restent des enfants. Des enfants qui s'aiment. Toujours. Comment aurait-il pu s'y soustraire sans la blesser ? Hein ?

Le ciel grondait de plus en plus fort. Il se disait qu'il ne reverrait plus jamais sa sœur. Qu'il ne lui avait jamais dit tout un tas de choses qui tissaient maintenant une boule au fond de sa gorge. Il voulait déglutir mais n'y parvenait pas. À ses côtés, Max tremblait, emporté par un chaos qui venait de commencer et qui ne finirait plus jamais.

23

> « C'est pas une croix gammée. C'est un svastika dextrogyre noir sur un disque blanc. »

Vers 19 heures, Marsac et Coffe roulaient en direction du bar évoqué par le lieutenant.

— Alors ? s'enquit-il. Du neuf ?

— Non. Elle ne sait rien.

Il s'excusa du long temps d'attente qu'il lui avait imposé et le jeune fit signe qu'il n'y avait aucun problème en désignant son portable.

— J'en ai profité pour passer tous les appels en retard et ma mère en a été la première contente ! Une heure au téléphone, il doit y avoir des années que cela ne nous était pas arrivé !

Marsac sourit. Il lui faudrait appeler la sienne aussi et il se promit de le faire dès le lendemain matin.

— C'est là, reprit Coffe, quelques mètres plus loin.

De l'extérieur, rien ne distinguait ce bar d'un bistrot lambda. Mais l'intérieur procura d'emblée une tout autre impression. Ils s'installèrent au comptoir. Une bande de jeunes, tee-shirts noirs ou kaki sur jeans fatigués et rangers poussiéreuses, étaient réunis autour de deux tables accolées envahies de bières. Une mer blonde jonchée de mégots. Apparemment, la loi Évin, connaissaient pas. Trop vieille pour eux. Plus de vingt ans, une éternité.

— Qu'est-ce que je vous sers ?

— Deux demis. Merci.

Le patron, plutôt petit, cheveux blancs, yeux bleus vitreux, teint mat et peau marquée, la cinquantaine sur le déclin, effectivement tatoué des flammes de l'enfer et de prénoms inoubliables, s'éloigna. Marsac désigna le drapeau national du menton et Coffe enchaîna.

— C'est étrange, tout de même. Aux US ou ailleurs, un tel patriotisme passerait inaperçu mais ici il donne juste le ton de la maison.

Le patron posa leurs verres devant eux sans un mot. Lorsque Marsac le retint d'un regard et commença à le questionner au sujet des fils Touret, il se fit rembarrer sans manière.

— Ici vous savez, on n'aime pas trop ni les poulets ni les tarés.

— Puisque vous parlez de tarés, jolis, vos tatouages. *Benito, Adolf*, et je vois même un *Joseph* ici… Des prénoms qui nous parlent à tous…

— C'est les noms de mes chiens. Pourquoi, ça vous pose un problème ?

— Et la croix gammée, c'est pour la beauté des traits ?

Le quinquagénaire se pencha en travers de son comptoir, une main sur sa pompe à bière, violant la distance dite « intime » qui protège socialement un individu des autres. Lors d'un séminaire de formation sur l'ethno-méthodologie, Marsac avait appris que la proxémie adulait les chiffres. Et il se souvenait des principaux.

Un mètre vingt entre deux individus, par exemple, est respectable. C'est même la distance sociale de base, dans notre culture. En deçà, on pénétrait dans une aire dite personnelle et, encore en deçà, soit à partir de quarante, quarante-cinq centimètres, dans un périmètre dit d'intimité. Cette barre franchie, Marsac éteignit sa cigarette et envahit à son tour le comptoir. L'autre se mit à aboyer.

— J'vais vous dire un truc et après vous allez dégager, tous les deux. C'est pas une croix gammée. C'est un svastika dextrogyre noir sur un disque blanc.

Marsac le saisit par le col de son tee-shirt de chasseur d'opérette, invectivant Coffe.

— Lieutenant, on ne va pas jouer à quelle est la différence entre un pigeon plus longtemps avec ces vermines, alors, et si on se les faisait ?

Coffe, perturbé par la mauvaise musique électro-punk et l'animalité décérébrée du patron, sortit sa carte tricolore et la brandit dans les airs. La bande de traîne-savates qui s'était rapprochée s'éloigna aussitôt, jetant des regards inquiets sur la sortie de secours avant de s'évanouir dans la nuit. Les tournevis rejoignirent le fond de leurs poches, à côté des substances illicites qu'ils n'avaient aucune envie de voir atterrir entre les mains des flics. Le patron, lui, restait aux abois. Il posa une main sur celle du flic, celle qui l'empoignait par le cou.

— Deux contre un c'est trop facile, répondit Coffe en dégageant la main du gros malin. Cassons-nous. Mais d'abord une question. Vous étiez où dans la nuit de lundi à mardi ? Et laissez bien votre main droite visible sur le comptoir.

— Sinon ? s'enquit le patron, muscles tendus et faciès rougi.

Un visage au bord de l'explosion, à tel point qu'une veine se mit à battre violemment, sa jugulaire externe droite, *poum poum, poum poum*, traçant le chemin du sang venant de l'extérieur de la boîte crânienne et des parties profondes de sa face d'enflure : naissance au niveau de la glande parotide, puis descente suivant une ligne reliant l'angle de la mandibule au milieu de la clavicule, cet os si vulnérable, et enfin, dernier ancrage en arrière de la première côte au niveau du muscle scalène antérieur en se jetant dans la veine sous-clavière. Anatomie d'une ordure.

— Sinon on vous laisse la surprise de ce qu'il pourrait vous arriver.

— J'étais là.

— Ce sera vérifié, lâcha Marsac. À très vite.

Ils sortirent et laissèrent la porte battante. Une pluie glaciale s'engouffra dans le bar. L'opacité de la nuit les saisit à la gorge. Ils roulèrent en silence. Cette jeunesse à la ramasse, couvée par un pourri qui devait s'attacher leurs services en échange de quelques pauvres bières, leur avait filé un blues monumental.

24

« … il eut la sensation presque physique de sombrer dans un vortex où la logique et le sang-froid ne signifiaient plus rien. »

La première minute n'aurait nécessité qu'un simple verre d'eau. La seconde, un seau. Mais pour la troisième, il aurait déjà fallu mille litres. Une tonne. Mécanique fatale de propagation du feu – un combustible (le bois), un comburant (l'air ambiant), une énergie d'activation sous forme de chaleur (l'allumette), et une production de radicaux libres (molécules déstructurées) – facilitée par l'abondance des multiples polymères synthétiques qui se nichaient partout. Le tétraèdre du feu, implacable. Dix minutes après le départ d'incendie, les flammes avides avaient dévasté le rez-de-chaussée des Fleurs du Malt. Chauffées par le foyer initial – le lambris brut des murs qui s'enflamma en un temps record –, elles émettaient des gaz de pyrolyse et se nourrissaient de proche en proche, l'air entretenant sans peine le régime de combustion. Elles s'engouffrèrent dans la cage d'escalier d'un bruit ténu et sourd, quasi imperceptible. Ce fut la fumée qui réveilla Dédé. Opaque, chaude, irritante. Et des picotements au fond de la gorge. Il comprit d'emblée, et, le temps de ravaler un mouvement de panique, ses réflexes d'ancien pompier volontaire opérèrent en une fraction de seconde. Il savait que dans un espace clos l'oxygène de l'air ambiant était très rapidement consommé par la combustion des matériaux et qu'ils n'avaient plus que quelques minutes avant de mourir intoxiqués par les émanations des fumées ou brûlés par les flammes. Il sauta de son lit, composa le 18 de son portable qui ne quittait jamais la poche de son treillis. Aux bruits, il comprit que la fumée et les flammes se disputaient le territoire du couloir ; l'étage inférieur leur appartenait déjà. Heureusement, ils occupaient les deux chambres du fond. Mais plus le temps d'attendre. Son cœur s'accéléra. C'était pas possible de crever maintenant, comme ça. Manœuvres et procédure, tout lui revint avec une précision chirurgicale. La première chose à faire était le TOTEM. Toucher Observer Tester et Engagement Minimum. Il commença par toucher la porte. Elle se réchauffait déjà. Mauvais. Pareil pour toutes les parties métalliques, conductrices de chaleur. Sa gorge se noua davantage. Les fumées, noires et irritantes, passaient maintenant au-dessus de la porte. Il fallait la tester pour savoir. Il prit la bouteille d'eau de sa femme, posée sur la table de nuit, et la jeta sur le haut de la porte. La partie imbibée sécha trop vite : la hauteur de fumée dans le couloir était déjà à deux mètres et rendait toute sortie suicidaire… Des gouttes de sueur couraient le long de sa colonne vertébrale. Il sut qu'il n'ouvrirait pas la porte, la première règle lui martelant le crâne. « Celui qui maîtrise l'air maîtrise le feu. » Il lança des regards de tous côtés, ayant conscience que les secours allaient mettre une vingtaine de minutes à arriver et qu'il lui fallait prévenir Marsac dans la chambre à côté et sortir Louise de là. Noir de suie, il tenta d'extirper sa femme de son sommeil sous hypnotiques en priant pour qu'elle ne fasse pas un arrêt cardiaque. En vain. Plus qu'une seule solution. Il ouvrit la porte-fenêtre du balcon, y déposa Louise qui n'ouvrit pas un œil, s'empara de son nerf de bœuf caché sous son lit, et enjamba la rambarde afin de briser la baie vitrée et de prévenir Marsac de l'incendie en cours. Il lui attrapa un bras et le secoua sans ménagement. « Mets-toi en sécurité, p'tit, j'reviens, et surtout n'ouvre pas ta porte. Si tu crées un embrasement généralisé on y passe tous. »

3 heures du matin. De la folie. C'était de la folie. Le village entier s'était réuni devant la mairie dans le chaos le plus total. Cette fois-ci c'était du sérieux. Cette nuit, c'est à leur bar que l'on venait de s'attaquer. Il avait flambé. On avait visé leur âme, Dédé et Louise, et ils n'allaient pas rester là à se laisser faire et attendre une autre catastrophe sans broncher. Car l'affaire était criminelle. Personne n'en doutait.

On décida, en pleine nuit, au milieu des flammes et du hurlement des sirènes, d'instaurer dès le lendemain des rondes de patrouilles et de quadriller le village centimètre par centimètre nuit et jour. Chacun surveillerait son voisin. C'était peut-être bien triste d'en arriver là, mais c'était la seule solution pour assurer la sécurité de tous. Dédé faisait peine à voir et son malheur avivait la hargne de chacun. Le pauvre homme pleurait sans pouvoir s'arrêter depuis qu'il s'était réveillé, en pleine nuit, alerté par une sensation d'étouffement. Le feu avait pris au rez-de-chaussée et les flammes léchaient déjà l'escalier. Il avait sorti sa femme du lit et couru réveiller Amaury. Tous les trois avaient sauté par une fenêtre du deuxième étage. Après, il avait fallu administrer de force un calmant à Louise. Ah non alors, jamais, de mémoire d'homme, le village n'avait vécu un tel drame. Si ce n'était la mort de la Marianne, bien sûr. Et justice serait rendue au pauvre homme et à sa femme.

À l'arrivée des pompiers, la bâtisse était presque en ruines et Dédé pleurait comme un gosse, la tête dans les mains. Avec d'énormes sanglots. Ce bar c'était toute sa vie. Il le tenait de ses parents, qui eux-mêmes le tenaient des leurs. Un souvenir, une transmission. Partis en fumée. Le commissaire divisionnaire tentait de calmer les esprits échauffés, affirmant qu'une enquête allait être ouverte, que le coupable serait puni. Qu'il était inutile, voire dangereux, et il insistait bien sur ce mot, dangereux, que chacun fasse n'importe quoi de son côté. La police ne pourrait qu'en être gênée. Était-ce bien clair ? Il fallait rester calme. Laisser les armes dans leurs coffres. En attendant, il répéta que le bar et ses abords étaient désormais une zone sécurisée, donc strictement interdite, et fit évacuer tout le monde. Le maire, lui, ouvrit les deux salles communales à cinquante mètres de là pour vider les rues de cette population en colère et accueillir ceux qui le désiraient. Tous suivirent Dédé et Louise à la mairie.

Dans les salles, le brouhaha reprit de plus belle autour des deux sinistrés. Sûr qu'on allait poireauter sans réagir. Le responsable de ce massacre allait payer, oui, et vite fait. Le Maître prit les choses en main et forma les équipes. Longtemps sans doute que ces gens-là n'avaient pas chialé, se disait Christophe, un peu à l'écart de la foule, mal à l'aise comme rarement, se sentant encore plus étranger. Marsac observait le désastre, blême, encore sous le choc. Manon courut vers lui, bientôt rejointe par le Maître et Henri, suivis de Barbara. Elle prit le p'tit dans ses bras. Puis il sentit une main sur sa nuque à lui. C'était Elsa. Il cligna des yeux en lui prenant la main qu'elle avait laissée sur son cou.

— Dédé et Louise vont aller chez Henri. Tu pourrais venir dormir à la maison. Elle est grande, tu sais.

Marsac regarda Elsa. Il aurait eu tant de choses à lui dire.

— Tu es sûre ?

— Quelle question. Ça va ?

— Venez, dit Christophe qui s'était rapproché, s'emparant de la main libre d'Elsa. Elle a raison.

Marsac le dévisagea. C'était la première fois qu'il entendait vraiment le son de sa voix. Normal. Rien d'exceptionnel. Ce qui l'était moins, c'est que ce gars avait parlé comme s'il était chez lui, là-bas.

Lorsque Manon se mit à hurler, tous les regards convergèrent vers elle. Henri devint livide lorsque le coq qu'elle pointait du doigt, échappé d'on ne sait où, p't'être de l'enfer, se mit à chanter dans les aigus à réveiller les morts, faisant sursauter tous les vivants.

— Qu'est-ce que je te disais, p'tit, tout part en couille par chez nous. Si cet animal entre délibérément ici en pleine nuit, ça veut dire que nos malheurs sont pas finis. Et tout le village est là sauf les Dalton. À mon avis, cherche pas le coupable plus loin, p'tit.

Et le Maître s'en alla en décochant un coup de pied au mauvais présage, ponctuant sa phrase d'un crachat qui n'épargna la chaussure droite du musicien que de quelques millimètres. *Y a un ver pourri dans la pomme.*

— Ouais, tout part en couille, confirma Henri. Malédiction !

Puis il suivit le Maître. Combattre l'apocalypse. S'organiser, Ferdinand avait raison.

À la jonction des deux salles, Batthe dressait un bilan provisoire de la situation, qui tenait en trois points. Le premier était que la situation à Saint-Paul dégénérait dangereusement. Le deuxième que ce genre de plan populaire qui lorgnait vers Ottawa et ses délires sécuritaires finirait mal et qu'il n'allait pas être facile de gérer tous ces chasseurs en colère, qui se croyaient partout chez eux dans le village, parce que leurs pères et leurs mères et leurs arrière… y étaient nés et qu'ils adoraient en faire baver un maximum aux pièces rapportées. Voir les regards qui étaient tombés sur lui, quarante ans plus tôt, quand l'étranger, en l'occurrence le Boche, c'était lui. Donc, enrayer Ottawa. Le dernier point concernait Marsac qui se retrouvait dans la bergerie, près d'Elsa. Le musicien ne l'avait jamais inquiété (Moreau ne s'habituerait jamais à la campagne et Elsa, elle, n'était pas près de partir d'ici), mais Marsac c'était une autre paire de manches. Il les regarda s'éloigner et se força à imaginer que rien de ce qu'il redoutait ne se produirait cette nuit. Tout le monde était éreinté. Et le Parisien était là. Crétin, certes, mais sans doute pas au point de laisser s'échapper Elsa comme ça.

Il se rapprocha de la masse en fureur, s'astreignant à oublier Marsac. L'urgence lui dictait d'endiguer les élucubrations de la population aux abois. Il n'y avait pas de putain de malédiction. Il avait pu s'approcher du bar en flammes malgré les injonctions des pompiers. Ça puait l'essence à plein nez. Il avança au milieu de la foule et eut alors la sensation presque physique de sombrer dans un vortex où la logique et le sang-froid ne signifiaient plus rien.

25

« All these words I just don't say. »

Allongé tant bien que mal sur le lit de la chambre d'amis préparé par Elsa et Manon, Marsac revoyait la scène de cauchemar. La baie vitrée de sa chambre voler en éclats, le visage blême et décomposé de Dédé penché au-dessus du sien. Les cris et des casques partout. Leur mise en sécurité. L'évaluation du sinistre. La détection du foyer rendue difficile à cause des fumées et de la chaleur, la température de l'air ayant atteint 1200 °C au bout de quelques minutes dans la cage d'escalier. Le chef d'agrès et son binôme brisant les vitres à l'étage. L'arrosage du bâtiment. Le sapeur-pompier penché sur Louise. « Ça va ? Quel jour est-on ? Quel est votre nom ? » Ils avaient eu de la chance, pour ainsi dire. La chance d'en ressortir vivants.

Heureusement que Dédé avait senti la fumée parce que lui dormait à poings fermés. Il allongea les jambes, regarda sa montre et passa les bras sous sa tête. Il avait failli y passer, bêtement. 6 heures. Le jour n'allait plus tarder à se lever. Autant prendre de l'avance, se dit-il. Il descendit l'escalier en bois en essayant de se faire le plus léger possible. Pas évident. L'escalier en bois crissa sous ses quatre-vingts kilos.

Dehors, le ciel était dégagé à l'ouest et quelques étoiles brillaient encore mais l'est était toujours parsemé des fumées noires du bar incendié. Il faisait froid, il frissonna. Une silhouette se détacha au fond du jardin. Doudoune rouge sang sur fond encore sombre. Elsa était assise sur un banc, fait d'anciennes traverses de chemin de fer, patinées par le temps, la brume et le soleil. Lorsqu'il fut près, elle lui tendit une cigarette, les yeux dans le vague. Elle aussi avait le bout des doigts gelés. Il prit sa main libre au creux des siennes et y souffla un peu d'air chaud. Elle esquissa un sourire, il cligna des yeux – *all these words I just don't say*. Elle posa sa tête sur son épaule. Tant qu'à faire, autant bien faire.

— Ça va ? demanda-t-elle.

C'est maintenant ou jamais, se dit-il.

— Oui. Tu m'as manqué. (Et il l'enserra doucement.) *Ma princesse*.

Elsa se mit à pleurer, silencieusement. Trop de douleurs accumulées. Ça n'effaçait pas toutes les blessures mais quand même. La saloperie humaine, ils se la mettaient doucement entre parenthèses.

— Maintenant que je t'ai retrouvée, je ne te lâche plus.

De sa fenêtre, Christophe Moreau assistait au spectacle, impuissant. Il détourna les yeux et sortit sa valise de sous le lit. *Putain de merde*. De la sienne, Manon surplombait elle aussi la scène. Elle se mit à frapper l'arrière de sa tête contre un mur, de façon lancinante, régulière. Bruits sourds de balancier. La cadence des chocs s'intensifia. *Tu ne peux pas me faire ça... Tu es à moi... J'ai craché dans tous tes cafés. Des petits bouts de mon ADN courent dans ton corps. Tu es à moi à moi à moi*... Elle hurla.

Enlacés au loin, enveloppés dans une semi-obscurité, Elsa et Marsac n'entendirent rien. Seul Christophe comprit. Les cris étouffés de Manon résonnaient dans sa chambre. *Elle est folle à lier*. Il hésita à aller la voir et à la calmer comme il le pourrait. Elle était plutôt canon, Manon. Le vacarme cessa. Sans faire de bruit, il quitta sa chambre et entrouvrit celle de la jeune femme. Elle était allongée sur son lit, les yeux hagards et les joues rougies. Cette fille était juste un incendie. Il jeta un œil à la fenêtre. Elsa et le flic avaient disparu.

— Qu'est-ce que tu veux ? Va-t'en ! cria Manon en se relevant.

— Qu'est-ce que vous avez toutes avec ce Marsac ? Mais tu n'as pas compris ? C'est Elsa qui le rend dingue, pas toi. Connard de flic. Parce que qu'est-ce que tu es belle, Manon. Bien plus que ta sœur.

— Va-t'en !

Mais il avait une autre idée. Depuis qu'il l'avait vue, le jour de son arrivée ici. Et, pour une fois, la maison était vide. Il la repoussa sur le lit.

— Ne t'inquiète pas. Ça ne va pas te faire mal.

JEUDI

« Ce que je dis n'est pas vrai mais trahit,
par le seul fait que je le dise, mon être. »

PAVESE,
Le Métier de vivre.

26

> « Guetter les premières lueurs de l'aube, qui la délivreraient, un peu. »

Les murs tournoyaient en une étrange danse macabre, infernal kaléidoscope. Elle se recroquevilla au creux de son lit, suppliant l'ange-prince Tsadkiel, porteur du sang du pardon de l'humanité. Son calice s'enfonça un peu plus dans sa chair. Elle le sentit à peine. Les voix tambourinaient dans son crâne, ricanantes. Froides. Était-ce sa faute ? Avait-elle initié un chaos que plus rien n'arrêterait ?

Il fallait chasser le noir. Sortir du lit. Un bras au moins. Cinquante centimètres jusqu'à l'interrupteur. Rallumer toutes les lumières. Penser à rapprocher la table de nuit. Elle rit. Pas folle. Guetter les premières lueurs de l'aube, qui la délivreraient, un peu.

27

> « Tu m'emmerdes, Amaury. Toi, tes lièvres, tes colombes et ton retour au pays. »

Dottori de nouveau absent, Batthe était en alerte rouge, croulant sous les appels téléphoniques et les urgences toutes plus prioritaires les unes que les autres. Lorsque Marsac franchit le seuil de son bureau, il lui indiqua un fauteuil face au sien d'un geste rapide. Ses yeux, creusés par la fatigue, papillonnaient du téléphone aux feuillets des dossiers Touret et Fleurs du Malt étalés sur son bureau. Il stoppa leur rythme effréné et les accrocha longuement à ceux de Marsac, guère plus en forme. Pas plus mal.

— C'est la merde totale. Un beau bordel ! Du jamais vu… Les techs ont retrouvé des traces d'essence dans tout le rez-de-chaussée du bar. C'est le point de départ de l'incendie. Et comme si ça ne suffisait pas, ils ont aussi mis la main sur quatre bidons d'essence. Vides. Ils sont au labo, les gars cherchent des empreintes… Incendie criminel, tu te rends compte ? Je comprends pas ce qui se passe ici.

— J'imagine mal Dédé manigancer une petite fraude à l'assurance pour toucher une prime, alors qu'est-ce qu'il nous reste ? Était-il menacé ?

— Non. Je lui ai posé la question.

— OK. Tu as dit quatre bidons d'essence ? Ça fait beaucoup pour un jeu de mômes qui aurait mal tourné, non ? Alors quoi ? Un acte de vandalisme pur et dur ?

— Possible. Dédé est retourné avec moi là-bas ce matin, pour un premier état des lieux. Il affirme qu'on ne leur a rien volé. Même pas ses fusils de chasse. OK, ils étaient dans son coffre mais tout le monde dans le village sait où il les planque. Si. Il affirme que les bananes qui étaient sur le comptoir ont disparu. Je ne capte plus rien… D'abord Marianne, et maintenant cet incendie criminel. Putain ! On est dans le Berry ici, pas au Mexique ! Si je croyais en ces conneries je dirais comme les Vieux qu'il y a une putain de malédiction qui s'acharne sur nous ! Mais je suis hermétique à ce genre d'élucubrations, alors quoi ? On a relâché les fils Touret hier après-midi. Rien de concret contre eux selon le juge… Aucune trace de sang humain sur leurs fringues… Aucune putain de preuve. Rien d'autre que leur incommensurable connerie, mais tout le monde trouve ça normal. Je te jure, si le labo trouve leurs paluches sur les bidons d'essence, je vais me les faire ces deux cons.

— En parlant de ça, tu as les résultats concernant le couteau, pour Marianne ?

— Oui et ils sont décevants. Aucune empreinte. Aucune trace de sang non plus à part de celui de Marianne. Le ménage a été soigneusement fait. Le seul côté positif c'est que la légiste confirme que ce *schlass* peut effectivement être l'arme du crime. Mais ça, on s'en doutait déjà un peu. Du coup, on piétine. C'est pas possible ! Personne ne sort d'une scène de crime sans y laisser un petit quelque chose, ou sans en ramener un petit quelque chose ! C'est une loi, un principe intangible ! Et là, nous on fait chou blanc sur *deux* scènes de crime ! Alors quoi ? C'est un putain de fantôme qui nous nargue ?

— Et l'analyse graphologique ? Des news ?

— Non. L'expert est en arrêt maladie. Broncho-pneumopathie. C'est bien la première fois depuis que je le connais et ça tombe mal parce qu'il va nous falloir en dénicher un autre rapidos. Qu'est-ce que tu en penses, toi, de toute cette merde ?

— J'en pense que le temps passe et joue contre nous. Faut accélérer, Mads.

— Je vois pas comment. Si tu veux mon avis, les Dalton vont cracher le morceau, je le sens. Je sais que tu n'y crois pas mais ce ne sont plus les mêmes qu'avant. Ils ont grandi et ont pris trente ans dans les dents eux aussi. Ce ne sont plus les mômes qu'on connaissait. Ils ont mal tourné.

— Ce n'étaient pas des gosses à l'abandon qui ont poussé tout seuls. Ce n'était pas un milieu à risque. Marianne et René ne les ont pas élevés comme ça.

— Je suppose que les gamins ne grandissent pas toujours dans le sens où on les élève, hein, ce serait trop simple. Et les fumiers ne s'épanouissent pas toujours dans la fange.

— D'accord, mais pourquoi auraient-ils tué leur mère ? Quel est le sens de tout ça ?

Batthe se leva, visiblement au bord de l'explosion. Finalement, Marsac ne lui servait à rien à part se mettre en travers de son chemin. Partout.

— Tu vois du sens partout mais parfois il n'y en a pas. Il y a des fous, des timbrés, des barjots, qui agissent sur impulsion ou je ne sais quoi.

— C'est rare, ça. Et non, je ne vois pas du sens partout. Je le cherche. Ce couteau corse par exemple, je ne lui en trouve aucun. Pourquoi celui-là ? Était-ce pur hasard ?

— Sans compter qu'il t'était adressé. Tu as une réponse à ça ?

— Non, je n'ai pas de réponse à ça.

— Dommage. Écoute, je vais me refarcir les Dalton.

— Comme tu veux, mais je les imagine mal m'envoyant le couteau ayant servi à trancher la gorge de leur mère et jouant au chat et à la souris avec un flic qu'ils n'ont pas revu depuis une décennie. D'abord parce que je les visualise mal jouant tout court, ensuite parce que eux et moi on n'a jamais eu trop d'affinités. Pour avoir envie de jouer avec quelqu'un, il faut avoir un lien avec. Positif ou négatif. Nous, on n'en a aucun.

— Si ce n'est sans doute que la Vieille t'aimait peut-être un peu trop à leur goût. Jalousie classique.

— Marianne, elle s'appelait Marianne.

— Leur mère, ils la battaient, et depuis longtemps à en croire le rapport d'autopsie, tu l'as entendu aussi bien que moi ça ? Alors oui, je crois que deux énergumènes de cette espèce peuvent en venir à tuer leur propre mère. Sans souci. Et à incendier un bar comme ça en passant, parce qu'ils s'emmerdent et/ou sont beurrés. Ils vont cracher le morceau, je te dis. Avant le retour de Dottori.

Marsac se leva à son tour, « gaffe à l'erreur judiciaire », et quitta le bureau. En refermant violemment la porte derrière lui, Batthe se rassit et murmura, rien que pour lui : « Tu m'emmerdes, Amaury. Toi, tes lièvres, tes colombes et ton retour au pays. Ton refus de l'évidence et tes pieds dans le plat de mon enquête. » Il ajouta, plus bas encore : « Tu as oublié beaucoup de choses depuis ton départ du bled, mais moi pas. Moi aussi j'ai grandi ici, pas loin de chez la Vieille, et moi aussi j'ai feuilleté ses livres. Et je me souviens très bien qu'avec ton inventaire à la Prévert tu pourrais faire quelque chose de totalement fou. Si tu avais du sang. Du sang de printemps. » D'une main rageuse il envoya au sol la totalité des dossiers qui reposaient sur son bureau. « Mais qu'est-ce que c'est que ce bordel ? »

28

> « Tout le monde dans la région évite de passer par ici, même les anges et les fées, dit-on. »

Marsac respira un grand coup. Il n'avait pas apprécié cet échange avec Batthe. Il l'avait senti pressé de boucler cette affaire. Trop. Coffe, yeux cernés, l'attendait dehors, un sachet kraft à la main.

— Je suis passé nous chercher des croissants et je me suis dit qu'on pourrait aller boire un café dans un village voisin. Qu'est-ce que vous en dites ?

— Bonne idée. Vous êtes déjà au courant je suppose ? L'incendie serait d'origine criminelle. Traces d'essence et bidons trouvés sur les lieux. Partis en analyse. Aucun vol.

— Je sais. On cherche des ennemis.

— Ils n'en avaient pas.

— Tout le monde en a.

— Lieutenant ?

— Hum ?

— Vous avez des amis d'enfance ?

— Hum.

— Est-ce qu'il vous est arrivé d'en perdre un de vue pendant un bon bout de temps et de le retrouver comme ça par hasard, un beau jour ?

— Non. Ceux qui me restent je m'efforce de ne pas les perdre de vue. Vous pensez à Batthe ?

— Oui.

— Et ?

— Et rien ne se passe comme je l'avais imaginé. Il a changé.

— Et pas vous ?

— Si. Sans doute.

— Vous empiétez sur son territoire, vous vous immiscez dans son enquête… Ça vous plairait, à vous, ce genre de scénario ?

— …

— …

— À l'époque, quand on était mômes, et même après je crois, on était tous les deux amoureux fous d'Elsa. Je ne sais pas comment il a fait, mais il s'est arrangé pour revenir dans le coin.

— Pas pour autant qu'ils sont ensemble.

— Non, il a fallu qu'elle se trouve un musicien.

— Je ne vois pas où est le problème. Elle n'est pas mariée, rien.

— Le mariage n'est pas le seul obstacle que je connaisse. Il en existe des milliers, lieutenant. Des milliers.

— Comme ? À part le mariage, je ne vois personnellement aucune raison valable.

— Et pourtant si et, désolé hein, mais votre vision simpliste de la vie me fatigue parfois.

La sonnerie du portable de Coffe vint interrompre le malaise de Marsac. Son coéquipier de la semaine laissa sonner dans le vide.

— Lieutenant ?

— Hum ?

— Et si on allait plutôt voir les marécages ? La Seine me manque. J'ai besoin d'étendues d'eau.

— Va pour vos marécages mais prenons ma voiture. Dottori sera plus calme.

Marsac acquiesça en se glissant dans la Clio et Coffe s'installa au volant.

— Direction sud-ouest, le hameau du Prinier par la départementale 14, puis Saint-Cyran. Vous allez voir les étangs de Brenne. Mille trois cents environ. De quoi se faire plaisir. Décompresser. Et surtout, réfléchir hors zone de feu.

Ils roulaient depuis quelques minutes, silencieusement, chacun affairé avec son croissant. Le paysage, semé de pierres blanches, ocre ou roses des édifices romans, défilait lentement, enveloppé d'une brume persistante. Un cocon ouaté qui apaisait Marsac, une chape de plomb qui étouffait Coffe.

— Arrêtez-vous là. Alors, ces marécages à perte de vue ?

Ils stoppèrent en bord de route, au milieu d'un petit pont. Une nuée de corbeaux prit son envol.

— Glauques. Je préfère encore la Seine. Je comprends pourquoi les gens du village prétendent que les malédictions naissent ici.

— Marianne adorait cet endroit, alors que tout le monde dans la région évite de passer par ici, même les anges et les fées, dit-on. Et je suppose que ça continue !

— Et pourquoi ?

— On raconte que les soirs de pleine lune, dès la nuit tombée, les lupeux, ces créatures surnaturelles à tête de loup et voix humaine qui attirent les voyageurs égarés dans les fondrières, viennent ici et qu'on ne peut les regarder sans mourir de peur.

Son portable vibra. SMS de Raimbauld. *Rappelez-moi svp.* Il le rangea dans sa poche. Plus tard.

— Le pont du Diable. Le bien nommé. C'est ici qu'un jour Marianne m'a raconté son histoire, son enfer. Vous parliez du diable mais pour elle il n'existait pas, ce n'était pas une entité à part. Il était en chacun de nous, tapi, aux aguets, prêt à resurgir à la moindre occasion. Et la Malédiction, comme toutes les malédictions, était immanente. Oui, c'est le mot qu'elle employait. Ce qui ne nous dispense pas d'aller réentendre Ferdinand et Henri. Voyez-vous, lieutenant, j'aimerais beaucoup comprendre, une fois pour toutes, comment une personne lambda devient infréquentable dans l'imaginaire collectif. Ils ont été ses meilleurs amis, ils adorent ces histoires de malédiction, de magie noire et de sortilèges, où l'irrationnel tutoie le sordide. Ce seront nos meilleurs interlocuteurs. Quelque chose me souffle que tout se joue là-bas.

— Tout se joue là-bas ? Et pourtant vous m'avez assez répété les penser innocents, tous les deux.

— Oui.

— Alors expliquez-moi.

— Elle était leur amie, depuis son arrivée ici, et ils la connaissaient mieux que personne. Plus j'y réfléchis, et plus je pense que Marianne avait en elle une part de mystère qui la rendait différente des autres. Et que cela a peut-être suffi à déclencher le pire. Les haines se nourrissent parfois d'un sentiment de menace que renvoie l'autre. Par son mystère justement, sa différence… les raisons ne manquent pas. Mais il faut s'en assurer et ils pourront peut-être quelque chose pour nous.

— S'ils veulent se livrer. Vraiment, je veux dire.

— Avec le temps, ils parleront s'ils ont quelque chose à dire. Il suffira d'être là au bon moment.

29

> « Embrasse-moi. On va tous crever un jour. Embrasse-moi. »

Elsa avait eu le temps de lire le morceau de papier chiffonné que lui avait laissé Christophe. Celui de le déchirer. Il était parti. Peut-être pas plus mal. Elle s'apprêtait à le brûler lorsque Batthe arriva, une boîte en plastique remplie d'œufs durs à la main. Elle glissa les morceaux de papier dans la poche de son jean.

— Salut Elsa, dit-il en lui tendant les œufs. J'ai pensé qu'un petit retour dans le passé nous ferait du bien, au milieu de tout ce chaos.

— Tu en manges toujours autant ?

— Toujours. Si tu acceptais mes invitations tu le saurais.

— Tu ne vas pas remettre ça ?

— Remettre quoi ?

— Tu le sais bien.

— Et Manon, ça va ?

— Elle dort encore. C'est rare, je crois que ça ne lui est pas arrivé depuis des années, alors j'essaye de faire le moins de bruit possible.

— Et Marsac ?

— Pas vu. Sans doute parti à l'aube.

— Et ton chanteur ?

Elle fit signe qu'elle n'en savait rien. Pas envie d'expliquer que Christophe avait brusquement décidé de rentrer chez lui.

— Il a changé, tu ne trouves pas ?

— Amaury ? Oui. Non. Enfin je veux dire pas tant que ça.

— Tu l'avais revu ?

— Non.

— Qu'est-ce qu'il fout ici à ton avis ?

— Manon lui a envoyé une lettre. En tout cas c'est ce que j'ai cru comprendre. Je crois en fait qu'ils n'ont jamais cessé de correspondre. Tu connais Manon. Quand elle aime.

— Et toi ?

— …

— Quand tu aimes ?

Elle planta ses yeux vifs dans les siens.

— On change de sujet, Mads.

— Et le Parisien alors ? Le musicien.

— J'ai dit on change de sujet. Et arrête, on dirait un interrogatoire.

— OK. Et que penses-tu d'un mec qui ne te donne aucune nouvelle pendant dix bonnes années et qui rapplique un beau matin la bouche en cœur ?

— La bouche en cœur, n'importe quoi.

— Non, pas n'importe quoi. Ce mec-là a une sacrée dilatation de l'ego. Il part, il revient et il attend que tu lui tombes dans les bras. T'en dis quoi ? À part bien sûr qu'il n'a pas de couilles. Tu savais qu'il a été marié et que sa femme l'a plaqué du jour au lendemain d'un simple Post-it collé sur le frigo ?

— Mais qu'est-ce qui te prend ? Tu es jaloux ?

Non, elle ne savait pas. Comment l'aurait-elle su ? Ne rien laisser paraître à Batthe qui s'approchait et la serrait dans ses bras.

— Elsa, pourquoi est-il revenu ?

Elle se détacha de lui.

— Tu me soûles. Ce n'est pas le jour, je t'assure.

— Embrasse-moi.

— T'es pas sérieux ?

— Embrasse-moi.

— Tu m'agaces à remuer le passé. Et toi, pourquoi es-tu revenu ?

— Le mal du pays. Embrasse-moi. On va tous crever un jour. Embrasse-moi.

30

> « La picole, ça rend fou. Ça creuse des nids invisibles au milieu de la mémoire. Des trous. Des gouffres. »

Marc et Mathieu s'étaient mis d'accord. Si le Boche les rappelait ou débarquait encore ils cracheraient tout. Après tout, les chèvres du Vieux n'étaient pas clamsées. Il fallait juste avouer et puis voilà, ils seraient enfin tranquilles. Batthe, qui les fit convoquer, les trouva donc coopératifs dès les premières minutes de leur entrée au commissariat. Et pour une fois, ils étaient même presque ponctuels. Contre toute attente, ils ne mirent pas très longtemps à se confesser. Les chèvres d'Henri, c'était eux. Ils avouaient. Comment ils avaient cloué un gros crapaud salé puis fermenté à un arbre du pacage du Vieux. Comment ça les avait rendues folles de lécher ça. Pourquoi qu'elles étaient pas crevées, ça ils sauraient pas le dire. P't'être parce que Mathieu n'avait pas eu la patience d'attendre 7 heures avant de déterrer le crapaud. Ben oui, quoi. N'allaient plus traînailler. Ils reconnaissaient leur culpabilité pour les chèvres et qu'on leur foute la paix. Après tout, elles étaient pas mortes, y avait pas de quoi en faire un plat.

Batthe n'en revenait pas. L'idée ne leur était même pas venue à l'esprit qu'ils étaient là, pour la seconde fois en trois jours, face à un commissaire de police énervé, éreinté par des milliers d'heures supplémentaires jamais payées, pour l'affaire de l'incendie du bar de Dédé et Louise. Il allait les mettre au parfum. Le coup sec qu'il tapa de la paume sur la table qui les séparait fit sursauter les deux frères. Habituellement, les gros durs belliqueux c'était eux.

— Bon, écoutez-moi bien, les gars. Votre histoire de chèvres et de crapauds m'indiffère au plus haut point. Si j'avais été Jean de la Fontaine j'en aurais peut-être fait une fable. Mais je m'appelle Mads Batthe, et moi ce que je produis ce sont des comptes-rendus de procès verbaux. Regardez-moi bien dans les yeux. Les chèvres du vieux Baranger, je m'en contrefous. Crevées, pas crevées, ce n'est pas mon problème. Mon problème c'est vous. Vous êtes ici parce que, après avoir été soupçonnés du *meurtre* de votre mère ou tout au moins d'actes de torture et de barbarie envers elle, vous l'êtes à présent d'un incendie criminel. Alors oubliez votre putain de bestiaire et vos croyances antédiluviennes et donnez-moi quelque chose de consistant à me mettre sous la dent. Parce que vous n'y êtes peut-être pour rien mais moi je suis très irascible depuis quelques jours. Deux saloperies pareilles dans notre petit village ça vous métamorphose un commissaire. Et encore je suis gentil, je vous épargne le dossier sur le passé qui refait surface, j'en passe et des meilleures. Marsac est de retour, les gars. Dottori est momentanément absent et du coup c'est moi qui mène la barque. Alors cessez de jouer aux cons, même si vous le faites très bien, et avouez. Vous aviez bu, vous avez confondu votre mère avec une brebis, c'est un exemple, ça arrive même aux meilleurs, et hop ! Ensuite, juste un peu plus tard, vous avez mis le feu aux Fleurs du Malt, comme ça, en passant, sans méchanceté.

C'était l'une de ses techniques préférées, à Batthe. Enchaîner les phrases, noyer le poisson et les chefs d'accusation. Il savait mieux que personne endosser le rôle du gentil flic puis celui du méchant et ces alternances schizophréniques portaient très souvent leurs fruits. Et là, les deux frères étaient scotchés à leurs chaises. Ils se regardaient et se disaient qu'ils auraient mieux fait de la boucler pour les chèvres du Vieux parce que maintenant cet excité de Batthe ne les lâcherait plus. Ils se regardaient et hésitaient. Entre le débestiller et avouer. Pour sûr c'était pas eux. Pour leur mère. Ou alors ils s'en souvenaient plus. Mais en prison au moins ils auraient finalement la paix. Le gîte et le couvert. Un repas chaud midi et soir. Qui allait le leur préparer sinon, maintenant que la Vieille était morte ? Et s'occuper de leur linge ? Ils se jetaient des regards perdus. Toutes ces patrouilles qui grouillaient la nuit dans le village et devant chez eux leur attaquaient le cerveau. Un jour ils allaient se faire lapider comme la mère, pour sûr. Quant à débestiller Batthe, c'était pas du gâteau. Il semblait costaud et survolté, le flic. C'était plus du tout le morveux qu'ils avaient connu, le petit Boche qui débarquait d'Allemagne, malingre et timide. Ah, ça non.

Batthe les pressentait au bord de l'aveu. Les deux frères s'agitaient en silence sur leurs chaises bancales (c'était fait pour, qu'elles rendent mal à l'aise les suspects). Il joua sa dernière carte. Tout le monde a un talon d'Achille. Et il connaissait parfaitement le leur.

— Allez les gars, crachez le morceau et on en finit. Sinon je vais vous dire. Je balance tout à Baranger, pour ses chèvres. Et croyez-moi, il est préférable de se retrouver bien au chaud dans une cellule entretenue par l'État qu'entre les mains du Vieux… Vous saviez qu'enfant il a arraché l'oreille à l'un de ses meilleurs amis ? Avec ses dents. Et qu'il a failli crever les yeux d'un autre ? Sans compter cette espèce de milice qu'ils font patrouiller toutes les nuits dans nos rues et qui rêve de vous étriper… et le Maître qui serait extrêmement satisfait de vous coincer. J'ai entendu dire que depuis quelque temps il ne vous avait plus du tout à la bonne. Je me trompe ?

Silence.

— Voyons, reprit-il. Commençons en douceur. L'incendie du bar. Vous savez les gars, moi je n'ai rien contre vous, mais les résultats du labo vont tomber d'une minute à l'autre. Et on ne m'enlèvera pas de l'esprit que vous n'y êtes pas pour quelque chose, dans ce drame qui, d'ailleurs, a dévasté la maison de famille du Dédé et de sa Louise qui se retrouvent à la rue, à soixante balais. Les grands amis de nos Vieux… Et puis, vous empestez encore l'essence, les gars. Tenace, son odeur sur les vêtements. Surtout lorsqu'on oublie d'en changer.

— D'accord, capitula Marc. On avoue. Mais dites rien au Vieux pour ses chèvres.

Le flic jubila. Batthe 1, Marsac 0.

— Pourquoi ?

— On était ivres. Chez Dédé, c'était devenu l'enfer pour nous. Chaque fois qu'on y entrait les autres nous jetaient des regards mauvais, comme si on apportait la peste.

Batthe jeta un coup d'œil à leurs tatouages sans équivoque. De jolies croix gammées entourées d'un halo de flammes. Pauvres dégénérés au QI de mollusques. Pauvres Marianne et René. Il soupira.

— Ne serait-ce pas plutôt parce que vous traîniez pas mal avec cette bande de nazillons de pacotille du village voisin ? Que vous vous jetez régulièrement au-devant de toutes les voitures que vous croisez lorsque vous faites du stop pour espérer en arrêter une ? Même si vous êtes tellement dégueulasses que personne ne vous veut dans sa bagnole ? Que vous êtes ivres et belliqueux du matin ou soir, où que l'on vous croise ?

— …

Batthe essaya de se radoucir. Il espérait extirper encore quelques aveux.

— Et le couteau corse ?

Les deux frères, perdus, échangèrent des regards de naufragés.

— Quel couteau corse ?

— Celui qui a servi à égorger votre mère.

— Il est à nous.

Tout avouer et en finir.

— Et il venait d'où ?

— Ben, de Corse.

Marc était content de sa réponse. Fallait quand même pas le prendre pour un débile. Il sourit à son frère.

— Vous êtes déjà allés là-bas ?

— Non, lâcha Mathieu.

— Alors ?!

— Alors quoi ? demanda Marc, qui se noyait dans des profondeurs abyssales.

— Alors, bande de crétins, je veux savoir comment ce couteau est arrivé entre vos mains puisque vous n'avez jamais franchi les limites de la Brenne ?

— Peut-être que c'était un souvenir de famille, essaya Marc qui y mettait toute sa bonne volonté. Se retrouver ailleurs, vite.

— Très bien. C'est donc ça. Il traînait dans vos tiroirs depuis des lustres, ce couteau.

— Même qu'on n'osait pas y toucher. L'était trop beau pour nous, ce couteau.

— Parfait. Mais n'en rajoutez pas. Et pendant qu'on y est, pourquoi avez-vous égorgé votre mère ?

Mathieu se rongeait ce qui lui restait d'ongles. Tout ce merdier c'était un peu de sa faute. Si seulement il avait attendu 7 heures avant de déterrer le crapaud ils ne pataugeraient pas dans cette merde. Batthe, assis, se pencha vers eux, les deux mains appuyées sur la table.

— Parfois les gars, on fait des choses dont on ne se souvient même pas le lendemain. La picole, ça rend fou. Ça creuse des nids invisibles au milieu de la mémoire. Des trous. Des failles parfois, à côté desquelles celle de San Andreas n'est qu'une cacahuète. Votre pauvre mère, vous la battiez. Depuis longtemps. Depuis la mort de votre père. Et cette nuit-là, vous l'avez tuée. Si vous n'avouez pas, vous irez pourrir en enfer et ni les Vieux ni moi-même ne constituons un danger comparé au démon de Malebolge qui vous poursuivra nuit et jour, sans relâche, partout au milieu des flammes.

L'horreur d'une punition divine se lut sur les visages des deux frères. Ils se concertèrent une fois encore du regard et Marc se lança, à voix basse.

— On était beurrés.

— Cinq grammes ! C'est donc pour ça que vous l'avez aussi tondue. Ivres morts, que vous étiez.

Ils déglutirent de concert. Pas la tonte. Ils avaient même chialé comme des vauriens en la voyant comme ça, leur mère. Mathieu supplia.

— Pour les cheveux, c'est pas n…

— Chuuut, dit Batthe en se levant. On progresse, c'est bien. Marsac peut toujours chercher du côté des lièvres et des colombes, nous on avance.

— On finira pendus, murmura Marc. On est des vauriens, nés un soir de pleine lune.

— Oublions la pleine lune. De nos jours, en France, on ne pend plus personne, les rassura Batthe. Mais c'est vrai que vous êtes des vauriens. Marsac passe toujours à côté de l'évidence. Il préfère traquer l'incertain, le fluide, le mou. Il erre. Il cherche des couilles alors qu'il suffit de savoir les serrer. Je disais donc que l'on ne pend plus personne, on passe maintenant par la case prison. C'est quand même beaucoup plus humain.

— Pourquoi tu parles toujours de Marsac ? demanda Mathieu, les yeux au sol.

— Parce que c'est un ami.

Batthe resserra sa queue-de-cheval. *Qui va vite fait rentrer chez lui*.

— Et vous, vous êtes des ordures, n'est-ce pas ?

Ils frémirent. Quand ils buvaient jusqu'à plus soif, ils ne se contrôlaient plus. C'est vrai qu'elle en avait reçu, des coups, la mère. Pourtant ils l'aimaient. À leur façon. Et le bar, c'était juste pour faire chier les Vieux. Dédé et Louise n'avaient jamais été méchants avec eux. Tandis que les deux cons qui avaient fait du bar leur repaire, ben si. Batthe ouvrit la porte de son bureau.

— Encore un détail qui me chagrine, les gars. Ce truc cousu sur la poitrine. Pourquoi ?

— Alors ça c'est pas nous, murmura Mathieu.

— Bon, nous éluciderons ce point ultérieurement.

Il sonna Dalembert.

— Lieutenant, ces messieurs viennent d'avouer le meurtre de leur pauvre mère et l'incendie des Fleurs du Malt. Prenez leur déposition et convoquez-moi la presse. Pour une fois qu'elle va nous servir à annoncer une bonne nouvelle nous n'allons pas bouder notre plaisir. Je m'occupe personnellement du juge d'instruction, ajouta-t-il.

Les trois partis, Batthe décrocha son téléphone. Le juge Dagard se dit prêt à rencontrer les suspects dans les plus brefs délais. Il regarda sa montre.

— 10 heures ?

— Parfait, monsieur le juge. Cela nous laisse le temps de recueillir leur déposition.

Et il se renversa dans son fauteuil, pensant que celui de Dottori ne lui échapperait plus longtemps. Il avait été extrêmement efficace sur cette affaire. Personne ne pourrait le nier, pas même Marsac dont le soi-disant *génie* ne s'illustrerait pas cette fois-ci et qui allait rentrer à Paris la queue entre les jambes. Il sourit à cette évocation. Le temps avait passé. Leur amitié s'était racornie et ce n'était pas si grave. Il n'était pas du genre à rechercher sur Internet ses Copains d'avant, perdus de vue en même temps que la vie suivait son cours. Il n'aimait pas regarder dans les rétroviseurs. Il préférait avancer. Sa vie était devant lui, pas derrière.

À 10 h 30, le juge Dagard avait terminé son audition. À son terme, il fut totalement convaincu de la culpabilité de Marc et Mathieu Touret. Certes, ils récusaient avoir fait boire cette décoction d'if qui avait été fatale à Marianne Touret. L'autolyse devenait probable. Mais ils avouaient l'égorgement *post mortem*, l'incendie des Fleurs du Malt et allaient en prendre pour leur grade.

Toute cette crasse qu'ils avaient amenée avec eux dans son bureau le dégoûtait, mais avant d'y remédier, il avait encore deux ou trois choses à faire. Il alluma un cigare et relut le rapport d'autopsie que lui avait adressé Elena Alexandresco, sautant les formules d'introduction. Puis il examina minutieusement tous les clichés de la scène de crime, l'un après l'autre. Le casier des frères Touret n'était plus vierge depuis longtemps. Des bricoles jusqu'alors, qui tournaient toutes autour du braconnage en zone protégée et d'alcoolisation sur la voie publique. Mais avec leurs aveux d'aujourd'hui, ils allaient écoper d'une peine exemplaire. Il saisit son téléphone. Il exigeait une expertise psychologique des deux frères. Cet après-midi. Hors de question de les voir acquittés au procès sous le fallacieux prétexte d'irresponsabilité. Ces hommes-là n'étaient pas fous au sens pénal. Il en était sûr. Ils étaient idiots, bien sûr, et même peut-être au sens psychiatrique du terme. Il pariait pour un QI avoisinant les 50. Limite entre l'imbécillité et la débilité mentale. Mais ils ne seraient pas qualifiés d'irresponsables de leurs actes. Rien ne viendrait atténuer l'horreur de leurs exactions. D'ailleurs, se dit-il, je vais demander un supplétif au Parquet. Pour cruauté envers les animaux. N'avaient-ils pas drogué la pauvre chienne de la défunte ? Et il referma le dossier

Touret, satisfait, en espérant que les résultats des experts psychiatres seraient pour une fois sans équivoque.

L'affaire avait été rondement menée malgré les nombreuses défections du divisionnaire. Ce Mads Batthe, dont il ne goûtait ni le look de rebelle ni les manières abruptes, avait fait preuve d'une remarquable efficacité. Il décrocha de nouveau son téléphone. Qu'on ne le dérange sous aucun prétexte pendant une bonne demi-heure.

Cette crasse. Le juge se leva de son fauteuil en écrasant son cigare. Il lui fallait se doucher, et vite. Tenter de dissoudre les particules de cette innommable saleté qui recouvrait les frères et qui avait dû tomber ici et là. Il examina l'espace, essayant de retracer mentalement le chemin parcouru par les Touret dans son bureau. Ils étaient entrés et s'étaient directement assis sur les deux fauteuils de droite. Qui avait manipulé la poignée ? C'était Batthe, ah oui. Il fallait donc remettre à neuf le parcours qui allait de la porte d'entrée aux deux fauteuils. Ensuite, il s'occuperait de lui-même. Il passa d'abord le sol et ses fauteuils au détergent, puis il prit une longue douche chaude et se changea. Il pouvait enfin téléphoner à sa belle. Ce n'était pas trop tôt. En une semaine, s'ils s'étaient vus quoi, trois fois, c'était peu. Présente, absente, cette femme l'obsédait. Il fallait qu'il la touche, la caresse. *Finalement, j'ai toujours œuvré pour le rapprochement police-justice*, s'amusa-t-il en vérifiant dans le miroir le tombé de sa cravate. Puis il patienta jusqu'à l'arrivée du lieutenant Grimberg qui, par le plus heureux des hasards, n'était de service qu'à 18 heures. Ce qui leur laissait le déjeuner et l'après-midi. Quelques heures volées à des plannings surchargés. Une parenthèse de volupté d'autant plus appréciable qu'ils ne tenaient pas à officialiser leur liaison. Pour vivre heureux, vivons cachés. L'enfer, ils ne le savaient que trop tous les deux, était là, dehors, prêt à les avaler à la moindre opportunité, comme il en avait englouti tant d'autres. Pour une raison ou pour une autre.

Elle le prévint de son arrivée imminente par SMS. Il coupa son portable, ses lignes téléphoniques.

31

« Y a un ver pourri dans la pomme et
un vent mauvais qui souffle. »

Dès l'approche de la voiture, Hadès aboya à s'en éclater les cordes vocales et fila droit sur elle. Henri sortit cependant sans hâte de chez lui, suivit de près par le Maître. « Arrête donc de tarbater comme ça, toi », vociféra Henri à son chien qui revint près de lui. Lorsque Marsac et Coffe rejoignirent les deux Vieux sur le pas de la porte, Henri ouvrit grand les bras.

— Salut p'tit ! Qu'est-ce qu'il fait là, lui ?

— Salut Henri. Bon écoute, tu arrêtes s'il te plaît. Dis, on peut vous déranger un moment ?

— Ben toi oui, l'autre là, livide, non. Mais bon. C'est pas encore pour l'affaire de la Marianne, hein ?

— Non.

— C'est pour le bar de Dédé ?

— Non plus. C'est au sujet des superstitions du pays, de la malédiction qui rôde.

Les yeux d'Henri s'éclairèrent.

— Vous voulez causer malédiction ? Pourquoi pas, hein Ferdinand ? On va chez toi ?

Le Maître acquiesça en silence tandis qu'Henri enfermait son chien chez lui. Le molosse aboya de plus belle à l'intérieur.

— Je le boucle, mon clébard, sinon il va me suivre et la Barbara l'aime pas trop. Remarque je comprends. Il doit peser plus lourd qu'elle !

Les quatre hommes traversèrent la rue. Le Maître les installa à la cuisine, attrapa une bouteille et quatre verres. On entendait le ronronnement régulier de l'aspirateur que passait Barbara à l'étage. Il désigna le haut de la maison de l'index.

— Elle devient de plus en plus maniaque chaque jour.

— Plains-toi, dit Henri qui aurait bien aimé que quelqu'un lui fasse son ménage.

— Je ne me plains pas. Je constate.

Henri haussa les sourcils. Ferdinand ne mesurait pas son bonheur d'avoir une si gentille femme. Jolie, discrète et tout et tout. Il but son verre d'un trait et décida de commencer par le commencement.

— Nos superstitions à nous, ici, elles sortent pas trop d'un cercle restreint, si tu vois ce que je veux dire, et c'est pas facile de les voir au premier coup d'œil. Sans un effort d'accommodation.

Marsac se racla la gorge.

— Avant que tu continues, Henri, il faut que je te prévienne, l'interrompit Marsac. Cet après-midi j'ai invité un pote à venir voir tes chèvres.

— Qu'est-ce que tu veux que ça me foute, p'tit ? T'es chez toi ici.

— Il est vétérinaire.

Le Vieux le tança d'un air mauvais.

— Alors toi aussi tu me fais des crasses maintenant ?

— Je ne te fais aucune crasse, Henri. Il vient pour t'aider.

— J'ai besoin de personne.

— Tu verras, fais-moi confiance, c'est un chic type.

— Ouais. Faut voir.

Ils burent une première gnole dans un silence que l'on sentait expectatif, uniquement rompu par le bruit sec des verres vides qui choquaient l'un après l'autre la toile cirée aux motifs provençaux. Puis une seconde, très vite. Marsac se disait que si les deux Vieux avaient décidé de tester l'endurance de Coffe ils allaient être surpris. Le lieutenant battait quiconque était désireux de se mesurer à lui, avec un éternel sourire et une soif sisyphéenne. En cela, il avait l'étoffe d'un Raimbauld. Au troisième verre vide, un autre son sur la toile lisse. Son portable qui bourdonnait. C'était Manon, pour la troisième fois aujourd'hui. Il décida d'aller répondre dehors.

— Commencez sans moi, je reviens.

— Tous pendus à leur portable, dit le Maître. De mon temps…

— On s'en fout, coupa Henri.

— T'as raison. La vie des vieux n'intéresse plus personne.

— Oh là, t'es pas gai aujourd'hui.

— Non. Marianne a été tuée, le bar de Dédé a flambé, tes chèvres et tes vaches perdent la boule, toi tu claudiques et moi j'ai mal à l'épaule. Un verre ? demanda-t-il à Coffe, qui acquiesça. Et toi Henri ?

— Je suis. Quand je pense que le p'tit va réussir à amener un vétérinaire chez moi !

— C'est pour votre bien, crut utile de préciser Coffe.

— T'occupe donc pas de mon bien, toi… T'es marié ?

Dénégation muette.

— T'es encore célibataire ?

Les deux Vieux ne le lâchaient pas des yeux. Ça le tirait en avant. Le Maître surtout ; un maïeuticien.

— … Elle est mariée.

Le Maître s'exclama et dévisagea longuement ce petit bleu. Une bonne bouille. *Ah !*

— Pas de bol mon garçon, dit Henri, impressionné par la descente de ce jeune. Certes, il avait peur des chiens et il était flic, mais bon. Y avait pas non plus mort d'homme. Il le dévisagea et son envie de parler l'emporta. Il jeta néanmoins un regard à Ferdinand, guettant son approbation.

— Mais on peut peut-être quelque chose pour toi.

— Comment ça ? s'enquit Coffe.

— Y a des trucs qui existent et qu'il pourrait bien t'arranger de connaître.

Le Maître, approbateur, hocha la tête. De toute façon, ce petit lieutenant n'en ferait rien, il le savait déjà. Trop citadin. Trop… flic. Et Marsac semblait l'avoir à la bonne.

— Alors on va te révéler un secret, continua Henri. Mais faut nous jurer de le garder pour toi parce qu'on n'a pas envie de le retrouver en hypermarché dans six mois. Et écoute bien, parce qu'on le répétera pas deux fois.

— OK.

Coffe s'amusait. Finalement, les Vieux n'auraient pas été longs à se livrer. Marsac en aurait peut-être été surpris. Il jeta un coup d'œil dehors. Le commissaire était toujours au téléphone.

— C'est pas bien sorcier. D'abord et avant tout faut tirer un peu de ton sang, un vendredi de printemps. T'as du bol on est en plein dedans. Ensuite faut le faire sécher dans un bocal. Avec deux couillons de lièvre et le foie d'une colombe. Puis faut réduire le tout en poudre fine. T'es célibataire mais t'as un mixeur, quand même ? Sinon, tu piles. Ensuite, il faut diluer ça dans un verre de vin et te débrouiller pour en faire avaler à ta belle. Une demi-drachme, ça suffira. Soit trente gouttes. J'précise. Si ça marche pas du premier coup, tu peux le refaire trois fois. Et là mon *gâs*, elle va te tomber dans les bras aussi sûr que deux et deux font quatre.

Coffe crut mal entendre. Était-ce possible que ce soit une coïncidence ? Comme il restait silencieux, le Maître lui lança un rapide regard à travers une frange impressionnante de cils et leva le menton pour entériner ses propos. Visiblement, il attendait une réaction.

— Monsieur Maître…

— Appelle-moi Ferdinand, et lui c'est Henri.

— Ferdinand, reprit Coffe. Dans la poubelle de Marianne Touret nous avons trouvé un lièvre émasculé et une colombe diamant en marmelade à laquelle on avait ôté le foie.

Les Vieux blanchirent.

— Coïncidence ! opposa le Maître. Pourquoi Marianne se serait fait un philtre d'amour juste le jour de sa mort, hein ?

— Ça, elle pouvait pas le savoir, hein, lui objecta Henri, qu'elle allait mourir ce soir-là. Et elle était veuve depuis un sacré paquet de temps. P't'être que ça la démangeait. Et comme je connais pas un seul honnête homme qui se serait approché d'elle à jeun, et même bourré comme un coing, elle n'avait peut-être trouvé que ça pour l'aider. À ce que ça la démange plus, se gaussa-t-il.

— Tu crois qu'elle ch'nassait, Marianne ! s'énerva Ferdinand.

— J'en sais rien. Mais c'était dans sa poubelle hein, pas dans la mienne. Ou alors c'est peut-être bien les Dalton qui voulaient se faire un petit élixir histoire de soulever un jupon ?

— Pas possible. Sont trop cons. Et puis leur mère ne leur confiait rien et d'ailleurs elle ne disait rien à personne. C'était pas une causante. Tu le sais.

— Sauf avec…

Le Maître toussa haut et fort et Henri comprit qu'il avait failli être trop bavard.

— Sauf avec ? tenta Coffe.

— Sauf avec personne, assenèrent-ils d'une seule voix.

Les deux Vieux burent tout à coup leur eau-de-vie en silence.

— Alors c'est un mystère, dit le flic.

Le Maître reprit une gorgée en fixant son conscrit, semblant lire dans ses pensées.

— Il n'y a pas beaucoup de réels mystères sur terre. Il n'y a que des hommes qui ne voient pas ce qu'ils devraient et qui entendent ce qu'il ne faudrait pas.

Manon, elle aussi savait. Certainement. Marianne l'aimait bien, la p'tite, et elles étaient souvent fourrées ensemble… Il fallait conclure avant qu'Henri ne s'épanche encore.

— Peut-être bien que ces bestioles que vous avez retrouvées étaient destinées à la fabrication d'un philtre. Mais philtre ou pas philtre, c'est pas lui qui a fait sauter le barriau à Marianne. Et c'est ça, moi, que je voudrais savoir et qui me rend fou. Ce qui l'a emportée dans l'au-delà.

Le Maître murmura si bas que le flic dut tendre l'oreille.

— Fouillez le village de fond en comble. Parce que l'assassin est d'ici, de chez nous. Je le sens. Y a un ver pourri dans la pomme et un vent mauvais qui souffle.

32

> «Comme si de rien n'était, comme s'ils n'étaient pas morts.»

Le Maître n'avait plus envie de parler. Il se leva, signifiant que c'en était fini pour aujourd'hui. Il avait une excuse en béton : il était trop tard pour causer davantage malheurs et superstitions. Il tapota sur le cadran de sa montre. 16 heures. Un autre jour. Là, ils avaient un rendez-vous. Henri le regarda d'un air étonné. Il aurait bien continué un peu. Mais bon. Si Ferdinand avait dit stop, inutile d'insister. Il se leva à regret et ils rejoignirent Marsac, dehors. Il leur désignait son portable.

— Elle m'appelle et lorsque je décroche, elle ne répond pas, elle reste muette. Ça m'inquiète.

— Faut pas, p'tit, le rassura Henri. En ce moment elle va pas très bien. Elle me fait ça, à moi aussi. Ça lui arrive, et puis ça passe. Tu sais comment elle est.

Les deux flics s'éloignèrent. Coffe raconta ce qui avait failli le faire s'étouffer. «De mieux en mieux», soupira Marsac.

De leur côté, le Maître et Henri retournèrent à leur principal dessein du jour : réitérer leurs fumigations de figuier. Si les chèvres ne s'en portaient pas mieux, elles n'allaient pas plus mal non plus. Pour preuve que leurs histoires avaient du vrai. Peut-être qu'il suffisait d'y croire un peu. En tout cas beaucoup par ici y adhéraient. Il n'y a guère que Barbara, rumina Ferdinand, pour rester hermétique. Plus terre à terre ça n'existe pas. Pas un brin de fantaisie. Lorsque Luna Belle, qu'il tentait de maintenir au-dessus des vapeurs de figuier, le mordit au sang, il l'envoya valser d'un coup de pied. Depuis quelque temps, il ne fallait pas le chatouiller là où ça ne le démangeait pas.

Une forme s'agita au loin, à l'autre bout du champ. Il reconnut la silhouette de sa femme, qui disparut en quelques secondes dans la magie criminelle du brouillard, et haussa les épaules. De son côté, Barbara patientait depuis une heure dans l'humidité de la brume qui avait envahi la plaine et la chèvrerie aux côtés de Lili qui avait mis bas des chevreaux mort-nés. La chèvre, épuisée, ne se laissait pas approcher. Barbara la caressa et prit une ample inspiration. Ça suffisait, il fallait que Lili se laisse faire. Elle connaissait la marche à suivre. Elle releva ses manches et ligatura au fil de lin le cordon ombilical ensanglanté, puis elle le coupa et le traita avec du collodion iodé qui ferait office de pansement, en refoulant d'une main rapide les larmes qui roulaient sur son visage. Pauvre bête sans petits. Eux aussi étaient très frileux, elle le savait, alors elle les sécha et les frotta avec du gros sel. Comme si de rien n'était, comme s'ils n'étaient pas morts. La mère la regardait faire. Elle retourna vers elle, la frictionner en lui murmurant des mots doux. Puis elle sortit en trombe parce que ce regard-là, éteint dans ces orbites saillantes, c'était trop.

Les battements de son cœur s'étaient accélérés alors elle contempla la vieille chèvrerie. Cette vision avait toujours su l'apaiser. Orientée au soleil levant, c'était une solide construction en bois pourvue d'une large fenêtre située au sud et d'une porte à deux vantaux superposés. Le cadre supérieur, muni de barreaux car les chèvres ont l'âme vagabonde, surtout à l'approche de la Toussaint, était suffisamment haut pour que les reins fragiles des bêtes ne souffrent jamais de l'air frais de la mauvaise saison. Le ventail inférieur qui connaissait une agitation constante, mais calme et régulière dès la nuit tombée, était entrouvert. Aucun box ne séparait les chèvres les unes des autres. Henri s'y était toujours opposé. Il se moquait bien que ce soit soi-disant plus facile pour la traite et le reste. Lui, ce qu'il aimait, c'était entrer, embrasser l'espace entier d'un seul regard et voir que tout allait bien pour ses bêtes.

Barbara frissonna malgré la température douce pour un mois de mars. Il fallait qu'elle enterre les chevreaux avant le retour des deux Vieux qui étaient encore en train de se livrer à leurs fumeuses fumigations à l'autre bout du pré. Avant le coucher du soleil aussi. Le médecin l'avait dit et répété. Le moins de stress possible pour Henri. Ces derniers temps, son hypertension s'était encore aggravée et avec le taux de LDL qu'il avait, il fallait être prudent. Elle renifla. Pauvre homme, sans femme. Elle espérait avoir le temps de tout terminer avant son retour. Si elle pouvait au moins lui épargner cette vilaine besogne. Ses pieds et sa hanche la faisaient souffrir. Elle hésita à s'arrêter quelques secondes mais des mots lui revinrent en mémoire. Douze ans, chez son oncle et sa tante. Les moissons battaient leur plein et ils étaient tous debout depuis l'aube dans les champs de blé. Elle avait demandé à faire une pause, elle était fatiguée. « Fatiguée qu'est-ce que c'est ? On se reposera quand on sera mort. » Elle achevait juste de tout nettoyer et de remettre de la paille propre qu'un aboiement la tira de ses pensées. Déjà 5 heures. Il lui fallait rentrer chez elle. Plus de temps à perdre.

Au chaud, devant sa tasse de verveine, elle repensa à ce qu'elle avait entendu cet après-midi. Encore ces histoires de sorcellerie. Elle n'en revenait pas. Des philtres d'amour, elle leur en collerait. Pour faire venir l'amour, la nature ne pouvait rien. Et ces grands gaillards de plus de cent kilos qui philosophaient là-dessus. Franchement, ça la dépassait. Elle sourit malgré tout l'espace d'un éclair mais la fatigue reprit vite le dessus. Elle s'était réveillée avant l'aube, en sursaut, terrorisée, les cheveux collés par la sueur, les deux mains plaquées sur la bouche. *Marianne*. Avait-elle hurlé son prénom ? Elle avait guetté une réaction de Ferdinand, dans la pièce d'à côté. Rien. Elle n'avait pas dû hurler pour de vrai.

La lumière ne l'avait pas apaisée.

Ce meurtre dans le village avait crevassé son écorce de rudesse et ravivé ses craintes. Une vie à se forger une carapace protectrice contre les atteintes du monde qu'une nuit de barbarie avait fait voler en éclats, et maintenant, à croire qu'elle devenait folle.

33

« Les folies mises côte à côte ça s'ajoute toujours, et depuis la mort de René il y avait plus rien pour les enrayer. »

Batthe affichait à l'écran un large sourire de satisfaction, d'autant que la présence de Marsac dans cette enquête (et donc, qu'on le veuille ou non, de la Crim) était passée inaperçue. Autour de la table, les deux Vieux, Barbara, Marsac, Elsa et Manon détournèrent leurs regards. Le Maître baissa rageusement le son de la télé.

— On l'avait bien dit qu'c'était un coup des Dalton, cracha Henri. Si c'est pas malheureux, ça, de tuer sa pauvre mère.

— Les saligauds, dit le Maître devenu livide.

— Ils manquent de cuisson depuis leur naissance, je te l'avais dit dès le début, reprit Henri.

Mais Marsac secouait la tête. Des hommes ivres comme ils l'étaient n'auraient jamais pu trancher la gorge de Marianne d'un coup si net. Sans bavure. Il en avait touché un mot à la légiste, tout à l'heure, au téléphone. Ça ne collait pas. L'incendie, oui. Les coups *ante mortem*, oui. Mais pas le meurtre.

— Je ne comprends pas. Il y a quelque chose qui cloche.

— Toi aussi tu réfléchis trop, p'tit, reprocha Henri. Les fistons étaient bourrés. Comme d'habitude. Tu as entendu ce qu'il a dit à la télé. *Delirium tremens*.

— Jusqu'au meurtre ?

— Ben quoi, continua Henri, quand on délire y a plus de limites. On dirait que t'as jamais vu ça dans ta carrière. L'histoire d'un fêlé de naissance. Que personne veut voir et qui veut voir personne. Qui vit comme un rat. Qui picole sec. Et qui en vient à tuer. Sauf que là ils étaient deux. C'qui a pas dû calmer les choses. Les folies mises côte à côte ça s'ajoute toujours, et depuis la mort de René y avait plus rien pour les enrayer.

Marsac doutait toujours. Il devait voir les fils de Marianne. Il devait savoir pourquoi c'était à lui qu'ils avaient envoyé le *U cornicciolu*. Il fallait qu'il comprenne pourquoi ils avaient subitement cessé d'avoir envie de jouer au chat et à la souris. À son goût, la partie s'était jouée trop vite. Il regarda Elsa et Manon qui se taisaient, la première guettant une réaction de la seconde et celle-ci n'en manifestant aucune – avait-elle seulement vu et entendu ? –, et rongea son frein jusqu'au dessert. La dernière bouchée avalée il se leva.

Les éclairs se succédaient à une cadence infernale. C'est fichu, se dit-il. C'est fichu. SO-LÈ-NE. Et rien d'autre que l'écho des vagues pour lui répondre et le fracasser.

— Il faut que j'y aille, excusez-moi.

Le vent violent le happait. Il s'accrocha à son grand frère et le secoua de toutes ses forces d'enfant.

34

> « Si tu crois que je vais jeter les cendres de la Vieille dans l'eau des marécages, tu te fous le doigt dans l'œil… »

Comme Marsac l'avait espéré, les caméras de télévision avaient enfin déserté le commissariat. Il longea le couloir et entra sans frapper dans le bureau de Batthe. Le sourire radieux du flic assis derrière son bureau décupla son irritation.

— Salut. Alors ça y est, il paraît que les frères Touret ont avoué ?

— Exact, dit Batthe en se levant. Viens, je t'emmène, on va fêter ça.

— Attends attends. Rien ne te choque ?

— Comment ça ?

— Tu ne trouves pas que tout va trop vite ?

— Non. Ils ont craché le morceau. Ils étaient ivres. Plus de cinq grammes dans le sang ! Chacun ! D'ailleurs je me demande comment ils ont échappé au coma éthylique.

— Alors le mobile c'est ça, ils étaient bourrés ?

— Ouais. Un classique.

— Je peux les voir ?

Batthe saisit sa veste et l'enfila.

— Ils ont avoué. Le préfet est satisfait, Dottori qui vient de m'appeler l'est tout autant. Tout baigne ! L'enquête est bouclée. Alors, qu'est-ce que tu veux de plus ?

— Les voir.

— Ça va être difficile.

— Pas longtemps.

— Même.

— Cinq minutes.

— Je ne comprends pas pourquoi.

— Ne cherche pas.

— Franchement, ça m'ennuie de déroger au code de procédure. Vraiment. Officiellement tu sais que tu n'as rien à faire ici.

Déroger au code de procédure ? Batthe se foutait de sa gueule ou quoi ?!

— Personne n'en saura rien. Et puis, arrête, hein. Je t'ai connu plus souple.

— Tu m'emmerdes… Cinq minutes, capitula Batthe en regardant ostensiblement sa montre.

— Merci.

Des fauves en cage. Marc et Mathieu Touret tournaient en rond dans la salle de garde à vue en attendant leur transfert et jetaient aux alentours des regards haineux. Les deux gardiens de la paix affectés à leur surveillance plaisantaient, essayant tant bien que mal de faire passer le temps. Lorsque Marsac se présenta devant eux, ils arborèrent la même moue fatiguée. « Si vous avez un problème, sonnez là, lui dit le plus petit des deux avant de lui ouvrir la porte. De toute façon, on reste devant. » Marsac fit signe que ça irait.

Lorsqu'il entra, les deux frères le fixèrent d'un air mauvais et les deux policiers surveillèrent la scène avec lassitude en espérant que le Parisien ne joue pas au héros. S'il prenait l'idée à ces deux fêlés de lui sauter à la gorge, ils n'auraient aucune envie de pénétrer à leur tour dans l'*aquarium* pour l'en extirper. Sauf s'ils obtenaient la permission de participer à la correction dont ils avaient vu briller l'envie dans les yeux fatigués du flic du 36.

— Salut les gars.

L'atmosphère viciée lui serra la gorge. Les deux frères portaient les mêmes vêtements que ceux de la fameuse nuit. C'est vrai qu'ils étaient cradingues.

— Qu'est-ce que tu fous là, Marsac ? On a déjà tout dit à Batthe. Ton pote. Casse-toi.

C'était Marc qui parlait, l'œil noir.

— Oui, je sais.

— Alors qu'est-ce que tu nous veux ? reprit-il.

— Pourquoi est-ce que vous m'avez envoyé votre couteau, celui qui a servi à trancher la gorge de votre mère ? Je n'arrive pas à comprendre.

Les deux s'arrêtèrent de tourner en rond et se regardèrent sans bien saisir. Ça devenait fatigant toutes ces questions les unes à la suite des autres. Ça commençait à bien faire. Batthe leur avait promis une paix qui ne venait pas. Marc se remit à gigoter et Mathieu s'assit pour se nettoyer les ongles avec un cure-dents rescapé de la fouille qui traînait dans une poche de son treillis sans âge.

— Pourquoi ? réitéra Marsac.

— On l'a déjà dit. Demande au Boche et fous-nous la paix. En plus t'as rien à faire ici.

— J'aurais pu vous aider.

— À quoi ? reprit Mathieu.

— Un meurtre et un incendie criminel. Ça va peser lourd. Je connais des gens. J'aurais pu leur parler.

— C'est du chantage ça, non ? demanda Marc.

— C'est de l'information, juste de l'information.

— Et pourquoi que tu ferais ça ?

— Je ne sais pas, Marc. Pour votre mère sans doute. Que j'aimais. Pour que le vrai coupable paye.

Marc jeta un regard à son frère qu'il sentait ébranlé.

— Les coupables, c'est nous ! Fous-nous la paix et fous aussi la paix à la mère.

— Vous ne l'avez pas tuée. Le bar, oui, je vous en crois capables. Mais avoir égorgé votre propre mère, même si vous êtes devenus deux vraies ordures, non. Et je vous explique pourquoi. Pour battre votre mère comme vous le faisiez, il faut non seulement être des ordures mais aussi des lâches. Et les lâches ne tuent pas, ou peu. Ils cachent leur manque de couilles dans leur trou à rats. C'est tout. Ou bien ils se perdent dans une bande. Mais vous, vous n'en avez pas, de bande, je me trompe ? À part ce ramassis de vermines qui vous tient lieu de potes pas loin d'ici… Enfin, « potes » de votre point de vue à vous, parce que eux ne vous aiment pas beaucoup.

Mathieu et Marc enchaînaient les regards assassins. Ça commençait à bien faire leurs conneries de flics.

— La mère n'était pas une sainte non plus et faut croire que la pomme tombe jamais loin du pommier, lança Marc.

Marsac s'approcha tout près d'eux, et saisit brusquement Marc par le col pour l'amener contre lui.

— Ta mère était une femme bien. Ne renverse rien. L'ordure, c'est toi. C'est vous.

Il secoua la tête, hésitant à frapper cette pourriture. Puis il le lâcha, et Marc s'effondra sur son banc en béton à côté de son frère. Mathieu n'avait pas bougé. Les flics, dehors, étaient maintenant prêts à intervenir, serait-ce de façon non réglementaire. Ils n'avaient toujours pas digéré les coups que ces deux assassins avaient fait pleuvoir, la nuit de lundi à mardi. Ils avaient été en première ligne, à l'étage, et avaient cru que leurs derniers instants étaient arrivés, guettant l'apparition de ce long tunnel d'où l'on ne revient jamais. Tout ça parce que ces deux tarés étaient libres alors qu'ils auraient dû croupir en taule depuis un bon bout de temps si la Justice ne les remettait pas dehors à chaque fois que les flics s'acharnaient à vouloir les mettre dedans. Laxisme d'un côté, incompréhension de l'autre. La situation n'était pas nouvelle mais chaque incident entre la place Vendôme et Beauvau creusait le nid de leur syndrome d'épuisement.

— Connard, balança Marc en le fixant dans les yeux et en levant son majeur.

Marsac se rapprocha en un quart de seconde et le releva de son banc. Coup de boule. Longtemps qu'il en avait besoin. Marc hésita à riposter, tâtant son front endolori, mais le flic lui lança un regard radical. Les deux brigadiers avaient ouvert la porte.

— Oh !

— Tu bouges encore un doigt, prévint Marsac, et tu es mort. Fais-moi plaisir, Marc. Bouge un doigt. Une phalange. Tu prononces encore un mot malvenu sur ta mère, et tu es mort. Fais-moi plaisir, Marc. Je n'attends que ça. Ce qui me retient, c'est le souvenir du sourire de Marianne. Mais…

Marc se rassit, les yeux ivres de colère, les muscles bandés.

— Elle devait avoir bouffé une saloperie qui lui aura collé quelque chose dans le cerveau. Elle débloquait grave, dit Mathieu. M'fais pas croire que t'es pas au courant, Marsac !

— Au courant de quoi, Mathieu ? dit-il en se penchant vers lui.

— Elle a laissé une lettre où elle dit qu'elle veut qu'on l'incinère. Je l'ai trouvée dans ma poche quand les flics m'ont tiré du lit et qu'ils me les ont fait vider ! Tu te rends pas compte ! C'est pas chrétien, ça !

— Qu'as-tu fait de cette lettre ?

— J'l'ai déchirée ! C'était pas chrétien !

Et merde, se dit Marsac. Ces deux brutes ne s'étaient même pas rendu compte que cette lettre aurait peut-être pu prouver leur innocence.

— Qu'est-ce que tu t'abîmes le caberlot, si elle préfère se faire bouffer par les carpes plutôt que par les vers, c'est son affaire à la mère. Chrétien ou pas, trancha Marc.

— Ta gueule. Si tu crois que je vais jeter les cendres de la Vieille dans l'eau des marécages, tu te fous le doigt dans l'œil jusqu'au coude. Elle ira rejoindre le père dans la tombe, et c'est tout. Et toi, laisse tomber, reprit Mathieu en direction de Marsac.

— Comme vous voulez, mais au moins j'aurai essayé. C'est dommage, non, de payer pour le crime d'un autre ?

Il fit mine de vouloir sortir et de se raviser.

— Ah, j'oubliais. Justice pour tous.

Il donna un autre coup de tête à Mathieu – longtemps qu'il se retenait pour lui aussi – et sortit de la cellule sous les regards furieux des deux frères, laissant derrière lui deux hommes qui s'agitaient et parlaient à voix basse. Les brigadiers lui précisèrent au passage qu'ils n'avaient rien vu rien entendu. Batthe l'attendait au bout du couloir.

— Alors ?

Il s'agissait de le rassurer. Marsac lui donna ce que Batthe attendait.

— Alors rien. Leur pensée est un système clos. Rien n'y entre, rien n'en sort.

Il tut la certitude du suicide. De toute façon, c'était aussi celle du juge.

— Je t'avais dit. Qu'est-ce que tu vas faire maintenant ? Profiter un peu ?

— Profiter, oui, tu as raison. Maintenant je vais profiter un peu.

— On se voit demain ?

— OK.

— Tu repars quand ?

— Samedi.

Marsac roula longtemps en silence à travers les bocages et les étangs puis il stoppa un instant, coupant le moteur, ouvrant sa fenêtre. Si Marc et Mathieu disaient vrai, et il le pensait, Marianne s'était bien suicidée et quelqu'un d'autre avait décidé de l'achever. La fraîcheur de l'air ne parvint pas à l'extirper de sa douleur. Il redémarra et fit demi-tour, sans un regard pour cette vaste étendue sauvage, calme et plate, qui se fondait dans la nuit et qui savait pourtant habituellement l'apaiser. Il avait un point à éclaircir.

Le Maître sortit de son antre au premier bruit de moteur.

— Qu'est-ce qui t'amène, p'tit, que ça puisse pas attendre demain ?

Il le fit entrer et sortit deux verres et une nouvelle bouteille d'un tiroir. Marsac nota le regard inhabituellement fatigué du Vieux.

— Tu travaillais encore ?

— Assieds-toi. J'arrivais pas à dormir. Alors ?

— Les aveux de Marc et Mathieu, je n'arrive pas à y croire.

— C'est ces deux fondus qui te chagrinent, p'tit ? Faut pas. Ils vont croupir en taule un bon bout de temps. Heureusement que leur mère n'est plus de ce monde pour voir ça. La pauvre vieille.

— Tu y crois, toi ?

— À quoi ? À leur culpabilité ? Ils ont avoué non ? Alors je vois pas où est le problème.

— C'est venu vite.

— Il y a des choses comme ça. Qui viennent vite. Et puis il y en a d'autres qui viennent moins vite.

Rictus éteints de part et d'autre.

— Dis-moi, tu la connaissais bien ?

— Pourquoi tu m'demandes ça ?

— Comme ça.

— Chez toi les « comme ça » n'existent pas, p'tit.

— Réponds-moi.

— Un peu, comme tout le monde. Tu sais bien. Depuis le temps…

Son regard s'assombrit. Il se leva de son fauteuil pour fermer totalement la porte. Il les resservit puis enchaîna en tripotant une pile de lettres posée sur son bureau encombré d'un invraisemblable bric-à-brac. Marsac gardait le silence. C'était peut-être le moment de soulager sa conscience.

— Je vais pas te raconter des mentes plus longtemps, à toi, p'tit. Marianne et moi on se connaissait un peu plus qu'un *peu*. Mais ça reste entre nous. Tu es capable de garder un secret, hein ? Barbara, jalouse comme elle est, elle n'en a jamais rien su, tu parles.

Marsac acquiesça d'un signe de tête, surpris de constater qu'une fois encore il avait suffi de demander. Parfois, les gens n'attendent que cela. Que vous demandiez afin qu'ils se libèrent d'un poids devenu trop lourd pour eux seuls. Mais il n'était pas sûr d'aimer ce qu'il allait entendre. Le Vieux poursuivit.

— Marianne et moi on se voyait de temps en temps. On échangeait nos avis. On se donnait des conseils, tout ça. Entre gens du même monde. Mais en douce, comme des gosses.

Il se servit de nouveau. Servit Marsac. Le dévisagea longuement. Il lui sembla tout à coup que le p'tit pouvait peut-être comprendre ce qu'avait réellement été sa vie depuis que Marianne Touret était entrée dans la sienne, presque par effraction, hein p'tit, un matin de juillet. Marsac passa en mode alerte. Avec brûlure intense au niveau de la cage thoracique. Le Maître était visiblement nerveux. Il se tut et le silence s'installa. Marsac laissa faire, ayant compris, avec le temps, que dans le silence des flics et des gens, même sans divan, naissent parfois des pépites. *Orpailleur*.

— Je venais d'épouser Barbara. Pas trop eu le choix, elle était enceinte. Mais je n'étais pas mécontent, attention, c'est qu'elle était plutôt bien carrossée. Je n'étais pas amoureux mais ce n'était pas bien grave. Elle, elle l'a toujours été pour deux. Et puis je m'arrangeais, si tu comprends ce que je veux dire… J'étais con, j'étais jeune, j'avais quoi, aux alentours de dix-neuf ans. Tiens, vas-y, bois un coup, p'tit. Je disais donc que je n'étais pas amoureux fou mais que ça roulait quand même. Jusqu'au jour où Marianne vient frapper à ma porte, un matin d'été, avec un de ses gosses dans les bras. C'était Mathieu. Deux mois. Il avait tellement de fièvre qu'il se contorsionnait dans tous les sens. On aurait dit une anguille dans un filet de pêche. René était parti pour la journée, elle ne connaissait encore rien aux plantes médicinales, elle n'avait pas de voiture, bref, elle a atterri chez moi, comme tout le monde. Alors j'ai fait ce qu'il fallait et la fièvre est tombée comme elle était venue, dans le quart d'heure. Et ma chienne de vie a changé à jamais…

Il s'interrompit pour fixer Marsac droit dans les yeux. Si les siens étaient épuisés, ceux du p'tit aussi. Depuis son arrivée, ils avaient viré du vert d'eau au vert lichen. Un vert de stress. La couleur de ses yeux avait toujours reflété celle de son âme. Peut-être pour compenser les mots qu'il ne disait jamais. Allez savoir. Il fallait bien que *ça* sorte d'une manière ou d'une autre.

— … Je venais de tomber en amour. Elle avait de longs cheveux noirs fins et brillants comme de la soie, des yeux pareils. Et elle riait tout le temps. Comment tu veux que je croie en Dieu après ça, hein ? Pouvait pas me faire rencontrer Marianne avant ? Ma vie était fichue.

— Qu'est-ce que tu racontes ! Tu pouvais divorcer. Tu n'étais pas obligé de rester avec Barbara.

— Elle n'a jamais voulu, p'tit.

— Qui ?

— Marianne. J't'ai dit que Barbara n'a jamais rien su. Divorcer, que tu dis. Dans le temps, ça ne se faisait pas trop ces choses-là. Et puis elle m'opposait que ses gosses, qu'est-ce qu'ils deviendraient ses gosses ? Des fils de divorcés. Marianne, elle avait des principes. Des principes à la con. Elle ne voulait pas de ça pour ses mômes. Ni pour son René, d'ailleurs. Elle était parfois étrange. Elle voulait tout… Son pingouin de mec, moi, Dieu, les plantes, et le bonheur de tout son petit monde. Libre, qu'elle disait. « J'voudrais être libre. » C'était ça, son leitmotiv.

Libre ? Marsac se demanda si le Maître était au courant, pour Marianne. Ses origines juives, les camps, sa conversion au catholicisme. Ferdinand sourit encore, brièvement, le cœur serré, et il secoua la tête comme s'il lisait dans les pensées du p'tit.

— Dieu. Il aura été notre plus grand sujet d'affrontement. Elle n'a jamais voulu en démordre.

— Et elle a voulu être incinérée. Ses fils me l'ont dit, tout à l'heure.

— Ouais.

— C'est étrange.

— Pour vous, oui, mais pas pour nous. C'est pour qu'on se rejoigne dans la mort qu'elle a voulu ça. On aura au moins toute notre mort ensemble, qu'elle disait. Parce que moi aussi je vais me faire brûler. Je le lui ai promis. Et mes cendres rejoindront les siennes. Pour l'éternité. Et tu sais qu'elle devait quand même m'aimer, Marianne, même si elle a jamais pu se résoudre à quitter René, pour renoncer à des funérailles avec tout le bordel bien catholique qui va avec. Ça a dû lui coûter que tu peux pas imaginer.

Il regarda de nouveau Marsac et leva le menton. Comme un défi silencieux. Ses yeux bleus, éteints tout à l'heure, s'allumaient d'une lueur inconnue, puis s'éteignaient. Se rallumaient. Flux et reflux. L'amour remontait par vagues. Une larme roula sur sa joue. C'était la première fois que Marsac voyait pleurer Ferdinand. Le divisionnaire avait raison, il connaissait le grand Jacques, et une autre chanson de Brel, là, l'envahit en même temps que son impuissance. Putain oui. Voir un ami pleurer dépassait tout. Métier de chien où les naufragés en face de vous vous ont, enfant, bercé dans leurs bras.

— Tu aimes toujours marcher pieds nus, hein, p'tit ? Eh ben tu pourras, quand tu viendras nous voir. Étang de Bellebouche. Retiens bien ce nom. Cent vingt hectares pour nous deux… Au bord, que du sable fin sur neuf cents mètres. Tu pourras quitter peinard tes chaussures. Bellebouche, on pouvait pas rêver mieux comme nom, hein ? Pour des amoureux.

Marsac vida son verre d'un trait. L'innocence des deux fils de Marianne ne lui apparaissait plus si évidente. Imaginons seulement, se dit-il, qu'ils aient découvert le pot aux roses. De quoi auraient-ils été capables ? S'attaquer au Maître peut-être pas, il leur faisait trop peur. Mais à leur mère ? Batthe avait peut-être raison, même s'il se méprenait sur le mobile. En tout cas, c'était le bouquet et la donne venait de changer.

— Tu ne diras rien, p'tit, à personne.

— Non… T'inquiète pas. Tu crois que ses fils savaient ?

— Personne n'a jamais rien su. C'est qu'on en prenait, des précautions.

— Alors qui, bon sang ? Qui pouvait lui en vouloir à ce point ?

— Mais tout le monde ! N'importe qui ! Elle leur fichait une peur bleue, va comprendre. Et moi qui étais forcé de garder ma grande gueule bien fermée. Ah, je te jure que rien n'a été facile. Parce qu'il y en a plus d'un que j'aurais aimé débestiller, crois-moi.

— Je te crois sans peine. Dis-moi, tu dis « n'importe qui », mais est-ce que ça pourrait être quelqu'un en particulier ?

— J'en sais rien, si c'est pas ses débiles de fils, j'en sais rien du tout… Tu sais, j'ai mis du temps à comprendre qu'ils la battaient depuis la mort de René… J'ignorais qu'on pouvait battre sa propre mère. L'idée ne m'avait jamais effleuré l'esprit et elle, lorsque j'ai commencé à avoir des doutes, elle n'a jamais rien voulu m'avouer. Une fois, soi-disant qu'elle était tombée dans l'escalier. Une autre fois, elle s'était pris le placard… J'ai fini par ouvrir les yeux et je leur ai collé deux ou trois dérouillées. Mais j'pouvais pas faire plus que ça… elle refusait que je m'en mêle. Une vraie tête de mule, et une tigresse avec ses mômes. Sauf que je les ai quand même coincés le mois dernier, en toute intimité. Je leur ai dit que s'ils touchaient encore un cheveu de leur mère je m'arrangerais personnellement pour leur faire vivre l'enfer sur terre jusqu'à la fin de leurs jours… J'ai aussi chopé les gosses du village dès que j'ai su…

Il secoua la tête, pinça les lèvres, et finit son verre avant de reprendre.

— Dur d'avoir une grande gueule et de pas pouvoir l'ouvrir comme on veut, hein.

La main libre du Maître, celle qui ne s'agrippait pas à son verre, tremblait sur la table. Marsac posa les siennes dessus.

— Écoute-moi. Marc et Mathieu en assassins de Marianne, je n'y crois pas. Aide-moi. Qui ?

— Je sais pas. Va voir Manon. Marianne lui confiait pas mal de choses. Pas sur nous, hein. Mais sinon elles s'aimaient bien toutes les deux. Elle sait peut-être quelque chose, la p'tite.

— J'irai… J'y suis déjà allé, tu sais… Je ne sais pas quoi te dire.

— Alors tais-toi, et surtout ne me trahis pas. Un secret à trois ça devient le bordel.

Soupir. Puis d'autres, en rafale.

— Je sais pas pourquoi elle a fini par attiser tant de haine et être à l'origine de ce… de ce délire collectif. Y avait pourtant pas plus doux qu'elle.

Les yeux du Vieux s'ombrèrent d'un voile blanchâtre qui ne devait rien à un début de cataracte mais tout à la rage, à l'impuissance et au désespoir.

— Trouve le salaud qui a fait ça. Promets-le-moi. J'ai cherché, je cherche toujours mais… rien, et je vais devenir fou.

— Je te le promets.

Puis il releva son regard vers le Maître.

— Autre chose que je devrais savoir ?

— … Non… On l'a bien cachée, notre histoire. Personne n'en a jamais rien su. À part toi aujourd'hui parce que tu es un peu comme mon fils et que je suis un peu comme ton père, pas vrai ?

Marsac confirma d'un regard. Son père. Son père, le vrai, lui avait aussi caché une vérité essentielle, pendant longtemps. Avant de rencontrer sa femme et d'avoir trois enfants avec elle, il était prêtre. Il avait tout lâché par amour pour cette femme. Marie. Lorsqu'il fut mort et que Solène le fut aussi, Marie dit : « Dieu m'a repris au centuple ce que je lui ai pris. » Cette phrase resterait fichée en lui à jamais. Tout comme le mensonge par omission de son père.

— Et toi, reprit le Maître. Quand est-ce que tu vas sortir de ce marasme qui te rend dingue ?

— De quoi tu me parles, Ferdinand ?

Mensonges. Cinéma.

— Solène. C'est pas ta faute. Elle tenait jamais en place et elle écoutait personne, même pas moi ! Cette nuit-là, ce qui s'est passé, c'était pas ta faute. Tu te souviens qu'un jour elle a donné à boire à la télé, soi-disant que le gars dedans il avait soif !

Marsac sourit. Sa vue se brouilla. Le Maître enchaîna.

— Et ce matin où on était à la pêche… elle a sauté de la barque au milieu de l'étang pour attraper les carpes à mains nues, « comme Robinson Crusoé ! » qu'elle braillait. Elle avait quoi, trois ans au plus. Mille fois elle aurait pu mourir avant ce jour-là sur cette plage. Mille fois. T'y es pour rien. Rien du tout. Mais elle est plus là, et toi t'as arrêté de vivre.

Arrêté de vivre ? Peut-être pas. Mais obnubilé par la disparition de Solène, oui. Comment pourrait-il en aller autrement ? Parfois, Marsac rêvait que les chercheurs de Washington avaient enfin terminé de mettre au point leur logiciel de vieillissement. Tant que ce programme sûr à 100 % n'existerait pas, il se refusait à en utiliser un autre qui affichait pourtant les mêmes prétentions. Il en existait, au sein de la police. Mais leurs résultats étaient trop incertains et il ne se sentait pas le courage de chercher une femme qui, finalement, se révélerait ne pas être sa sœur. Il demeurait donc dans le doute. Sans corps retrouvé, il n'était pas certain qu'elle soit morte. Peut-être ne l'était-elle pas…

— C'est pas la peine d'aller voir un psy. J'y crois pas, moi, en leurs thérapies. Rien n'égale la parole avec un vieil ami. C'est comme ça, moi, que je soigne les SSPT. SSPT. Syndrome de stress posttraumatique. L'acronyme pour dire ton malheur.

— Tu sais quoi, Ferdinand ? Tu m'emmerdes.

Marsac se leva, sortit du petit cabinet et remonta dans sa voiture, le cœur en vrac. Ferdinand courut après lui et lui fit signe de baisser sa fenêtre. « Après tout ça, reviens me voir. Tu verras. Je vais te soigner, moi. Mais toi, de ton côté, faudra que tu fasses la moitié du chemin. » Comme Marsac haussait les sourcils en signe d'incompréhension, le Maître expliqua. « Faudra que tu apprennes à te pardonner. » Marsac fit oui de la tête et le regarda s'éloigner. La dernière lumière de la maison s'éteignit. Il mit du temps à démarrer. Il ne voulait pas faire de bruit, il ne voulait pas réveiller Barbara. Il alluma une cigarette. Il comprenait peut-être enfin le sens du suicide de Marianne. Elle n'en pouvait plus. Il commençait à y voir plus clair. Marianne. Elle lui avait confié son histoire en omettant toutefois tout un pan de sa vie. *Tout le monde ment*, pensa-t-il. Et Barbara. Si elle avait su, nul doute qu'elle en aurait eu le cœur fendu. Son Ferdinand, c'était toute sa vie.

Il finit par repartir, sans conviction, et s'arrêta quelques kilomètres plus loin, à la lisière du village. Le lendemain, il irait parler à Manon, bien sûr. Mais il comptait également avoir une petite entrevue avec ce journaliste du *Berry républicain* qui avait été prévenu avant tout le monde de la mort de Marianne. Patrick Ghislain allait devoir fournir un effort de mémoire. Cette voix anonyme qu'il était le seul à avoir entendue ne pouvait plus le rester.

La vérité devait surgir.

Comme souvent, elle viendrait d'un endroit insoupçonné.

VENDREDI

« Je sais : personne ne se connaît.
Cela convient à tout le monde. Pourtant, il y a,
– il reste quelque chose à dire. »

Philippe Léotard,
Clinique de la raison close.

35

> « Qui d'autre que lui a autant cherché un sens à l'histoire sans but de l'humanité ? À part vous, peut-être ? »

Patrick Ghislain, quarante-six ans, était un drôle de type. De taille et de corpulence moyennes, les cheveux châtains, courts et bouclés, il aurait pu avoir une gueule d'ange si la vie ne s'était pas chargée de tant le marquer. L'homme aimait les excès et ne s'en cachait pas. Professeur de latin, il avait réussi à se faire remercier par l'Éducation nationale. Un exploit. Depuis, il était pigiste au *Berry républicain*. À son arrivée, il avait réclamé la rubrique culture, on lui avait confié celle des faits divers et des affaires criminelles. Et il avait fini par y prendre goût.

Lorsque Marsac frappa à une porte imaginaire de l'*open space*, Ghislain planchait sur une affaire de collégien qui en avait durement molesté un autre dans l'enceinte d'un établissement privé. Lassé d'être le souffre-douleur, le gamin était arrivé au collège avec le couteau de son chasseur de père. Une lame de quatorze centimètres en acier carbone – beaucoup plus tranchant que l'acier inoxydable – sur un manche en plaquette micarta noir gravé au nom du père. L'étui en Nylon abritant l'engin avait été abandonné à la maison. Plus de peur que de mal, mais l'établissement était sous le choc.

— Bonjour, Amaury Marsac, commissaire. Je vous ai téléphoné tout à l'heure. Je voudrais vous poser quelques questions au sujet du coup de fil anonyme dans l'affaire Touret.

— Tiens donc, je me demandais quand ces questions viendraient. Parce que je trouve que le sujet a été, comment dire, bâclé.

Il sourit et Marsac se dit que ce journaliste était le genre d'homme à plaire aux sentimentales, réveillant leur désir de soigner ces mecs blessés qu'elles, elles sauraient enfin sauver.

— Tant mieux si je tombe à pic. Vous connaissez Marc et Mathieu Touret ?

— Qui aurait pu y échapper par ici ? répondit-il de sa voix rauque, une voix à éructer du Homère ou du Ferré et à attirer les femmes dans ses filets si ses yeux avaient failli à la tâche. Mais asseyez-vous, si vous trouvez un peu d'espace libre quelque part, ici par exemple, dit-il en libérant une chaise envahie de dossiers.

— Merci. Est-ce que la voix de l'un des deux pourrait correspondre avec celle qui nous préoccupe ?

— Difficile à affirmer. Je pense que le gars avait mis quelque chose devant sa bouche. Un masque, un chiffon, ou quelque chose. Elle était trafiquée, c'était clair.

— D'accord. Ça aurait été trop beau… Autre chose. Vous souvenez-vous de bruits de fond qu'il aurait pu y avoir ?

Ghislain prit le temps d'une courte réflexion.

— Je me suis posé cette même question, après coup. Et non, on n'entendait rien.

— Du tout ?

— Désolé. Rien.

— Et qu'a-t-il dit ? Je veux dire exactement, mot à mot.

— « Marianne Touret vient de mourir. »

— C'est tout ?

— Ça dit quand même l'essentiel, non ?

— Si, bien sûr. Rien d'autre ?

— Non. Ensuite elle a raccroché.

— Elle ?

— La voix.

— Vous êtes sûr ?

— Parfaitement certain. Ça ne vous suffit pas ?

— J'aurais aimé des trucs en plus, un vocabulaire particulier, identifiable. Un mot sur lequel j'aurais pu rebondir.

— Désolé.

— Dommage, cela m'aurait épargné quelques problèmes.

— Des problèmes de quel genre ?

— Du genre d'un flic qui cherche.

— On se demande bien quoi puisque les coupables sont sous les verrous à l'heure qu'il est. Remarquez, c'est son boulot, au flic, de chercher encore et toujours. Même s'il n'est pas d'ici et n'a donc aucune autorité sur cette affaire…

— Je sous-entendais du genre d'un flic qui cherche et qui ne trouve pas.

— C'est peut-être qu'il n'a pas suffisamment cherché. Ou pas dans la bonne direction.

— Je voulais dire d'un flic qui cherche, qui ne trouve pas et qui s'impatiente furieusement.

— Si je peux me permettre, vous devriez faire vos phrases en une seule fois. Ça irait plus vite. Mais bon, chacun se débrouille avec ce qu'il est, dans la vie, n'est-ce pas ? Concernant l'impatience, pour un flic, c'est limite. Comment vous faites ?

— Je m'impatiente.

— Vous aimez l'urgence ?

— Vous aussi, non ?

— Un café vite fait, ça vous tente ?

— Pourquoi pas.

— Serré et sans sucre ?

— Ouep.

Le distributeur était au bout de l'allée et Ghislain n'eut que quelques pas à faire. Marsac le suivit du regard, aller et revenir, presque félin, deux gobelets brûlants à la main.

— Désolé, commissaire, de ne pas vous apporter une aide plus décisive.

— Pas grave. Je ne repars pas bredouille.

Ghislain haussa un sourcil. Il ne voyait pas ce qu'il avait pu livrer de nouveau au flic.

— « Marianne Touret vient de mourir. » Vous aviez raison. Il a dit l'essentiel, avec des mots de tous les jours. Sans fioritures. Le portrait s'affine. Il aime l'essentiel. Se passe des fulgurances.

— Un esprit étroit, voire étriqué, continua le journaliste pris au jeu. Rabougri, renfrogné. Personnellement, j'aurais du mal à faire l'économie du superflu. Mais je suppose que ces tueurs ne réfléchissent pas comme nous. Sinon ils ne passeraient pas à l'acte… Nous sommes avec eux au-delà de la simple névrose de divan. Nous sommes dans la défonce totale !

— Il n'y en avait pas dans l'Éducation nationale ?

— Des fulgurances ?! Vous vous êtes renseigné. Chapeau.

— Même pas. L'information est remontée à moi sans que je ne la demande. Lorsque j'ai mentionné votre nom, on m'a répondu : « Ah oui ! Ghislain. Avant il était prof. Viré ! Un drôle de type ! »Vous devriez rejoindre notre grande maison. Des fulgurances, nous en avons de belles.

Ghislain sourit encore. Ce flic n'était pas banal. Un vieux bouquin de Dostoïevski petit format dépassait de la poche droite de son blouson.

— J'ai les miennes, ne vous en faites pas. Et puis flic, ce n'est pas mon trip. Jouer les héros, je ne sais pas faire.

— Nous n'avons pas besoin de héros. Des héros, il y en a plein les cimetières.

— Des flics aussi. Vous avez besoin de quoi, alors ?

— D'hommes, et de femmes, qui cherchent. Et qui trouvent. De préférence la vérité.

— La vérité avec une majuscule ?

— Non, la vérité toute nue, ce qui n'est pas si simple.

Le journaliste haussa les sourcils.

— Je peux vous demander pourquoi vous avez été viré ?

— La vérité ?

— À votre avis ?

— *Insuffisance professionnelle*, commissaire. Il sourit. C'est vrai. Motif très peu usité dans l'Éducation nationale, mais peut-être l'ont-ils ressorti de leurs placards pour moi ? J'y ai mis du mien, vous savez. Dès nos premiers désaccords, et ils ont été rapides, je les ai poussés dans leurs derniers retranchements ! Une vraie teigne. Je ne pouvais perdre ce bras de fer, serait-ce face à un mammouth ! Et ils se sont lassés avant moi… J'ai eu gain de cause. Mais cela n'a plus aucune importance et c'est tant mieux. Je ne m'y épanouissais plus. Ils portaient sur les gosses une vision que je ne partage pas. Ils tenaient à les faire rentrer, tous, dans des moules, des petites cases bien étiquetées. Non… Mon *essentiel* était ailleurs. Trouvez, vous aussi, votre essentiel. Il vous attend. Quelque part. C'est peut-être votre job de flic. Ou pas. Mais on n'a qu'une vie, et il s'agit de la bouffer. Alors, trouvez avant qu'il ne soit trop tard.

Marsac ne pouvait s'empêcher de sourire. Ce type n'était pas banal.

— Une dernière question alors. La sorcellerie, les jeteurs de sorts, bref, nos traditions millénaires, vous y croyez ?

— Pourquoi ?

— On va dire que c'est moi qui pose les questions.

— J'y crois quand ça m'arrange. Comme pour Dieu. Je pioche, au besoin, à l'envie. Mais je ne vois pas le rapport avec notre histoire.

— Le rapport c'est que je tisse des liens, je relie ce que je trouve disséminé au gré du vent, volontairement ou non. Si la vérité est éclatée, j'œuvre à sa reconstruction. Je l'apprivoise.

— Ça prend du temps ce genre de travail. Pour un impatient.

— C'est pour ça que je vous pose des questions, pour essayer de gagner du temps. Pour ne pas m'éparpiller trop loin.

— Je sens que vous avez une autre question ; posez-la. Gagnez du temps.

— Les philtres d'amour, ça vous inspire ?

— Je vais vous dire quelque chose, commissaire. Les philtres d'amour, c'est pas pour nous. Abandonnez. Il n'y a qu'un esprit éminemment féminin pour adhérer à ces plans-là. Ne l'oubliez jamais. Nous, nous avons beau faire, les nôtres restent, comment dire, beaucoup moins romanesques !

— Je n'oublierai pas et je ne vous remercierai jamais assez. Un second pas me rapproche de la nudité. L'essentiel dans cette affaire, c'est une femme.

— Si vous le dites. Une question pour moi ? Pourquoi parliez-vous de philtre ?

Marsac le regarda et hésita. Un journaliste restait un journaliste, même en mode *off*. Il ne le savait que trop. Mais bon.

— Une colombe sans foie et un lièvre sans testicules, ça vous évoque quelque chose ?

— Non. Ça devrait ?

— Je ne sais pas. Je ne vous ai rien dit. Vous êtes d'ici ?

— En ce moment, oui.

Marsac se leva.

— Au fait, ajouta-t-il, savez-vous si l'appel que vous avez reçu a pu être localisé ?

— Trop bref. Impossible.

— OK. Merci pour tout. À charge de revanche, à Paris ou ailleurs.

— Pas la peine. Je ne fonctionne pas comme ça.

— Vous fonctionnez comment ?

— On en reparlera. Vous reviendrez un jour me parler de Dostoïevski. Il n'y a pas meilleur terrain d'entraînement que lui pour affronter le malheur de l'existence. Nulle part. Un *sparring-partner* d'enfer. Qui d'autre que lui a autant cherché un sens à l'histoire sans but de l'humanité ? À part vous, peut-être ?

36

« Je mourrais pour toi, le sais-tu ? »

Dans la rue, Marsac ressassait les propos du journaliste, essayant d'en extraire une synthèse cohérente. Premier point. La voix appartenait à quelqu'un de direct, qui aimait aller droit au but. Quelqu'un d'ordinaire, de banal, quelqu'un qui passait aisément inaperçu. Ce qui n'était pas le cas des fils de Marianne. Leurs voix étaient reconnaissables entre mille, voilées d'un accent dont on ne se défaisait pas facilement. Bien. Deuxième point. La phrase prononcée, les mots employés. Auraient-ils eu la présence d'esprit, surtout à chaud, de dire « Marianne Touret » pour évoquer leur mère qu'ils n'appelaient jamais autrement que « la Vieille » ? Il en doutait. Troisième point. L'appel était intraçable. Des hommes ivres comme ils l'étaient se seraient perdus dans une logorrhée verbeuse et incompréhensible, pas dans une phrase à cinq mots alignés les uns après les autres en quelque chose de sensé. Et on aurait pu localiser l'appel… Non. Quelque chose clochait. Ils avaient avoué un meurtre qu'ils ne pouvaient pas avoir commis. Le dernier point corroborait cette intuition. Si les bestioles retrouvées charcutées par Coffe avaient bien servi à fabriquer un philtre d'amour, *putain il fallait quand même y croire,* c'était selon toute vraisemblance l'œuvre d'une femme. D'ici.

Laquelle ? Une capable d'attraper un lièvre. Pas un simple lapin de ferme, non. Un *lepus* aux ongles fendus, rodé à vivre en état d'alerte. Puis de lui trancher les testicules. Une à même de courir les animaleries, de dénicher une colombe diamant et de lui ôter le foie. Une acharnée. Les femmes le sont souvent, se dit-il. Jolie. Longs cheveux châtains, quel âge, avait dit Coffe ? Dans les vingt-cinq ans.

Quatre cents femmes au village. Serait-ce l'une d'elles ?

Arrivé à sa voiture, il s'installa au volant, ouvrit sa fenêtre et s'alluma une cigarette. Il songeait tout à coup à quelque chose de si évident qu'il était passé à côté depuis le début. Il fallait qu'il aille voir Manon. Cinq SMS plus tard, ils avaient convenu de se retrouver sur le banc, devant chez elle. Il démarra, étonné qu'elle ne choisisse pas *leur* forêt. Quelque chose ne tournait pas rond chez Manon aujourd'hui. En roulant, il en eut la certitude. Elle terminait toujours ses textos par des émoticônes. Et là, rien. Étrange.

La petite était assise sur le banc, occupée à entortiller une mèche de cheveux autour de son index. Elle ne courut pas vers lui.

— Ça va ? demanda-t-il en s'asseyant près d'elle.

Elle hocha la tête, sans le regarder.

— Je peux te poser une question, Manon ?

Trois minutes plus tard, elle tourna enfin les yeux vers lui. Quelle drôle de question. Elle était capable d'attraper n'importe quel animal, sauvage ou pas, avec des pièges ou ses propres mains. Elle rougit et détesta cette sensation de surchauffe. Elle ne voulait pas lui mentir. Mais elle ne pouvait pas non plus lui avouer la vérité. Pas maintenant. D'un autre côté, le truc magique, il l'avait déjà bu depuis longtemps. Deux fois. Et elle avait aussi craché dans tous ses cafés. Ça n'avait pas encore l'air de faire effet. Mais il lui restait une chance qu'elle n'avait aucune envie de gâcher. Si elle lui avouait la vérité, peut-être refuserait-il de boire quoi que ce soit qui vienne d'elle. Ça l'embêterait beaucoup. La mèche de cheveux entre ses doigts tournait de plus en plus vite.

— Ce n'est pas grave, Manon. Dis-moi juste si c'est toi qui as attrapé le lièvre retrouvé dans la poubelle de Marianne. Et la colombe. Je ne vais pas me fâcher… même si j'aurais préféré le savoir plus tôt parce que ça m'aurait évité de tout mélanger.

— Fous-moi la paix !

Qu'est-ce qu'elle avait aujourd'hui ? Il la tira doucement par la manche de son pull. Elle se laissa faire, incapable de se fâcher longtemps contre lui. Elle l'aimait tellement. Plus que tout au monde. Elle ne quittait pas le ciel des yeux. Ce soir il boirait un peu de son sang pour la dernière fois et ça marcherait. Marianne l'avait promis. Le reste ne valait rien.

— Qu'est-ce qui ne va pas, Manon ?

— Rien, murmura-t-elle. Et oui, c'est moi.

Il lui caressa une joue. Il détestait la voir comme ça.

— OK, Manon. Tu vois, ce n'est pas grave. Je ne me mets pas en colère.

Elle se blottit davantage contre lui et susurra.

— Je mourrais pour toi, le sais-tu ?

Marsac se tut. Une phrase lui traversa l'esprit. *Aimer et sombrer, cela rime depuis une éternité.* Il ne savait plus d'où elle provenait mais il sentit qu'elle lui faisait toucher du doigt une vérité. Il l'embrassa sur le front en lui ébouriffant les cheveux. Habituellement, cela la faisait rire mais pas là. Il lui releva le menton. Elle arborait un air grave. « Qu'est-ce qu'il y a ma poupée ? Dis-moi. » Elle hésita. Christophe lui avait fait jurer de garder ce secret pour elle. Elle n'aimait pas ce secret. Ni Christophe. Mais si cela fâchait Amaury ? S'il pensait, comme le lui avait dit Christophe, que personne ne la croirait, que c'était sa faute, à elle ? Elle se tut.

Elsa, attirée dehors par le bruit de voiture, sortait de la maison. Le visage de Manon était enfoui dans le blouson de Marsac, qui lui caressait tendrement les cheveux. Elle lut très distinctement sur ses lèvres ce qu'il murmura à sa sœur, « Ça va aller mon bébé, ça va aller ».

Elsa se rongea un ongle. Des larmes roulèrent sur ses joues. Le vent.

37

> « Fait-on jamais exprès de tomber amoureux ? On tombe, et puis c'est tout. »

Deux heures plus tard, Marsac rejoignait Coffe au pont du Diable, leur nouveau point de ralliement. Ils y étaient tranquilles.

— Je vais vous faire quelques confidences, lieutenant, et vous les garderez pour vous. Quoi qu'il advienne.

— Pour moi.

— Le mystère du lièvre et de la colombe est élucidé. Vous aviez raison, aucun lien avec Marianne. Ils ont servi à la réalisation d'un *philtre*, qui m'était destiné.

— Manon ?

— ?

— Ça se voit tellement qu'elle vous voue un amour fou. Je pensais que vous aviez compris.

— J'étais loin d'imaginer une chose pareille. Tellement loin. Pour moi, c'est une enfant, ou presque. Vous avez bien vu.

— Suis-je trop indiscret si je vous demande de quoi elle souffre ?

— De troubles émotionnels importants, dus à une anoxie à la naissance. En clair, elle a manqué d'oxygène.

— Mais elle vous aime d'un amour fou.

— Elle ne fait pas exprès.

— Fait-on jamais exprès de tomber amoureux ? On tombe, et puis c'est tout… Autre chose ?

— Oui. Le Maître et Marianne entretenaient une liaison depuis des années.

— Non ?

— Si.

— Comme quoi.

— Eh oui. Comme quoi.

— C'est beau. Mais ça change tout.

Marsac cligna des yeux. Pas envie de comprendre.

— Crime passionnel, commissaire. Vous connaissez ?

— Vous déraillez, Coffe. Vous déraillez totalement. Il l'aimait. Pourquoi l'aurait-il tuée ? Et je vous rappelle que je penche pour une autolyse.

— Mais rien ne nous le prouve pour l'instant. Alors, je ne sais pas, mais on peut imaginer. Par exemple, qu'elle voulait le quitter, reprit-il sans se laisser démonter, et qu'ils se sont disputés.

— Marianne et Ferdinand ? Disputés au couteau ?

— Pourquoi pas.

— Vous oubliez qu'il a un alibi. Sa femme. Cette nuit-là ils étaient ensemble.

— Qu'ils prétendent ! Elle peut très bien couvrir son mari. Ça s'est déjà vu. D'autant qu'elle me semble l'adorer.

— Il l'aimait, je vous dis. Une vraie passion.

— Justement. *Passio*. Souffrance.

— Vous me gonflez avec votre étymologie.

— Alors c'est peut-être elle, reprit Coffe.

— Barbara ? Avec ses quarante kilos ? Vous ne la connaissez pas. Et puis elle ne savait rien. Vous parlez froidement. Ça me glace le sang.

— Désolé. C'est mon boulot. On me dit. Je trie. Je classe. J'analyse. Je conclus. On ne peut plus ignorer certaines hypothèses et sur cette affaire, vous êtes aveuglé.

Marsac haussa les épaules en essayant de joindre de nouveau Raimbauld. Messagerie. Il regarda l'heure. Peut-être était-il déjà parti chercher ses enfants. C'était son week-end de garde aujourd'hui et ces jours-là, le capitaine, qui avait pourtant du mal à décrocher de son job, coupait tout.

38

« Nuit de pleine lune ce soir. Je veux en être. »

Batthe ne décolérait pas. Une seconde enveloppe marron, identique à la première, venait d'atterrir sur son bureau. Comme la précédente, elle avait été déposée cette nuit devant la boutique et était adressée à Marsac. Qui restait introuvable, son portable branché sur messagerie. Coffe avoua que Marsac l'avait congédié quelques heures. « Congédié ? Mais il se prend pour qui, nom de Dieu ?! » À 14 heures, Batthe explosa. Il devait lui parler, avant le retour du patron. Il regarda une énième fois l'enveloppe, hésitant. *Pile j'ouvre.* Face. « Coffe, suivez-moi. » Il prit sa voiture, certain de savoir où le trouver : là où aucun flic n'avait osé mettre les pieds.

Marsac buvait son café avec Barbara. Le Vieux devait déjà être dans son antre.

— Tu réponds jamais aux appels ? On a reçu ça pour toi, dit Batthe en tendant l'enveloppe à Marsac. Ouvre, je suis sûr que ça ne va pas me plaire.

Marsac regarda son ami, l'enveloppe, et suspendit son élan.

— Donne-moi une paire de gants, s'il te plaît. On ne sait jamais.

— Tu crois que je me trimbale avec des gants sur moi ?

— Tiens, dit Barbara. Des gants de chirurgien. J'en ai plein parce que j'en mets pour tout sinon mes vieux doigts se crevassent jusqu'à la moelle.

— Merci. Tu es un ange.

Les gants enfilés, Marsac décacheta l'enveloppe et en sortit un morceau de papier. Une feuille d'écolier format A5 à gros carreaux. *Tu t'es trompé.* Il blêmit.

— Lis ça, Batthe.

Barbara lui tendit une paire de gants qu'il enfila aussitôt et arracha presque le papier des mains de Marsac.

— Qu'est-ce que c'est encore que cette connerie !

Batthe le fusilla du regard.

— Et les Dalton ? Leurs aveux ?

— Je le savais. C'était du pipeau.

— Des clous, tu savais des clous ! Ils ont avoué. L'affaire est classée.

— Il va falloir déclasser.

— Marsac. Qu'est-ce que tu fous ici ? À me faire chier ?

— Je n'étais pas venu pour ça, crois-moi.

— Je ne demande que ça, alors écoute-moi. Les Dalton ont avoué et ce n'est pas étonnant. Ce sont de vrais tarés. Ils ont déjà voulu l'occire mille fois, leur mère.

— Pourquoi ce mot, alors ?

— Mais j'en sais rien ! Parce qu'il y aura toujours des petits cons pour jouer avec la police ou pour me rendre dingue, voire les deux ! Les hypothèses ne manquent pas.

— Oui mais qui ?

— Quelqu'un qui te connaît bien et qui sait que tu vas courir ventre à terre à la lecture d'une merde pareille ! Quelqu'un qui sait que tu vas vouloir comprendre jusqu'à remettre l'évidence en cause ! Je vais expédier ce papelard au labo et crois-moi, si je mets la main sur l'auteur de ce torchon, il va le regretter.

— OK, fut forcé de capituler Marsac. Mais accorde-moi une chose.

Batthe soupira d'agacement.

— Laisse-moi m'occuper du labo.

— Tu n'as pas confiance en *notre* police scientifique ?

— Ce n'est pas la question.

— Si. C'est la mienne. On est quoi ici au juste pour toi ? Des bouseux ?

— Arrête, ce n'est pas la question. J'ai un pote à Paris, si je lui faxe, il ira aussi vite que possible.

— Moi aussi, j'ai un pote, à Nantes. Un vrai pro. Un maniaque. Il ne laissera rien échapper.

— S'il te plaît.

— Tu m'emmerdes. Tu m'emmerdes prodigieusement, Marsac. Tu ne peux pas savoir à quel point.

— Si, je crois.

Leurs regards se croisèrent et chacun lut dans les yeux de l'autre une vérité qu'ils auraient préféré s'épargner. Mais l'heure n'était plus aux effusions. Marsac prit le papier anonyme et le mit dans sa poche. Batthe laissa faire.

— À une condition. Tu me laisses Elsa, ajouta Batthe.

Marsac cligna des yeux. Coffe laissa échapper la tasse qu'il essuyait.

— C'est ça ou tu dégages immédiatement. Alors ce soir, tu trouveras une excuse, plausible, pour refuser l'invitation d'Elsa à dîner. Elle voulait nous réunir avant la fin de tes vacances. Tant pis, n'est-ce pas ? De toute façon, ce n'est pas pour ses talents culinaires que nous l'aimons, Elsa. Et nous on se retrouve demain, dès qu'on a les résultats du labo. Allez, salut. Ah ! Encore une chose. Le patron veut te voir dans son bureau, dès son retour, à 16 heures. Et une dernière. Il ne suffit pas de cligner des yeux pour chasser le passé. Pour ça, il faut avancer.

Et il quitta les lieux dans un silence de mort. Ici, c'était lui le boss. Il avait promis la paix, le gîte et le couvert aux Dalton. Ils les auraient. Marsac n'était plus à prendre en compte. Il venait d'enfoncer un second clou et logiquement, Marsac devrait très rapidement retrouver son bureau parisien.

— Il a bien changé, lui, dit Barbara, passant tendrement la main dans les cheveux de Marsac. Ce n'était peut-être pas la peine qu'il revienne au pays.

— … Comme tu dis… Coffe, vous n'aviez pas parlé d'un pub anglais, quelque part dans la région ?

— Si.

— Ce soir, ça vous tente ?

— Vendu.

Puis ils sortirent, en manque d'air.

— Je me souviens qu'avant on riait ensemble, dit Marsac. Je ne sais même plus comment on faisait… Bon, passons. Faut que j'appelle Mc Kennesy.

Thomas Mc Kennesy était sans conteste l'un des meilleurs graphologues de son carnet d'adresses. Comme il s'y attendait, l'expert commença par inspirer, expirer et tousser. Il rechignait toujours à travailler à partir de fax ou de photocopies car il avait alors « du mal à apprécier la pression sur la feuille de papier et la qualité du trait » et ne garantissait pas ses conclusions à 100 %. Ce qu'il détestait. Déjà que sa science n'était pas une science exacte. Il évitait donc d'ajouter des incertitudes à une liste déjà considérable. La graphologie, pour lui, c'était des règles d'analyse, et une bonne dose de feeling. Quelque chose de l'ordre de l'intime conviction. Conscient des limites de son domaine, Mc Kennesy plaisait. On peut même dire qu'on se l'arrachait. Marsac finit par lui faire accepter d'analyser cette lettre afin de cerner la personnalité du corbeau.

Ils prirent le chemin de la *boutique*. Une heure plus tard, le portable de Marsac sonna. C'était l'expert qui le rappelait.

— J'ai fait de mon mieux avec ce que tu m'as donné. C'est-à-dire que j'aurais préféré les originaux.

— Je sais, Thomas.

— Je sais que tu sais, mais je te le répète quand même. Comme ça, tu sauras que mes résultats sont à manier avec précaution.

— Allez, vas-y Thomas, je n'ai plus le temps.

— OK. Alors voilà. Bilan en trois points. Un, je dirais que le scripteur est triste, voire déprimé. Deux, ses débuts de mots sont fins et arrondis, ce qui signe une certaine gentillesse. Et trois, l'écriture est fermée avec certaines torsions, voir par exemple la hampe de son *T* dans « trompé ».

— Donc ? demanda Marsac imperméable à ce jargon.

— Donc tu as un indice de fatigue ou d'appréhension chez quelqu'un de potentiellement gentil mais déprimé.

— Homme ? Femme ?

— J'attendais la question. Sans doute une femme.

— Pourquoi ?

— Parce que les tendances à la dépression et à la gentillesse sont des points éminemment féminins. Voilà pourquoi. En tout cas, c'est certainement un ancien. Plus personne n'écrit comme ça de nos jours.

— Tu optes donc pour une femme d'un certain âge, Thomas, c'est bien ça ?

— Je *penche*, Amaury.

— OK. Dis-moi, je peux abuser ?

— Vas-y.

— Je te faxe l'enveloppe et le mot que j'ai reçus avant celui-là. Dis-moi si c'est la même main qui a écrit.

— OK. Je te rappelle. Et je suppose que c'est pour hier ?

— Rapidement, oui, s'il te plaît.

— Alors cesse de parler et envoie. Je raccroche.

— Vous avez entendu, lieutenant ?

— Affirmatif.

— Bon, là il va falloir que je file voir Dottori. On se retrouve ici, ce soir ?

Le divisionnaire l'attendait dans son bureau. Presque détendu. Seules ses jambes qui s'agitaient de manière incessante sous son bureau trahissaient un gros stress. Dès l'entrée de Marsac, il rangea précipitamment le livre qui l'absorbait dans un tiroir ouvert de son bureau. Marsac retint un sourire. *Ce que veulent les femmes*. À croire qu'ils en étaient tous au même point. Mort.

— Alors, Marsac ! L'enquête est bouclée ! Vous allez enfin pouvoir profiter de vos vacances, mon vieux ! Vous savez, reprit-il en lui faisant signe de s'asseoir, je n'ai rien contre vous. Vous êtes juste arrivé au mauvais moment au mauvais endroit. Et désolé pour Marianne Touret, je sais que vous l'appréciiez… Un matricide *post mortem*. Je ne vois pas comment qualifier autrement ce que ses fils ont commis… Ils vont en prendre pour leur grade. Les matricides, ça passe toujours très mal.

Marsac préféra se taire. Les *ides* passaient toujours très mal.

— Je considère donc l'enquête bouclée malgré cette autre lettre anonyme reçue ce matin. Foutaise. Et la suite ne nous appartient plus… Vous êtes libre, ce soir, Marsac ? Ma femme passe une dernière nuit à la clinique, vous savez sans doute qu'elle a fait… une énième tentative de suicide – les ragots disent parfois juste –, et on m'en a formellement interdit l'entrée. Il paraît que j'ai besoin de repos, et elle aussi, ajouta-t-il.

— Un pub de la région, ça vous dit ?

— Un pub une nuit de pleine lune ? Vous passez me prendre quand vous partez ? Le fragile édifice des apparences risque de se fissurer. Je veux en être.

Il ignorait à quel point.

39

> «Mais il y avait pris goût, à l'espionnage. Ça occupait ses soirées, ça lui changeait les idées.»

Henri Baranger écartait discrètement ses rideaux de salon, d'une main. Surveiller les allées et venues de ses voisins était devenu une obsession depuis que les villageois avaient pris la décision de cesser leurs rondes de surveillance. Puisque les assassins étaient sous les verrous. Les frères Touret. Ça ne l'étonnait guère, Henri. Ces deux-là avaient la cervelle en dérangement depuis leur naissance. Mais il y avait pris goût, à l'espionnage. Ça occupait ses soirées, ça lui changeait les idées. Il ne se passait rien d'affolant chez ces gens-là. Pour l'instant. Mais ça viendrait peut-être. Et puis Ferdinand venait de moins en moins le voir. Il se refermait sur lui, comme une huître au contact du citron. Amaury était partout et nulle part. Il passait en coup de vent, obnubilé par la Marianne. Dédé parlait de reconstruire son affaire, il lui aurait donné la main, ça l'aurait occupé, mais quand? Les petites espaçaient aussi leurs visites. Pour Manon, il avait l'habitude, mais pas pour Elsa. Il se sentait donc désespérément seul. Ça l'angoissait. Parce que c'était nouveau, ce sentiment de solitude qui sourdait en même temps que celui de vieillesse. Comme il ne se passait rien chez ses voisins de droite, il se tourna vers ceux de gauche et vit Barbara penchée au-dessus de son évier. Elle brossait des champignons. Il s'empara de ses jumelles. Des morilles. Elle s'interrompait fréquemment. Elle levait le bras et essuyait rapidement ses yeux avec le bout de sa manche. Il vérifia le contenu de l'évier. Pas d'oignons. C'était donc qu'elle pleurait encore. Ça faisait quelques jours qu'il observait la même scène. Elle pleurait dès qu'elle était seule. Jamais il ne l'avait vue dans un tel état. C'était une dure, la Barbara. Jamais à se plaindre. Jamais chaud, jamais froid, jamais faim, jamais soif. Jamais rien. Toujours à s'occuper des autres, et de son Ferdinand en premier. Henri observait la scène sans comprendre le sens de ces soudaines effusions. Impossible d'en parler avec le Maître. Il aurait été content, tiens, de savoir qu'il les espionnait pour passer le temps. Et voilà qu'elle versait maintenant du lait, dans ses œufs, au lieu de la crème. Elle serait bonne, tiens, l'omelette ce soir.

La malédiction planait toujours. Barbara perdait la boule et il aurait donné cher pour savoir pourquoi.

40

> « Une main à laquelle il manque toujours quelques doigts. Amputée. »

Le pub était bondé. Jouant des coudes, Marsac, Coffe et Dottori s'installèrent au comptoir sans un mot. Marsac fixait son portable muet sur le zinc, hésitant à le noyer sous les bières qui parsemaient l'espace comme autant d'appels au secours au milieu d'une mer inhumainement indifférente. Il ouvrit une main. La gauche. Celle où son alliance avait laissé une empreinte. Les chairs n'avaient pas encore repris leur forme initiale. Trop tôt. Dottori avait le regard tendu. Coffe fredonnait. Marsac se tourna vers lui.

— Vous avez connu beaucoup de femmes, vous, dans votre vie ?

Dottori souffla, pas croyable ce type. Qui pose ce genre de questions ? Coffe la renvoya, comme une balle de ping-pong.

— Et vous ?

— … Non.

— …

— Elles pourraient toutes tenir dans une main de forgeron.

— ?

— Une main à laquelle il manque toujours quelques doigts. Amputée.

— Marsac, essayez d'être drôle de temps en temps, dit Dottori. Des emmerdes on en a tous. Oublions. Faisons au moins semblant. Quarante balais passés, putain, et vous êtes là à vous cramponner à votre portable, de votre main de chaudronnier, comme s'il allait vous flinguer !

— Forgeron.

— C'est pareil. On est tous des cons avec les femmes. Forgerons, chaudronniers, flics. Faut dire qu'elles ne nous facilitent jamais la tâche. Alors changeons de sujet. On est là pour fêter la fin de cette sale enquête, Marsac, pas pour se prendre la tête. Pour ça, ajouta-t-il, il y a demain. Je ne m'inquiète pas.

Un étau. Une boule au fond de la gorge. Sa femme allait rentrer, dans quelques heures. Et tout allait recommencer. Elle. Ses hauts, ses bas. Ses bas surtout. Lui. Son incompréhension, envahissante, paralysante. Son impuissance à enrayer la douleur de cette femme qui le rendait fou depuis le premier jour. Il l'aimait, oh oui, mais tout cet amour ne suffisait pas à la rendre heureuse. Normale. C'était à s'en taper la tête contre les murs.

— Faites chier, Marsac. Foutez-nous la paix. Vous avez une belle gueule, vous devriez en profiter au lieu de stagner en comptant vos doigts. Regardez là-bas, au fond, la minette en noir. Elle vous dévore des yeux depuis que vous êtes entré. Allez-y !

— Il faut que je vous dise, reprit Marsac à qui sa barbe de quatre jours et ses nuits sans sommeil donnaient, sous la lumière crue de ces néons faussement anglais, un air halluciné, les aveux des fils de Marianne. Je n'y ai jamais cru.

— Taisez-vous, Marsac, pria Dottori. Nous ne partageons décidément pas la même idée de ce qui peut être drôle.

— Alors, j'ai cherché des histoires compliquées pour ne pas voir l'essentiel, comme dirait Ghislain.

Dottori se renfrogna. Marsac travaillait sa légende de tête de mule avec une rare opiniâtreté. Pourquoi s'acharnait-il à ne pas accepter l'évidence ?

— Vous n'avez pas soif, vous ? demanda-t-il pour couper court.

— Si, dit Coffe. Très. Et vous allez avoir droit à mon *bierschwefel.* Je me l'étais promis. Pour ma première enquête bouclée.

Il montra trois doigts au serveur qui passait au loin en articulant « bières ».

Dottori haussa les sourcils en signe d'incompréhension. En deuxième langue, il avait choisi italien. Marsac l'imita. Lui avait opté pour espagnol.

— « Le bagout de la bière », les éclaira le lieutenant. Celui de l'ivresse.

— Et je crois que je viens enfin de comprendre, dit Marsac qui poursuivait son idée, son regard cillant fixé sur sa chope, sourd au reste de la salle, à tout ce qui n'était pas Barbara.

— Ça y est ! s'exclama Dottori. Il recommence ! Il est passé où ce serveur, nom de Dieu ?

Coffe le repéra et réitéra plus vertement sa commande.

— Marsac. Et si on faisait une vraie pause ? proposa le divisionnaire.

La tête entre les mains, il pensait et repensait à sa femme – quatrième tentative de suicide en trois mois – et se demandait pourquoi elles avaient tant de mal à dire ce qu'elles pensaient et ce qu'elles voulaient. Surtout la sienne. Pourquoi il leur fallait passer par tant de circonvolutions. Pourquoi le sang qui coulait semblait soulager sa peine, un moment. C'était un truc de fou, ça. Il hésita à poser la question au jeune bleu. Plus tard, leurs commandes arrivaient enfin. Coffe leva sa chope.

— *Sorgenbrecher.* La bière. « Briseuse de soucis ».

— Alors alléluia et à la vôtre.

Dottori finit son verre d'une traite. Ne plus songer à rien. Oublier quelques petites heures. Sa femme, le petit bleu germanophile adepte de psychanalyse – le dernier sur terre – qui lui rapportait un lièvre sans couilles comme s'il s'était agi de Guy Georges, et le monstre sacré du 36, celui qui résolvait l'impossible, toujours, et avait eu la lumineuse idée de passer ses vacances ici en période de meurtre…

Trois tournées plus tard.

— Vous pensez à ce que je pense, vous aussi ? interrogea Marsac.

— Je ne pense plus à rien, Marsac, trancha Dottori. Enfin j'essaye. Et c'est en train de venir. Vous devriez tenter vous aussi. C'est bon à en crever.

Il enchaîna avec une autre bière.

— Je suis un bulot sur un rocher. Un petit bulot bien peinard. Oublié de tous.

— Non, répondit Coffe.

— Fermez-la, coupa le divisionnaire. Comme tous ces gastéropodes j'ai un pied musculeux, alors méfiez-vous parce que je n'ai qu'une envie, c'est de vous le foutre au cul. À tous les deux.

Il essuya une larme que personne ne vit. Les psys n'étaient guère rassurants et ânonnaient les mots de « raptus anxieux » à répétition, d'« hospitalisation en milieu protégé »... Demain elle rentrait, pour une semaine d'essai, chez eux. Et ils avaient des mômes, putain, qui ne comprenaient rien non plus. Dévasté, impuissant. Vie de merde.

— Il faut que j'aille la voir, continua Marsac en se levant.

— Qui ? demanda Coffe.

— Barbara.

Dottori s'exclama.

— Qu'est-ce que vous voulez aller faire en pleine nuit chez cette vieille bigote ? !

Le portable de Marsac vrombit sur le comptoir. Raimbauld.

— Oui, Raimbauld ? J'ai essayé de vous joindre une bonne partie de la journée.

— Mes enfants. Désolé. Alors ? Elle revient lundi. Vous serez là ?

— De quoi me parlez-vous ?

— Vous m'avez dit *Je vous rappelle* et plus rien. Alors je demande.

— Il y a erreur, capitaine, ou alors je ne comprends rien.

— Je vous ai envoyé un SMS mercredi et vous deviez me tenir au courant.

— Bon, écoutez. Là, la situation va être brûlante. Je vous recontacte demain. Je ne comprends rien.

Marsac raccrocha.

— On y va ? demanda-t-il en se levant.

— Je ne sais pas pourquoi, mais je viens aussi, dit Dottori.

Dans la voiture, Coffe conduisit en silence, Marsac à sa droite, Dottori à l'arrière.

— Musique, commissaire ? demanda le lieutenant.

— Tant qu'à faire.

Coffe inséra un CD dans le lecteur.

— J'ai bien fait de venir, constata Dottori. On s'amuse comme des fous avec vous, messieurs ! Et dire qu'on passe pour des crétins analphabètes et sans cœur auprès d'une majeure partie de la population alors qu'on pleurerait presque comme des mômes en écoutant un requiem pour bien se remplir de malheur quand une nana nous fusille ! Ah ! Si Dieu existe, je vous le dis, c'est un génie ! Coupez-moi cette merde !

Marsac augmenta sensiblement le volume. Drôle de coïncidence que Coffe ait ça en écoute dans sa voiture. Ce requiem, sa mère le mettait parfois volume maximal lorsqu'elle pensait trop fort à Solène. Un jour, il retentissait si fort dans l'appartement que les voisins étaient venus sonner. S'assurer que tout allait bien.

Dehors, les insectes hallucinés venaient mourir sur leurs phares.

41

« Quand ça vous tord les boyaux et que ça vous vrille les nerfs, tu le sais tout ça ? »

Il pleuvait sans discontinuer et la nationale s'enveloppait dans l'opacité d'un brouillard qui commençait à être givrant. Un océan blanc, dangereux, infini, qui tranchait avec l'impression de douceur se dégageant du requiem de Fauré. Quelqu'un avait parlé d'une « berceuse de la mort » à son endroit et ce n'était pas totalement faux. Mais très étrange. Les kilomètres défilaient lentement, mètre après mètre, au rythme des violons et des violoncelles divisés et de la visibilité réduite. Dottori riait ou pleurait à l'arrière, impossible de savoir. Marsac et Coffe demeuraient muets, absorbés par la musique, concentrés sur la route et la suite des événements.

Marsac cillait de plus en plus. Il jeta un coup d'œil au jeune lieutenant. Avait-il compris ce qui allait se jouer cette nuit, ici ? Sans doute pas, mais il était tendu et un muscle tressaillait sous son œil gauche. « Garez-vous ici s'il vous plaît, lieutenant. Inutile de réveiller tout le monde. » Ils sortirent de la voiture. Une lumière, provenant de l'étage, les guida jusqu'à l'entrée. Marsac frappa très légèrement à la porte, Coffe et Dottori derrière lui. Elle avait toujours eu le sommeil fragile, elle l'entendrait.

— Qu'est-ce qu'on fout là en pleine nuit, Marsac? chuchota Dottori. Vous voulez qu'on se fasse égorger?

— La ferme.

Barbara ne fut pas longue à entrouvrir sa porte. Elle avait passé un peignoir sur sa chemise de nuit molletonnée. Son éternel chignon était défait. Ses yeux, tirés, s'éclairèrent un instant à la vue du p'tit. Marsac la regarda longuement et lui prit le visage entre les mains avant de la serrer contre lui. Dottori redemanda, hagard, ce qu'ils venaient faire chez le Maître en pleine nuit. Coffe dansait d'un pied sur l'autre. Un petit ours dans un mauvais *groove*.

— Qu'est-ce qui se passe? demanda Barbara en se détachant des bras puissants du flic. Entre, et ceux-là aussi. Eh ben, vous êtes beaux, vous trois. Asseyez-vous. Je vais vous faire un café, ça va vous remettre d'équerre.

Elle ajusta son peignoir en les entraînant à la cuisine et prépara le café. Marsac et Coffe se dévisageaient sans rien dire. Dottori riait tout seul. Ils s'assirent autour de la table et Marsac essuya des larmes naissantes sous le regard incrédule du divisionnaire. Le cador du 36 avait pété les plombs pour de bon. Dottori regretta tout à coup d'être venu. Ce type était un fêlé. Il fallait le faire soigner d'urgence. Comment la Crim ne s'en était-elle pas aperçue? Leur meilleur élément, ça? Ses rires tonitruants redoublèrent malgré lui. Barbara ferma la porte. Inutile de réveiller Ferdinand. Il avait le sommeil lourd mais tout de même. Le chauve au rire assourdissant semblait imprévisible.

— Pourquoi ? demanda Marsac d'une voix blanche.

— Pourquoi quoi ?

— Tu le sais bien.

Dottori dressa l'oreille puis se remit à rire. La femme du Maître avait l'air d'une sorcière d'opérette avec ses longs cheveux blancs dénoués. Coffe eut peur de ce qu'il était en train de comprendre. Marsac se leva pour rejoindre Barbara assise à l'autre bout de la table et serra ses mains dans les siennes. Elle se blottit contre lui – il sentait la cigarette et la bière et c'était bon.

— Pourquoi ? reprit Marsac en serrant plus fort le petit corps qui s'était mis à trembler entre ses mains.

Elle se dégagea.

— Je ne voulais pas que ça se termine comme ça. Je voulais juste lui faire peur… Lui dire d'arrêter, de nous laisser tranquilles…

Dottori ne se calmait pas, se demandant à qui la Vieille pouvait bien faire peur à part à son ombre, et son rire mua en un inextinguible fou rire. Coffe se leva pour lui passer un torchon glacé sur le front. Il allait finir par réveiller le Maître. « Taisez-vous. »

Les yeux hagards. La calmer. Doucement. Pas le temps. Elle continuait.

— Elle s'est greffée dans notre vie dès le premier jour… la garce, la sorcière… J'ai lutté. Tu ne peux pas savoir. J'ai demandé à Dieu et aux anges de m'aider. Mais elle me l'avait ensorcelé. Elle a réveillé les voix dans ma tête. Une armée, furieuse. Elle a apporté le chaos et j'ai prié. Mais ça ne servait à rien… Les voix ont enflé… Il parlait maintenant de me quitter… maintenant que René est mort… Tu comprends ?

Marsac se souvint des paroles échangées avec le Maître, qui avait omis ce *détail*. « Autre chose que je devrais savoir ? — Non… On l'a bien cachée, notre histoire. Personne n'en a jamais rien su. À part toi aujourd'hui parce que tu es un peu comme mon fils et que je suis un peu comme ton père, pas vrai ? » Un peu comme ton père. Il aurait dû savoir que les pères et les mères cachent l'essentiel. Quel con.

— Je comprends.

Elle lui souleva le menton de l'index.

— Regarde-moi. Des clous, mon garçon, tu comprends des clous. Tu ne sais peut-être pas encore ce que c'est, l'amour.

— Détrompe-toi. Je sais l'amour.

— Quand ça vous tord les boyaux et que ça vous vrille les nerfs, tu le sais tout ça ?

— Tout ça, oui, et le reste aussi.

Le divisionnaire continuait de planer en réclamant d'autres linges glacés qu'il alignait sur la table en ânonnant : « Le radeau de la Méduse. On va tous y crever. »

— Mais je ne l'ai pas tuée, il faut que tu me croies. Quand je suis arrivée elle était déjà morte… Elle s'était suicidée. Oui, suicidée avec une décoction d'if. J'ai reconnu l'odeur dans sa tasse. On ne l'oublie jamais, quand on la connaît. Elle monte à la tête. Alors oui, j'ai reconnu l'if. C'était le diable, cette femme-là.

Barbara se tut. L'ange Haniel, par la grâce de Dieu, portait des roses blanches dans un pli de sa robe. Il l'appelait et elle le suivit du regard.

Coffe déglutit en silence. Elle s'empara des mains de Marsac, sèches et froides.

— Leur mère m'avait déjà volé mon mari. Ses fils ne m'enlèveraient pas une partie de sa mort. Je ne pouvais pas les laisser s'accuser.

Les deux lettres, c'était elle. Dottori finissait par dessoûler, suffisamment en tout cas pour saisir à présent ce qu'il entendait.

— Nom de Dieu, Marsac.

Du coin de l'œil, Coffe surveillait Barbara. Son corps s'était raidi. Le dos cambré, elle roulait des yeux dans le vide.

— Elle est venue et elle a ramené les voix dans ma tête. Et les ombres. Tout recommence toujours… Mais maintenant je peux mourir en paix, murmura-t-elle.

— Tais-toi, susurra Marsac. Je t'en prie, tais-toi.

Accrochée à sa tasse de café, Barbara ne bougeait plus. Son visage avait pris une teinte bleu-gris. Puis sa tête commença à s'agiter, suivie de son corps. Ce fut comme une décharge électrique et elle perdit connaissance tandis que sa tasse se fracassait au sol.

42

«Elle a dit avoir lutté. Mais combien de temps peut-on lutter contre le vent ?»

Ferdinand et Henri faisaient le va-et-vient devant le commissariat. Ils n'étaient pas autorisés à la voir et ça les rendait fous.

Barbara s'était roulée en boule à même le sol de sa cellule de garde à vue. Batthe lui avait fait apporter couvertures et café chaud mais elle avait tout refusé, sans un mot, sans un regard. Même le médecin. Seul le psychiatre appelé d'urgence avait brièvement pu l'examiner ; un miracle. « Trouble psychotique. Bref, ce que l'on appelait il n'y a pas si longtemps une "bouffée délirante aiguë", avait-il lâché en sortant de la cellule, le regard las. Je vous en dirai plus demain. Il faut attendre au moins vingt-quatre heures avant d'affirmer le diagnostic. Surveiller l'évolution… Quoi qu'il en soit, il va falloir une hospitalisation d'urgence en psychiatrie. » Marsac, qui avait cru à un empoisonnement, ne sut si l'un était meilleur que l'autre. Il interrogea le psy. « Tout dépend. À suivre. »

Et puis elle avait réclamé le prêtre que l'on était allé réveiller en pleine nuit. Coffe l'avait briefé dans la voiture et il entra dans la cellule le cœur serré. À sa vue, elle se redressa imperceptiblement. Il s'approcha de Barbara, et s'assit sur le banc rivé au mur. D'un regard blanc, elle éconduisit son invitation à le rejoindre sur le bloc de béton brut. Il soupira.

— Pardonnez-moi, mon père, parce que j'ai péché.

Il connaissait ce regard halluciné. Elle attendait les mêmes petits mots de rien, seuls à même de l'atteindre lorsqu'elle revenait de si loin d'elle-même. Il avait l'habitude. Il les lui offrit.

— Que Dieu notre Père vous montre sa miséricorde ; par la mort et la résurrection de son Fils, Il a réconcilié le monde avec Lui et Il a envoyé l'Esprit Saint pour la rémission des péchés ; par le ministère de l'Église, qu'Il vous donne le pardon et la paix. Et moi, au nom du Père, et du Fils, et du Saint-Esprit, je vous pardonne tous vos péchés.

— Amen.

Puis elle chuchota, le regard toujours fiévreux.

— Ne vous inquiétez pas pour moi. J'ai tout préparé. Demain, je m'évade. Par les égouts.

Un souffle quasi inaudible. Le père tressaillit. Avait-il bien entendu ?

— Que dites-vous, ma fille ?

Elle répéta, le regard mouvant :

— Par les égouts. Demain. Si je reste ici, je vais mourir. Ils vont revenir, n'est-ce pas ? Il n'y a que ça ici. Des cadavres, partout.

Le père blanchit. Se pourrait-il que… Il déglutit avec peine.

— Barbara… Non, ils ne reviendront pas. Jamais.

Bouche ouverte, il regarda Marsac figé derrière la cage de verre, mains plaquées contre la vitre. Il eut envie de la prendre dans ses bras, où elle se blottirait, minuscule.

— Agrippez-vous, ma fille. Agrippez-vous. Vous êtes dans la main de Dieu.

Marsac détourna les yeux, impuissant. Pas le moment de pleurer comme un con. Envie de tout casser, de repasser le film en arrière, de réécrire l'histoire. Il fit un pas en avant. Coffe le tira en arrière.

— Venez, sortons cinq minutes. Elle n'est pas en état.

— Il faut que j'aille la voir, lieutenant. Maintenant. Elle disjoncte !

— Sortons d'abord cinq minutes.

— Le psy vous a dit quelque chose, dans le couloir ?

— De ne pas trop s'inquiéter. Il peut ne s'agir que d'une unique crise, et la rémission peut être totale. Venez, ça ne sert à rien de rester ici pour le moment. Elle doit se reposer. Le psy va revenir et le transfert va s'organiser en douceur. Dottori va veiller à tout. Et le prêtre a obtenu l'autorisation de rester à ses côtés un moment.

Ils croisèrent Ferdinand et Henri qui entraient, livides et silencieux. Ils avaient promis à Dottori. Une minute derrière la porte vitrée. Une seule et ils partiraient. Marsac les étreignit l'un après l'autre, et se détourna.

— Qu'allez-vous faire ? demanda Coffe.

Pour toute réponse Marsac s'alluma une cigarette.

— Elle va s'en tirer, reprit Coffe. Je suis presque sûr que son état n'est que transitoire, comme l'a dit le médecin. Et puis elle ne sera pas accusée de meurtre, c'est déjà ça.

Marsac lui jeta un regard dubitatif.

— Elle va s'en tirer ? Où ? Comment ?

Coffe détourna le regard.

— Acte de torture et de barbarie, lieutenant. C'est ce qu'elle a commis et sa peine sera adaptée.

— Tout dépendra de la plaidoirie de son avocat. Le crime passionnel n'a aucune réalité juridique dans le droit français mais il bénéficie souvent de l'indulgence du jury, vous le savez. Et si son avocat est bon, tout est possible… Venez, on va prendre quelque chose. Deux minutes.

Le distributeur automatique cracha l'un après l'autre deux gobelets en plastique qui se remplirent de mauvais café. Mais ils étaient brûlants et ils avaient besoin de chaleur. Ils burent sans un mot, dehors, adossés contre les plaques gelées en polycarbonate qui abritaient la misère humaine mais n'en protégeaient pas.

— Comment avez-vous compris ?

— J'ai mis du temps. J'ai repensé à cette malédiction et je l'ai tournée et retournée dans tous les sens. Même dans les mauvais. Jusqu'à ce que je saisisse. Dans le bureau de Ghislain il y avait un article, parmi des centaines d'autres, punaisé à une cloison derrière lui. « Les immuables mystères du crime passionnel ». Il avait encerclé le titre au feutre rouge. Je me souviens encore du début. « Tous les deux jours et demi en France un couple est le théâtre d'un crime passionnel. » Tous les deux jours et demi, lieutenant. Ça fait beaucoup… Tout cela m'est revenu en mémoire ce soir, au pub, mélangé au reste. La rage qui suintait de la maison de Marianne, les actes dont elle a été victime cette nuit-là, même *post mortem*. Surtout *post mortem*. Qui s'acharne ainsi sur un corps déjà mort ? Les fous ne courent finalement pas tant nos rues que ça… Il ne me restait plus que le crime passionnel. Et la confidence du Maître me trottait dans la tête, lancinante.

— Jamais je n'ai songé un seul instant à Barbara.

— Mais souvenez-vous. Vous avez évoqué un acte d'amour fou, ou quelque chose d'approchant, lorsque vous cherchiez à comprendre le carré bleu, sur son cœur.

— Oui, mais 80 % des auteurs de crimes passionnels sont des hommes. Un pourcentage énorme. On parle même de féminicide maintenant tellement ces violences machistes sont devenues courantes… alors jamais je n'ai pensé un seul instant à Barbara… Elle me semblait si forte… Au Maître, oui, je l'avoue… Comment avez-vous pu, vous ?

Marsac se mordilla les lèvres, ciller ne lui apportant plus aucun répit.

— Il y avait de l'amour illicite, il devait donc aussi y avoir de la jalousie, d'un côté ou de l'autre… Les secrets ne durent jamais bien longtemps… Je me suis dit *Et si Barbara avait su ? Si forte*, dites-vous d'elle. Oui, mais seulement en apparence. Voyez-vous, les femmes me quittent, toutes, mais avant cela, elles se confient à moi. La vie réserve quelques surprises et celle-ci en est une… Barbara n'était pas si forte. Loin de là. Je l'ai donc imaginée au courant de l'infidélité de son mari, donc blessée, parce que amoureuse. Et jalouse. Parce que la jalousie amoureuse est un pléonasme, lieutenant, et qui mène très loin, nous le savons tous… Bref. Méfiez-vous des évidences, toujours. Elles cachent le plus souvent quelques inavouables zones d'ombre. Barbara, par exemple. Derrière la forteresse, se dissimule une petite âme complètement brisée.

Coffe tombait des nues.

— Oui, lieutenant. Écoutez ça et vous saisirez mieux. Ses parents et sa fratrie ont été assassinés presque sous ses yeux alors qu'elle n'était encore qu'une enfant. Gilles, quatre ans, Christine, huit ans, et Barbara, dix ans, étaient rentrés de l'école ensemble et goûtaient dans la cuisine, comme tous les jours. Leurs parents rentraient toujours plus tard, vers 18 h 30. Lorsqu'on sonne à la porte de la maison, Barbara descend à la cave chercher du lait pour le petit. Christine va ouvrir. Des cris. Des bruits sourds. En bas, Barbara est paralysée. Ne bouge pas. Comprend qu'il se passe quelque chose de terrible, en haut. Elle se cache et attend que ses parents rentrent du travail et viennent la chercher. Plus tard, d'autres cris. Puis plus rien. Le silence. Il les a tous tués les uns après les autres, méthodiquement, froidement. À la hache. On ne la découvrira, toujours prostrée dans la cave, que soixante-douze heures plus tard. L'associé du père, inquiet de ne pas pouvoir joindre cet homme qui n'avait jamais manqué un jour de boulot, s'est déplacé. Il a sonné, rien. La porte n'était pas fermée, il est entré.

— Quelle horreur… Mais pourquoi ?

Coffe se massa le front à pleines mains. Décimer une famille, des enfants, à la… hache…

— Le père de Barbara était architecte, chef des travaux affecté à la reconstruction du centre-ville, fortement bombardé en 44. Le contrat avait échappé à un Tourangeau initialement pressenti. Il est venu se venger trois mois plus tard…

— Putain…

— Comme vous dites. Vous imaginez le chaos qu'a vécu cette enfant ? Ce qui l'a sauvée, c'est d'avoir été recueillie par des parents, ici à Saint-Paul. Je dis que ça l'a sauvée parce qu'à son arrivée elle s'automutilait sans cesse, dès la moindre tentative d'entrée en relation. Les médecins étaient pessimistes. À l'époque, ce que l'on appelle aujourd'hui le stress posttraumatique n'était pas encore identifié, je crois que cela ne date que du début des années quatre-vingt-dix, et les victimes ne bénéficiaient pas de la même prise en charge… Mais les choses se sont arrangées, elle a fait des progrès fulgurants. Noué une relation forte avec une soignante et l'humanité est peu à peu réapparue dans sa vie. Et elle a rencontré Ferdinand. Je croyais qu'elle était tirée d'affaire, que le traumatisme était pour ainsi dire absorbé. En tout cas elle m'en donnait l'impression à chaque fois que je venais.

— Mais vos visites étaient rares, et espacées… Dans ces conditions, comment peut-on jamais savoir ce qui germe et grandit dans l'esprit des gens ?

— Et surtout, surtout, tout le monde cache son jeu, tant que cela est possible. Les cartes ne sont abattues qu'au dernier moment. Ne l'oubliez jamais.

Il regarda Coffe. Ça lui allait bien, de donner des leçons ! Avec sa femme, il n'avait rien vu non plus. Son envie d'ailleurs, d'autre chose que de lui. Et pourtant il vivait avec. À côté. Ils prirent un second café, tout aussi mauvais que le précédent, mais qui fit fondre le froid glacial qui les engourdissait.

— … Je suis allé dans sa chambre, tout à l'heure, poursuivit Marsac. Je ne sais pas pourquoi. Voir.

Comprendre. Elle avait décidé de mourir, ce soir, lieutenant. Des dizaines de ses cachets, pilés dans un petit sac, à côté d'une carafe d'eau. Prêts, sur sa table de nuit, au milieu des bougies et des bâtons d'encens qui brûlaient de mille feux.

Il sortit une lettre de sa poche de pantalon et la tendit au lieutenant.

— Elle avait écrit ça, pour le Maître, vous le lui remettrez, s'il vous plaît, après mon départ…

J'ai lutté mais tu l'avais choisie, dès le départ, et là, tu allais partir. Vers Elle. Le Diable était en Elle, mais tu ne le voyais pas. Moi oui. Elle a réveillé les Voix. Elle ira brûler en Enfer et tu vas connaître la souffrance que j'ai endurée en silence toutes ces années. Celle de la perte.

Marsac ajouta une question, de celles qui n'amenaient pas de réponse. « Elle a dit avoir lutté. Mais combien de temps peut-on lutter contre le vent ? »

SAMEDI

« ... et sa tête éclata sous la beauté des balles pour que soit criblée d'étoiles la peau de la nuit. »

Philippe Léotard,
Portrait de l'artiste au nez rouge.

43

> « L'amour, c'est rien que du chiendent. »

Les deux Vieux, maintenant assis sur un banc en face du commissariat, atténuaient leur douleur et leur épuisement au soleil levant. Leurs yeux rougis ne regardaient rien. Le Maître secoua la tête. *L'amour, c'est rien que du chiendent*. Il essuya rageusement les larmes qui roulaient sur son visage. Au fond de sa poche, pliée en quatre, la dernière lettre de Marianne. Sujets verbes compléments dans le désordre. La grammaire de l'amour, malmenée, écorchée. Il la touchait comme on se pince, pour s'assurer de la réalité. Il aurait pu réciter chaque phrase, chaque mot, chaque virgule de cette missive écrite à la main, à l'ancienne, avec des pleins et des déliés dignes d'être encadrés.

À toi,

Cette nuit les chauves-souris ont mené un train d'enfer, enchaînant cris suraigus sous le toit et hallucinant vacarme entre les tuiles. La mort rôdait. Dès l'aube, j'ai allumé une cigarette. Les brumes étaient blanches, épaisses et opaques, voilant l'horizon, par-delà les marécages. Même ma chienne a semblé sentir le danger, hurlant sans raison à la mort, se léchant fébrilement les pattes. En état d'alerte, ne tenant pas en place. Je l'ai caressée, « ça va aller ma belle », puis j'ai arraché la croix autour de mon cou.

Les deux petits étaient à la chasse et rentreraient tard, et ivres.

Plus la force de lutter. Fini.

Tous les jours quelque chose depuis le départ de René. D'abord en sourdine. Un mot. « Sorcière ». Soi-disant qu'un homme comme René ne meurt pas d'une crise cardiaque comme ça sans crier gare, avec un cœur en béton armé comme il avait ; pourtant. Puis d'autres et le bruissement du peuple, né je ne saurais dire où, s'est peu à peu mué en un infernal brouhaha haineux. « Maudite. » « Faudrait tout y cramer. » Et puis des mots anonymes dans ma boîte aux lettres. Des merdes de chien sur mon paillasson. Des persécutions quotidiennes, douloureuses réminiscences d'un temps que je pensais avoir oublié et qui a resurgi depuis l'été, me fauchant par surprise. Je sais que tu aurais voulu faire plus.

Épuisée par tant de haine.

J'ai jeté un regard dehors. Les brumes s'opacifient et ne se dissiperont pas avant la tombée de la nuit. Tant mieux. Ne plus rien voir. Jamais. J'ai jeté mes fioles dans l'évier et brûlé mes herbes. Ils ne trouveront rien. Puis j'ai jeté mes livres dans le feu de la cheminée. Un par un. Une centaine de cartons. Tu le sais, ça, que j'ai tant aimé lire. Mais. Poussière, tu redeviendras poussière…

Et puis je t'ai cousu sur mon cœur.

À l'heure entre chien et loup, mes enfants sont rentrés, soûls, et sont montés dans leurs chambres, à l'étage. Sans chercher un dernier baiser. Pauvres gosses. Je n'ai jamais pu les mettre dehors. Quel genre d'humain peut-il mettre son enfant à la porte ? Je pensais qu'ils se calmeraient, avec le temps.

J'ai donné à ma chienne un narcotique que j'ai noyé dans sa soupe. Le breuvage est amer, mais avec ça elle s'endormira jusqu'au matin. Inutile de l'inquiéter pour rien. Je l'ai caressée, longtemps, j'ai brossé son poil. Elle semble détendue. Plus aucun bruit dans la maison. Le moment est venu. À mon tour, je viens de boire et de m'allonger sur le canapé du salon. Je n'ai pas eu le temps de dire au revoir au p'tit. Il n'est pas passé me voir. Mais j'ai pu entendre sa voix, et celle de Manon, pas bien loin, en fin d'après-midi. La pluie drue et froide a dû leur faire rebrousser chemin. Sinon ils seraient venus me voir, je le sais.

Mes paupières sont irrésistiblement attirées vers le bas et je ferme les yeux dans un soupir. Puis je les rouvre. Fumer. Je veux encore m'en mettre plein les poumons, plein la bouche. Indigne jusqu'au dernier souffle. Mes mains mettent du temps à trouver le paquet et le briquet. Encore plus à sortir une cigarette, à l'allumer. Mais j'y parviens, luttant contre l'engourdissement qui me gagne peu à peu. Des images de René font irruption. De courts flashs englués dans le brouillard. Une robe de mariée blanche ornée de dentelle. Un soleil de juin qui n'en finissait pas. Le bleu de tes yeux. Et puis plus rien. Le noir total.

Et puis.

Un écureuil est passé sur le rebord de ma fenêtre.

Je me suis furtivement rappelé son goût, un peu comme celui des lièvres, mais en plus gras.

Je ferme les yeux afin de ne plus voir tout ce blanc autour de moi. Et je me souviens.

Cinq ans. Mon arrivée là-bas. La nuit noire et glaciale d'hiver. L'aube rougeoyante. Les aboiements des chiens des SS. Les projecteurs braqués sur nous à la descente des wagons. Les bagnards en tenue rayée qui nous tiraient des trains. La sélection immédiate sur le quai. La séparation sans nom d'avec mes parents. L'incompréhension, puis la terreur, et le silence. Ma gémellité, qui nous sauva, Anna et moi, de l'extermination. Nos identités effacées sous l'encre du poinçon courbe.

« Oncle Mengele » penché sur moi.

Les injections dans les yeux.

Le typhus les poux les coups la faim la terreur. Les nuits de terreur. Les réveils en hurlant.

Anna morte un soir de janvier 1945. Du sang coulait de ses yeux. Incroyablement clair.

Les Juifs.

Le Mal.

La Science.

La Pureté.

La libération.

Le home pour enfants, à la campagne. La vie au milieu des fantômes. L'existence définitivement scindée. Le dicible. L'indicible. La fugue. Les trains. Mon arrivée ici, en terre inconnue. Mon changement d'identité. Tout oublier.

Ma rencontre avec René, à l'usine de porcelaine. Mon premier bijou acheté. Un collier et son pendentif. Une croix chrétienne.

Mes enfants. Deux monstres, proches du Chaos primitif, sauvages et brutaux comme des Centaures, que seul René avait su contenir. Mes plantes, mes herbes, mon refuge contre les maux. Contre le Mal.

Mes pivoines.

Et puis.

Le bleu de tes yeux, venu trop tard.

Je me souviens de là-bas, où il arrivait qu'on lâche des chiens dans des enclos pour dévorer des enfants.

Je vais rejoindre Anna et les autres et ne veux plus rien. Ni Dieu ni Maître. Ni Rien.

Les morts viennent me chercher.

Enfin.

Je n'espère plus rien. Ne crains plus rien.

Libre.

Marianne

Chaque mot tambourinait sous son crâne.

Au même moment, une ambulance se garait sirènes hurlantes devant le commissariat. Deux hommes en blouse blanche en sortirent en riant pour s'engouffrer dans la bâtisse sans charme et en ressortir presque aussitôt, escortés de Dottori et de Batthe. Au milieu de ces hommes, Barbara et Marsac. Elle traversa du regard son mari et Henri courbés sur leur banc avant de s'engouffrer dans l'ambulance qui démarra dans la seconde. Les deux Vieux ne bougeaient pas. Marsac, Coffe, Batthe et Dottori se dirigèrent vers eux. Au bout de la rue se dessinaient les silhouettes d'Elsa et de Manon qui les rejoignaient en courant. Coffe se rapprocha de Marsac pour le retenir par la manche de son blouson : une voiture allait démarrer, le feu était vert. Trop tard. L'automobiliste à qui Marsac barrait la route klaxonna violemment et Manon courut après l'ambulance en hurlant qu'elle voulait tuer Barbara. Innommable chaos. Coffe tira Marsac en arrière. Henri se leva d'un bond. Courir après Manon. Le Maître resta assis. « Ma chemise », balbutia-t-il en fixant sa manche déchirée sur deux petits centimètres sous le poignet gauche, celle que Barbara voulait recoudre, l'autre jour, croyant qu'il l'avait encore accrochée à une branche en taillant la haie, « elle l'a cousue sur son cœur ».

Manon s'arrêta net cent mètres plus loin et s'effondra sur le rouleau d'asphalte froid. Henri, penché au-dessus d'elle, lui parlait mais elle ne réagissait pas, se contentant de répéter le même prénom. *Marianne. Marianne. Marianne.* Il la prit dans ses bras et hurla. « Un toubib, vite ! »

44

«Ce qui se dit la nuit ne voit jamais le jour.»

Manon s'était endormie dans l'ambulance, bercée par la déflagration des tranquillisants injectés et la chaleur du véhicule. Marsac souleva vers lui le visage blême d'Elsa et la prit dans ses bras. Batthe tourna les talons sans un mot. Marsac déguerpissait aujourd'hui. Fin des vacances mais surtout espoir fou de retrouver Solène… Il secoua imperceptiblement la tête. La crédulité du genre humain le laissait pantois. Même les plus aguerris aux douleurs de ce bas monde se laissaient parfois emporter par les sirènes de l'espoir. Il suffisait de les faire sonner juste. Et Batthe avait l'oreille musicale. Pauvre Marsac. Il se retourna et vit Dottori lui donner un *hug* silencieux puis disparaître, et Coffe lui glisser un papier dans une poche avant de suivre les deux Vieux. *C'est ça*, approuva Batthe avant de s'éloigner. *Qui a soif, rêve qu'il boit.* Ce vieux proverbe chinois avait été son inspiration. La vie était ainsi faite que le bonheur des uns créait invariablement le malheur des autres.

— Tu pars quand, Amaury ? demanda Elsa.

— C'était prévu pour aujourd'hui. Mais je peux prendre quelques jours de plus.

Il n'avait pas envie de lui dire qu'il avait eu Raimbauld, de vive voix, tout à l'heure. Ni qu'une femme détenant un message urgent de la part d'une Solène le réclamait à cor et à cri à Paris. Comment expliquer la terre qui s'était ouverte sous lui et le vide qui l'avait aspiré ? Le portable qui tombait des mains ? Elle haussa les épaules. Ses yeux noirs s'embuaient. Une larme coula sur sa joue.

Silence.

— Ça me rend fou de te laisser ici toute seule, avec Manon dans cet état. Je vais demander quelques jours de plus.

— Non, rentre. Ne t'inquiète pas pour Manon. Ça va aller. Je la connais, ce n'est rien.

— Et si tu me rejoignais dès que possible, avec Manon ? À Paris.

Une voiture passa, vitres ouvertes. Stoppa au feu rouge, juste à côté d'eux. Les cris éraillés de Mano Solo s'échappaient du poste radio. Le conducteur secouait la tête en cadence. Une histoire de jardins, de cours d'immeuble, de petits bambins parisiens. D'une mignonne à qui on a envie d'en faire un, de petit bambin, pour s'entendre, un jour, appeler *Papa.*

Papa.

Marsac détourna son regard deux secondes. Elsa s'engouffra dans l'ambulance. Il la rattrapa.

— Elsa, rejoins-moi dès que possible. Promets-le-moi.

— Il faut que j'y aille, Amaury.

— Attends.

Il grimpa dans l'ambulance et l'embrassa longuement avant de lui murmurer quelque chose à l'oreille, « ma princesse », qui mourut en un souffle. Elsa se dégagea doucement. Des larmes perlaient au fond de leurs yeux. « Je veux plus d'amour, dit-elle. Pour quoi faire ? Et aller où ? » Il l'embrassa de plus belle, elle et toute sa beauté fragile. *Pour quoi faire ? Et aller où ?* Il n'en savait rien, il s'en fichait, ils pouvaient juste essayer. Il n'était pas trop tard, peut-être. Ils pouvaient rebondir, ensemble. Il était venu pour ça. Oublier les fantômes du passé qui l'empêchaient d'avancer. Il songea à sa femme. L'amour fou pendant quatre ans. Dévorant, obsessionnel. Jusqu'à ce qu'elle décide de partir, sans faire de bruit. Il n'avait rien vu venir, ni ça ni le réveil des démons de Barbara ni les vagues qui avaient – peut-être – emporté sa sœur, une nuit, sur une plage déserte du Nord. La mer… nécropole à ciel ouvert… Ou peut-être pas… Il déglutit avec peine. Voir la mer… plonger, s'asphyxier d'air marin… Il esquissa un mouvement vers Elsa comme le peintre tente un ultime coup de pinceau pour achever sa toile, une touche de rose au milieu du bleu, pour la lumière. Elle posa un doigt sur ses lèvres, *chut*, refusant de lire au fond de ces yeux verts qui cillaient à en perdre la raison toute cette tendresse qui voulait sortir mais n'y parvenait plus.

Le portable de Marsac vibra au fond d'une poche, contre le cœur fusionné de deux étoiles mortes. Il l'ignora pour descendre du véhicule, porté par le silence impatient des toubibs ; bois flotté, drossé à terre par les vents et les marées.

REMERCIEMENTS

À Caroline Lépée, ma drôle de Caroline, mon éditrice, qui me fait vivre un rêve avec une énergie folle, dissipant mes brumes et chassant mes peurs. You're great !

À toute l'équipe de Calmann-Lévy, Philippe Robinet en tête.

À mes ami(e)s, qui savent rendre la vie plus douce.

À mes experts (D. & B. Ch., O.R).

À ma famille, pour son amour et son soutien.

Et la musique de Philippe Léotard, en boucle et dans le rouge.

De la même auteure :

Oublier nos promesses, Calmann-Lévy, 2017.
Le Baiser de l'ogre, Calmann-Lévy, 2019.

PAPIER À BASE DE FIBRES CERTIFIÉES

Le Livre de Poche s'engage pour l'environnement en réduisant l'empreinte carbone de ses livres. Celle de cet exemplaire est de :
180 g éq. CO_2
Rendez-vous sur www.livredepoche-durable.fr

Composition réalisée par Belle Page

Achevé d'imprimer en mars 2020, en France sur Presse Offset par
Maury Imprimeur – 45330 Malesherbes
N° d'imprimeur : 244667
Dépôt légal 1re publication : février 2018
Édition GRATUIT - ÉTÉ 2020
LIBRAIRIE GÉNÉRALE FRANÇAISE – 21, rue du Montparnasse – 75298 Paris Cedex 06

64/2552/3